山东红色故事选粹

中共山东省委宣传部 编

山东文艺出版社

图书在版编目（CIP）数据

红动齐鲁：山东红色故事选粹/中共山东省委宣传部编．—济南：山东文艺出版社，2021.3

ISBN 978-7-5329-6366-9

Ⅰ．①红… Ⅱ．①中… Ⅲ．①革命故事—作品集—中国—当代 Ⅳ．① I247.81

中国版本图书馆 CIP 数据核字（2021）第 052610 号

红动齐鲁
——山东红色故事选粹

中共山东省委宣传部 编

主管单位	山东出版传媒股份有限公司
出版发行	山东文艺出版社
社　　址	山东省济南市英雄山路 189 号
邮　　编	250002
网　　址	www.sdwypress.com
读者服务	0531-82098776（总编室）
	0531-82098775（市场营销部）
电子邮箱	sdwy@sdpress.com.cn
印　　刷	山东华立印务有限公司
开　　本	720 毫米 × 1020 毫米　1/16
印　　张	16.75
字　　数	238 千
版　　次	2021 年 3 月第 1 版　2022 年 6 月第 2 版
印　　次	2022 年 6 月第 2 次印刷
书　　号	ISBN 978-7-5329-6366-9
定　　价	32.00 元

版权专有，侵权必究。如有图书质量问题，请与出版社联系调换。

目 录

建党篇

让中国尽善尽美　　　　　　　　　/ 3
邓恩铭在淄博煤矿　　　　　　　　/ 5
百年大厂的红色故事　　　　　　　/ 7
潍县火种撒播人　　　　　　　　　/ 9
矿工领袖张福林　　　　　　　　　/ 11
钢铁共产党人王全斌　　　　　　　/ 13
"四五烈士"刘谦初　　　　　　　　/ 15
烟台党报创办人许端云　　　　　　/ 17
真假特派员　　　　　　　　　　　/ 19
昆嵛山红军游击队　　　　　　　　/ 21
寻找"老掌柜"　　　　　　　　　　/ 24
千里寻党的刘仲莹　　　　　　　　/ 26
用信仰和生命诠释《共产党宣言》　/ 28

抗战篇

泰西革命的领路人	/ 33
英灵永伴徂徕山	/ 35
投笔从戎为救国	/ 37
东山里的谷子熟了	/ 40
"革命母亲"常大娘	/ 42
民族英雄马本斋	/ 44
"边区慈母"马振华	/ 47
战斗英雄任常伦	/ 49
用生命架起空中电波的桥梁	/ 51
"铁军号手"李增援	/ 54
杨树花开酬君情	/ 56
沂蒙红嫂明德英	/ 58
血洒沂蒙的巾帼英豪	/ 60
渊子崖保卫战	/ 63
归去来兮	/ 64
"当兵是我这辈子最自豪的事情"	/ 66
铮铮铁汉秦兴体	/ 68
安东卫保卫战	/ 70

解放篇

一门三英烈	/ 75
一个人、一座山和一场战斗	/ 77
立下大功的山东煎饼	/ 79

红星照我去战斗 / 81
半条军毯 / 83
"隐形"将军 / 85
勇敢机智的"小海娃" / 88
"军政全胜"的光辉典范 / 90
血染的党费 / 92
支前模范和他的小竹竿 / 94
南下担运团的故事 / 96
送儿去战场 / 98
永不消逝的电波 / 100

建设篇

英雄归来 / 105
刘家人的承诺 / 107
中国纺织的"火车头" / 109
人民英雄纪念碑的"青岛心" / 111
冯德英和他的《苦菜花》 / 113
挂　念 / 115
"中国的保尔" / 117
英雄王杰的故事 / 120
生死瞬间的抉择 / 122
"胜利"的红布绳高高飘扬 / 124
身边的"英雄" / 126
一个人改变一个村 / 128
毫厘之间见"匠心" / 131

大海之子	/133
五秒书写大忠大爱	/136
排爆警察胡清溪	/138
一盏煤油灯的故事	/141
笊子的故事	/144
一封家书	/146
满门忠烈抗日魂	/148
矿山火种	/150
投笔从戎	/153
生死诺言	/155
抗日先驱马耀南	/157
齐鲁抗战一抹红——血花剧团	/159
告诉世界一个"红色沂蒙"	/161
城里村抗日故事	/163
大雪埋忠骨	/165
与党同行	/168
刘井忠骨	/170
兑头沟伏击战	/172
延续哥哥的生命	/174
张英的故事	/176
红色土地孕育英雄儿女	/178
一定要跟着共产党走	/180
六十二烈士墓的故事	/182
邵克：军中花木兰	/184
战地花开	/186
海报里的抗战英雄	/188
坚贞不屈李福康	/190

点燃心中的火种 / 191
一口玉米饼子 / 193
地下交通员杨大娘 / 195
一架纺车救战士 / 197
带泪梨花开 / 199
微山湖上的杜大娘 / 201
"父亲没有死" / 203
一个小包袱 / 205
乳娘姜明真的故事 / 207
传承乳娘精神,凝聚红色力量 / 209
民兵英雄孙玉敏 / 210
战斗英雄侯登山 / 212
横山母亲——崔立芬 / 213
刘氏婴儿 / 216
512枚铜圆党费 / 218
泣血兰花向阳生 / 220
第一碗饺子祭烈士 / 222
智取张家围子伪据点 / 224
"妈妈同志"和她的"五女四八路" / 227
一枚珠花 / 229
沭河大戒严 / 231
王师长的最后一封家书 / 233
大义大爱沂蒙红嫂 / 235
为了那束目光 / 237
小村筹划大战役 / 239
三代人的红色传承 / 242
"人民楷模"朱彦夫 / 244

赶牛沟"棚"出脱贫路	/ 246
雪域传英名　大爱天地间	/ 248
青山绿水中的"军令状"	/ 250
把稳稳的家安在村台上	/ 252
农民画里的新生活	/ 254

后记　　/ 256

红动齐鲁
山东红色故事选粹
建党篇

>>

红动齐鲁

讲好红色故事　传承红色基因　弘扬沂蒙精神

让中国尽善尽美

在济南战役纪念馆中,收藏着一件编号为001的珍贵文物,是王尽美同志生前留下的唯一肖像照。

1930年,在山东省莒县,两股小军阀混战,为保全性命,王尽美的家人外出躲避祸乱。离家前,母亲将儿子留下的唯一照片用厚纸包好,塞进墙缝里,又在外面涂上泥巴封住。先驱的容貌因此留存,受人瞻仰,让人缅怀,激人奋进。

王尽美原名王瑞俊,在党的第一次全国代表大会结束后,他立志改变中国贫穷落后的面貌,让中国尽善尽美,于是改名为王尽美。

王尽美出生在莒县一个贫农家庭。他尚未出世,父亲便在饥寒交迫中撒手人寰,奶奶和母亲带着他艰难度日,他从小就经历了贫穷生活的煎熬。6岁那年春节,当他看到地主家张灯结彩、杀猪宰羊时,便去问母亲:"地主家为什么那么富?"母亲叹息道:"人家命好,咱穷人命苦啊。""那咱和他们换命行吗?"早期贫困艰难的经历,为王尽美走上革命道路奠定了坚实基础。

1919年,五四运动波及全国。在济南求学的王尽美结识了王乐平,在其所办齐鲁书社中深度接触了马克思主义。1920年11月,王尽美组织了励新学会,积极探索中国革命的道路。1921年春,王尽美、邓恩铭等在北京共产党早期组织的关心指导下,秘密成立了济南共产党早期组织,从此,齐鲁大地有了共产党的组织。淬炼成熟的王尽美曾写下这样一首诗:"为何贫穷并非命,乃因世道太不公;如把脑筋肯放开,天下大事无不成。"

1921年7月,上海法租界望志路106号,党的第一次全国代表大会召开。参加会议的十三名代表中,有两位来自山东,其中一位就是王尽美。1949年9月,第一届中国人民政治协商会议召开期间,毛主席曾向山东代表特别提起王尽美,说他耳朵大、长方脸、细高挑,说话沉着大方,很有口才,大伙都亲热地叫他"王大耳"。1969年4月,党的第九次全国代表大会开幕式上,毛主席追念为革命牺牲的一大代表时,第一个提到的也是王尽美。

王尽美作为一位职业革命家,走上了救国图存的道路:1923年7月,他在济南领导理发工人大罢工;1925年2月,尹宽任山东地方执行委员会书记以前,王尽美一直是山东党的负责人。1923年10月,成立中共济南地方执行委员会,王尽美任书记;1925年2月,领导胶济铁路工人大罢工……王尽美将青春和热血化作革命的火种,点燃济南,燃向齐鲁大地。

由于长期的革命工作和艰苦生活,王尽美积劳成疾。生命垂危之际,他无比遗憾地勉励同志们:"我是不行了,你们好好为党工作吧!我万想不到会死在病床上。"1925年8月,王尽美病逝于青岛医院,年仅27岁。1959年7月,王尽美同志的遗骨由莒县迁往济南革命烈士陵园。

从1921年到现在,中国共产党党员由五十多人发展到九千多万名,中国从任人宰割的"东亚病夫",到屹立于世界的"东方大国"。历史告诉我们,没有共产党就没有新中国。"红色基因就是要传承",一代人有一代人的历史使命。我们这一代人将不忘初心、牢记使命,接过历史的"接力棒",跑出新时代的最好成绩!

(选送单位:中共济南市委宣传部)

邓恩铭在淄博煤矿

邓恩铭是中国共产党的创始人之一,是著名的社会活动家。他早期从事革命活动时,经常风尘仆仆奔赴山东省淄博矿区,深入矿井,宣传马克思主义,发展党的组织,领导工人运动。

当时淄博是淄川、博山两县的合称,是我国著名的煤矿区之一,鲁大公司及其淄川炭矿为日本帝国主义势力所控制。1922年8月,时年21岁的邓恩铭利用其叔父黄泽沛任淄川县知事的有利条件,到淄川矿区从事党组织的创建活动。黄泽沛在任知事期间,提倡男女平等,反对妇女缠足,反对封建迷信和赌博,比较开明。邓恩铭就住在淄川县府内,利用黄泽沛的社会地位和影响力,广泛接触各阶层人士,进行社会调查,开展革命活动。黄泽沛节日宴请各界人士时,邓恩铭也常常作陪。他利用这些机会,先后结识了赵豫章等一大批进步人士。当他了解到赵豫章曾参加过五四运动时,便向他宣传马克思主义,启发其阶级觉悟。这时,地下共产党员周宪章在淄川炭矿南门外的洪山镇开设"宪章照相馆",邓恩铭就把照相馆作为党的秘密活动地点,经常在这里集会,研究和指导矿区党的工作和工人运动。后来,邓恩铭出于工作需要,索性直接住在工人中间,把淄川炭矿作为重点,和赵豫章一起深入矿井、工棚和矿工家庭,与工人促膝谈心,介绍苏联十月革命后工人阶级的政治、经济地位和生活状况,启发教育工人认识工人阶级的力量和肩负的历史使命,争取解放。他还不辞劳苦,奔波于昆仑、西河等矿井,联络工友,宣传革命思想,并成功地领导大昆仑炭站的装卸工人开展反对强征"教育捐"的斗争,办起了昆仑两级小学,作为开展革命活动的基地。邓恩铭的这些活动,为中国共产党在淄博矿区建立党组织和开展工人运动,做好了思想准备和组织准备。

1924年3月,邓恩铭再次来到淄博矿区开展建党(党建)活动,并介绍

赵豫章入党。3月18日，他在致刘仁静的信中说："淄川方面，当我在家时，既已联络数人，现已加入，他们在本县很能活动，并且现在又在胶济支路大昆仑站联合矿商抵抗城内一般劣绅。现将争回之车捐办一两级小学，校内大约有同志数人。此地将来或者可与张店合组，不过是否合组，请你们指导。"同年5月，邓恩铭再次到淄博矿区开展活动，受到了家人的阻拦。父母、叔父曾经多次来信劝阻，要他"安分守己""求得功名"，并在贵州荔波给他选定妻室，要他回家乡结婚。5月8日，他在淄川给父母回信，说："儿生性与人不同，最憎恶的是名与利，故有负双亲之期望，但所志既如此，亦无可如何。"他以"职务缠身，无法摆脱"为由，婉言回绝父母让他回家乡结婚的要求，表现了他为共产主义事业公而忘私的高尚情操。

大革命失败后，白色恐怖笼罩着淄博矿区。1928年10月，中共山东省委派邓恩铭任淄博矿区党组织的领导人。他不顾反动军警的跟踪缉捕，在淄川矿区建立秘密活动地点，积极恢复与发展党组织，领导工人进行革命斗争。1929年1月，他在山东省委研究工作时，因叛徒告密，不幸被捕。邓恩铭在狱中，一直坚持斗争，曾经两次组织越狱，都没有成功。1931年4月5日，邓恩铭在济南被国民党反动派杀害，壮烈牺牲，终年31岁。

邓恩铭为淄博矿区党的建设和工人运动创立了不朽的功勋。他永远活在煤矿工人的心中！

（选送单位：中共淄博市委宣传部）

百年大厂的红色故事

这是一个建于清朝末年的百年大厂,也是一个有着九十余年红色历史的红色大厂——中车山东公司。它的另一个名字更为人所熟知,就是铁路大厂。铁路大厂建于1910年,至今已有一百一十多年的历史,山东省第一个工会组织在这里成立,第一个企业党支部在这里诞生。当时,工人们就是在王尽美等人的带领下,成立了山东省第一家工会组织:1922年6月18日,工厂工会成立,一面有着斧头和镰刀图案的红色旗帜飘扬在大厂工人的心中,从来没有褪色。

那时候,铁路大厂是山东省济南市规模最大、技术水平最高的工厂。工厂的人数最多,工人受压榨最严重,工人们的文化水平和思想觉悟也最高,是党发动工人运动最合适的地方。工会成立之前,工人们经常去一个叫"红房子公所"的地方,开展文娱活动,排解内心苦闷。直到王尽美、王荷波等人来到这里,开展工人运动,教授大家学习文化知识、传播革命思想,红房子公所才成为工会组织。工会成立时,《山东劳动周刊》首刊上,刊登了王尽美为工会成立发表的贺词,他说:"好了好了,劳动界一线的曙光放到我山东来了!"足以见得,当时工会的成立对济南市乃至山东省的影响之大。

这里不仅成立了山东第一个工会组织,也诞生了山东第一个企业党支部。1921年,中国共产党成立,1922年经罗章龙介绍,工厂就有了第一名共产党员李广义,也就是说,在党支部成立之前,大厂就有了党的活动。1925年,中共津浦铁路大槐树机厂支部正式成立(这不仅是山东第一个建在企业的党支部,在全国也是较早成立的企业党支部),由李广义任党支部的首任书记。那时工厂共有党员16人,而1925年1月中国共产党第四次代表大会召开的时候,全国共产党员总数为994人,大厂的党员人数占到了全国共产党员总人数的1.6%。

　　党支部成立后,组织工人为上海的五卅惨案进行募捐,参与成立济南市总工会等。这些活动的开展为后期的工人运动提供了宝贵的经验,也坚定了大厂人"跟党走"的理想信念。

　　可以说,铁路大厂的红色历史就是共产党红色历史的平行线,这栋老建筑里记载的,便是这段红色历史的缩影。无论什么时候,只要用心走进这段历史,我们总能获得震撼人心的力量、热血沸腾的信念。

(选送单位:中共济南市委宣传部)

潍县火种撒播人

庄龙甲，1903年6月出生在山东省潍县（今潍坊市）庄家村的一户贫苦农民家里。5岁时，他跟随祖父识字，10岁入本村私塾读书，14岁靠亲友资助考入潍县二十里堡车站毓华高等小学。

1921年夏，庄龙甲高小毕业。这时他已18岁，目睹社会现实，常对一些问题迷惑不解：为什么军阀混战？为什么当官的、地主老财生活得那么好？为什么出力流汗的工人、农民生活得那么苦？他带着这些问题，于同年秋考入山东省立第一师范学校预科，希望能在这里找到答案。

中国共产党的创始人之一、济南共产党早期组织参加中共一大的代表王尽美，这时也在省立一师上学。庄龙甲入学后，很快结识了王尽美。在王尽美的启发、帮助下，庄龙甲如饥似渴地阅读革命书刊，懂得了只有共产党才能救中国的道理。1923年夏，经王尽美介绍，庄龙甲加入了中国共产党。同年，山东省立第一师范学校党支部正式建立，庄龙甲被选为第一任支部书记。庄龙甲一方面继续在校读书，一方面为发展党的组织、建立和扩大革命统一战线而积极工作。1925年11月初，庄龙甲代表山东学生出席了在北京召开的全国学生代表大会。

1926年，庄龙甲于省立一师毕业，中共山东省地方执行委员会派他回潍县开展党的工作。庄龙甲以国民党特派员的身份回到潍县后，立即到母校毓华小学，以代理教员身份为掩护，积极开展党的工作。庄龙甲还到潍县城东乐道院附设的文华、文美两所中学活动，发展了二十多名党员和十四名团员，并建立了潍县第一个团支部。这两所教会学校也成了中共的秘密活动点。

庄龙甲在开展学校工作的同时，还到潍县南北乡和坊子工矿区以及邻县农村开展工作，到1926年春，共发展党员、团员两百多人，建立了三十多个党支部。经中共山东地方执行委员会批准，成立了中共潍县县委，庄龙甲任书记。后来，中共山东省委成立，庄龙甲被选为省委委员。

中共潍县县委成立后，发动农民开展抗租、抗税、抢粮、"吃坡"等斗争。他们组织发动的大柳树村抗税斗争曾轰动一时。在抗税斗争胜利后，庄龙甲起草了《为大柳树村反牲畜税斗争胜利告群众书》，印发各地，极大地扩大了党的影响。

1928年夏，蒋介石率领南京政府军队进入山东，盘踞济南的奉系军阀张宗昌弃城逃跑。中共山东省委号召趁机夺取败兵武器，建立农民革命武装。中共潍县县委积极响应这一号召，发动党员和积极分子夺取枪支后，立即建立潍县第一支农民武装队伍。从此，农民的斗争走上了新阶段。

庄龙甲对革命事业无限忠诚，多年来夜以继日地为革命奔波，以致积劳成疾，身染肺病，经常吐血。与此同时，局势日益恶化，国民党当局千方百计搜捕他。1928年10月初的一天，庄龙甲在杞城小药房召集县委部分同志一起研究工作，会议从下午一直开到深夜。当时，他的病情已经恶化，不断吐血，说话一多，便咳嗽得喘不过气来。同志们都为他的健康担心，他却笑着说："我的病已经不好治了，正因为如此，才需要抓紧时间更多地做些工作。"就在这次会后不久，由于叛徒告密，庄龙甲不幸于10月10日被捕。敌人用种种残忍手段折磨庄龙甲，还将他绑在马尾上，拖到车站、集市上示众。面对凶残狡猾的敌人，不论是严刑拷打还是金钱高官利诱，庄龙甲始终严守党的秘密，用行动践行了自己的入党誓言。10月12日，庄龙甲在南流集市上英勇就义，时年25岁。

（选送单位：中共潍坊市委宣传部）

矿工领袖张福林

年轻时的张福林在中兴煤矿做矿工,当时的矿工在极其恶劣的条件下工作,冒顶、透水、瓦斯爆炸等事故频发,每一个事故对工人来说都是灭顶之灾,而矿工的收入却少得难以养家糊口。这一切,张福林看在眼里、痛在心中。1926年7月,中共枣庄矿区支部建立,张福林任委员。张福林不断地启发矿工的阶级觉悟,使矿工们渐渐地认识到只有团结在中国共产党的周围,勇敢地跟不合理的旧制度做坚决斗争,才能改变命运、解放自己。

也是在1926年,张福林首任山东省枣庄矿区地下工会主席。在张福林的努力下,地下工会在矿工中的威望日益提高,地下工会由"地下"渐渐转为"地上",公开跟资本家斗争。如此一来,工会工作更加危险,可张福林不怕危险,直接以工会的名义向中兴煤矿公司资本家提出了改善工人待遇、承认工会合法地位等十六条要求,可贪婪的资本家怎么会轻易接受工人的要求?张福林带领工人不断举行集会、罢工,这期间,有人曾对他说:"矿上每月多给你几块大洋,你就别瞎操心了,只要管好你自己的事儿就行,小心引火烧身呀!"甚至有人拿他的妻儿作威胁。可是张福林没有丝毫动摇,最后迫使驻矿经理在这十六条要求书上签了字。张福林带领工人斗争取得的成绩,让工人真正感受到了团结的力量、斗争的意义,同时也进一步确立了张福林在矿工中的领导地位。

由于很大程度上触及了资本家的利益,冲锋在前的张福林被捕入狱。

张福林被捕后,敌人对他刑讯逼供,用尽了手段。张福林始终坚贞不屈。他跟同志们还在狱中成立了共产党支部,组织狱友们在狱中同国民党反动派做斗争。面对敌人丧心病狂的折磨和迫害,党组织决定进行越狱斗争。1929年7月的一天,张福林和同志们利用狱警去掉政治犯脚镣的机会,突然夺下了门卫的枪支,十八人各自拿着事先准备好的棍子、刀具等武器,奋勇冲出狱门。但

很遗憾,十八个人中只有七人成功逃脱,张福林被抓了回来。敌人气急败坏,变本加厉地对张福林施尽酷刑。张福林始终没有向敌人低头屈服。他常挂在口头上的一句话就是"是爷们就得顶天立地,就该有骨气!"

1978年,张福林因病去世。在工人运动、抗日战争、解放战争和建设新中国的过程中,他从未停歇过。他一直在努力做一件事,那就是给工人争取没有压迫、没有战争、没有苦痛的新生活。

(选送单位:中共枣庄市委宣传部)

钢铁共产党人王全斌

1928年12月的一天,寒风凛冽,雪花漫天。时任山东省高密县委书记的王全斌在济南参加省委扩大会议后,坐上返程的火车。当火车行至黄旗堡车站时,几个刚上车的人走进车厢,走在最前面的人个头不高,衣着讲究,十分有派头。这个"老大",正是国民党南流区分部头子宋法玉。反动当局正悬赏缉拿王全斌,他一定要在宋法玉发现自己之前赶紧脱身。刚走两步,只听背后大喊一声:"站住!"王全斌没有停下,反而加快脚步,向另一节车厢跑去。后面的几个人很快追上了他。经过一番扭打,最终寡不敌众,他被几个特务抓住。

1900年3月,王全斌出生于潍县茂子庄(今潍坊市奎文区廿里堡街道)一个富有的家庭;1925年,加入了中国共产党;1926年4月,被选为潍县县委委员。

1928年春,潍县一带饥荒严重,党的活动经费贫乏,群众生活非常困难。王全斌二话不说,就把家里的两万多斤粮食和部分土地分给贫苦农民,并向党组织提供了活动经费。3月,他又出资在辛庄盖了三间房子,供贫苦农民的孩子上学。在王全斌的带动下,全县党员你凑一点,我捐一点,建立了潍县第一支人民革命武装——赤卫队。其间,王全斌回家动员姐姐王全荣,拿出二百四十元钱,买了两把手枪给赤卫队使用。

1928年6月,为了躲避反动当局的迫害,王全斌被调到高密县,在那里他领导了潍河农民暴动。

1928年10月,王全斌接任高密县委书记。

王全斌被捕后,被押解到潍县公安局的监狱。受审时,王全斌毫不畏惧。他变法庭为讲坛,历数国民党反动派叛变革命后的丑恶行径和残害人民群众的累累罪行。

  1929年1月8日，狂风卷着大雪，本就严寒的三九天更加酷寒难耐。时任潍县公安局局长的李朝英又一次审讯王全斌，公然下令将王全斌的双耳割下，以此威逼他说出共产党的活动情况。他忍着割耳剧痛，高呼："打倒土豪，打倒贪官污吏！"疯狂至极的李朝英又将王全斌的舌头割掉，逼迫他写出共产党员名单。王全斌口含鲜血，用手蘸血，写道："共产党好，能救国救民……"没容王全斌多写，李朝英又下令剁去了他的双手、双脚……酷刑受尽，气节仍存，王全斌双目如炬，怒视敌人。敌人被他利剑般的目光瞪得心惊胆战，又将他的双眼挖出。29岁，一条鲜活的生命，一个拥有钢铁意志的共产党人，倒在了潍县城里荷花湾畔。

  穿越历史的尘嚣，王全斌给我们留下的图像和资料少之又少。从锦衣玉食的富家子弟，到慷慨解囊的共产党人，我们不禁要问：是什么让王全斌有为劳苦大众而战的勇气，有杀己以存天下的豪情？是信仰！如果他是顶天立地的人，信仰就是引领他前进的天，人民就是支撑他奋斗的地。青春是用来奋斗的，作为新时代的青年人，让我们接过先烈们信仰的旗帜，用青春热血诠释信仰的力量！

（选送单位：中共潍坊市委宣传部）

"四五烈士"刘谦初

"我现在临死之时,谨向最亲爱的母亲和亲爱的兄弟们告别!并向你紧握告别之手,望你不要为我悲伤,希你紧记住我的话。无论在任何条件下,都要好好爱护母亲!孝敬母亲!听母亲的话!你的快乐,也就是我的快乐!你的幸福,也就是我的幸福!"这是"四五烈士"之一刘谦初牺牲之前写给妻子的绝笔信。在信中,他把党比作最亲爱的母亲,饱含了对党的无比眷恋和坚贞不渝的革命信念。

刘谦初,今山东省平度市人,中共山东早期领导人之一。刘谦初年少时就立下"掌灯苦读为黎民"的宏大志愿。1916年,刘谦初深知"千年帝制已归去,四亿神州向共和",组织爱国同学参加反袁斗争,因作战英勇被授予"山东第三支队义勇奖牌"。1919年,他积极投身伟大的五四爱国运动。1922年,在燕大求学期间,与李大钊领导的学生组织建立了秘密联系,为中共地下党组织工作,妙手著文章,铁肩担道义。国民大革命时期,他又毅然投笔从戎,参军作战。大革命失败后,刘谦初临危受命,被党中央调到山东工作,恢复重建中共山东省委。在险恶的时局环境下,他组织发动了声势浩大的青岛七大纱厂总同盟大罢工,给国民党反动当局和日本帝国主义以沉重打击。

1929年8月,刘谦初不幸被捕入狱。面对威逼利诱和种种酷刑,刘谦初的意志丝毫没有动摇,反而以高度的革命乐观主义精神,置生死于度外,把监狱当成了对敌斗争的另一个特殊战场。

刘谦初入狱后,党中央积极开展营救工作,并通过各种渠道为他秘密寄送衣物、书刊。周恩来托人辗转相送的一张毛毯,现为国家一级文物,珍藏于山东博物馆。周恩来曾说:"谦初是党的好干部,他像猛虎关入囚笼,无法施展威力,这是党的损失,应当通知互救会,继续想办法营救。"刘谦初下定了为

革命牺牲的决心。他在给党中央的信中说道：事已至此，没有营救的可能，请不必进行营救工作，我心里很平静，正在读《社会进化史》，争取时日，多懂一些道理。

1931年4月5日，江河呜咽，山川悲戚。刘谦初、邓恩铭等二十二名优秀共产党员，高唱《国际歌》，大义凛然、英勇就义，史称"四五烈士"。四五精神光照千秋，激励着一批又一批革命义士，坚守初心，勇担使命。

（选送单位：中共青岛市委宣传部）

烟台党报创办人许端云

走进山东省烟台市的虹口公园，树木繁盛，绿树之间矗立着一座汉白玉雕像。这座雕像纪念的就是许端云烈士，刚毅的脸庞，面朝大海；坚定的眼神，注视着远方。他见证了这座城市今天的辉煌，也追忆着往日的沧桑。

许端云，今山东省乳山市人，1927年加入中国共产党。1928年5月，中共烟台支部建立后，许端云任支部宣传委员。每次收到省委转来的《红旗报》等党刊宣传材料，他便通宵达旦地复写、刻印、散发。在处境险恶、条件艰苦的环境下，他把全部身心都投入到革命工作。

人民的觉醒，要靠宣传、造舆论，尤其在党的初建时期，急需一份代表群众说话、为革命呐喊的报纸。1929年秋，许端云在党组织的支持下，创办了烟台历史上第一份党报《胶东日报》，及时报道工人运动、学生运动及红军胜利的消息，鼓动劳苦大众组织起来参加反帝、反封建、反剥削压迫的斗争。它的出版，使烟台的政治气氛空前活跃起来。

许端云忘我的革命斗争精神，赢得了中央军委特派员胡萍舟的赞扬。1930年初春，蒋介石电令刘珍年逮捕共产党。外省籍党员准备撤离烟台的紧急时刻，党组织把领导地下党的重担，交给了只有25岁的许端云，指定许端云担任市委书记，领导烟台五十余名党员开展地下斗争。

许端云组织并参与的这些革命活动终被敌人发觉，1931年2月9日深夜，许端云不幸被捕。

在监狱，敌人对许端云又是封官又是许愿，可他视俸禄如粪土。敌人气急败坏，随即对他进行严刑拷打，打断了他的肋骨，再用粗铁丝穿在他的锁骨上，将他吊起来打。尽管如此，许端云没有屈服，也没有写悔过书，更没有出卖组织和自己的同志。他始终坚定地称自己是一名共产党员，始终坚守着

自己的信念。

1931年8月19日清晨5时,许端云被杀害于济南,时年26岁。他的生命尽管短暂,却播下了革命的火种,烛照了历史的天空。他以"革命理想高于天"的精神,为了党和人民的事业,战斗到生命的最后一刻。这种革命精神,叩击着我们每一个人的心扉,激励我们在建设中国特色社会主义道路上,不忘初心,牢记使命。

(选送单位:中共烟台市委宣传部)

真假特派员

李天佑,山东省博兴县吕艺镇高渡村人,是博兴县最早的中国共产党党员之一。入党后,李天佑以小学教师身份为掩护从事革命活动。他一贯主张:"做一个共产党员,必须具有为党的事业不惜牺牲个人生命的精神,要不,就不算一个真正的共产党员。"

1932年,博兴县党组织发动了震惊齐鲁的博兴农民"八四暴动"。由于缺乏斗争经验,再加上国民党反动派的血腥镇压,暴动失败了,博兴党组织也与上级党组织失去了联系。为了尽快恢复联系,县委决定由李天佑协助当时博兴党组织负责人李相韩,突破敌人封锁区,联系上级党组织。

一天夜里,李相韩来到学堂找李天佑。谁曾想,李相韩的行踪已经暴露,两人不幸被捕,关在附近一个庙里。李天佑对李相韩说:"就目前情况看,虽然敌人要抓的是你李相韩,但是他们并不知道咱俩谁是李相韩,我想公开承认我是李相韩。"李相韩坚决不同意,但是李天佑决心已下,他说:"你是组织的特派员,如果你牺牲了,博兴党组织就彻底孤立了,所以你必须逃出去。"两人争执不下。突然,敌人踹门而入,大声问道:"谁是李相韩?"李天佑站起来大声说:"我是李相韩!"

第二天,他们被押往县城,途中路过一片高粱地。李天佑走到一个水井旁,使了个眼色,李相韩会意地点了点头。随后,李天佑装着口渴,说:"兄弟们,我渴得实在走不动了,想到井边喝口水。"团丁准许后,他一头扎到垄沟里喝个没完没了。团丁们有的趴下喝水,有的洗脸,李相韩趁机钻进了高粱地,很快消失得无影无踪。李天佑则向相反方向跑去,不幸的是,他再次被捕,当天就被押往了县城。

审问中,敌人用尽酷刑,想从李天佑嘴里撬出博兴党组织的情况。李天佑没有丝毫畏惧与退缩。三天后,恼怒的敌人残忍地将李天佑的头颅割下来,挂在博兴城东门外的树上。

　　壮烈赴死,留下革命的火种,这就是共产党人李天佑。正是无数李天佑这样"革命理想高于天"的共产党人,用自己的生命、鲜血,播撒、浇灌了革命的种子,换来红色火种在中国大地上生根、开花、结果。

（选送单位：中共滨州市委宣传部）

昆嵛山红军游击队

胶东"一一·四"暴动失败后，于得水、王亮、刘振民、邹恒禄等率领部分幸存人员转移到昆嵛山，坚持斗争，为胶东革命保存了一颗宝贵的火种。这支经过血与火考验的队伍是"中国工农红军胶东游击队"的延续，又被称为"昆嵛山红军游击队"。

游击队的队长是于得水，原名于作海，今山东省威海市文登区葛家镇洛格庄村人。他七次负重伤、十三次受嘉奖，身经百战、出生入死、屡建奇功，是《苦菜花》中于得海团长、《山菊花》中于震海队长的原型。

于得水智勇双全，曾化装借口找人，骗敌人打开界石"联庄会"的大门，一举拔掉这颗危害巨大的"钉子"。在这次行动中，于得水腰部连中两颗子弹，其中一颗没有取出来，但他仍坚持战斗。一次，他腰里残留的子弹引起伤口化脓，队员们看了都害怕。于得水说："怕什么，死不了。腰里的子弹用剃头刀子取出来，敷上榆树皮，三两天就好了。"说完就让队员取子弹。队员说："只听说过关云长刮骨疗毒的故事，咱用剃头刀取子弹，队长真是英雄啊！"

游击队分成"黑、白、明、亮"四个战斗组，暗喻革命一定会冲破黑暗，奔向光明。

为了让白色恐怖中的人们坚定信心，于得水还单枪匹马下山联系群众。一次，他找人把妻子吕凤斯叫到村头，没想到妻子竟穿了一身孝服。吕凤斯生于文登葛家，是《山菊花》女主人公"桃子"的原型。20岁时，吕凤斯嫁给了于得水，在丈夫的影响下，也走上了革命道路。吕凤斯尽管个子高，但是脚小。一次，吕凤斯为送情报，一天走了一百二十二里路，接到情报的同志惊讶地说："大姐，你简直就是一个高腿的机器。""高腿机"这个绰号不久便传遍胶东。20世纪60年代，参加过天福山起义的张玉华将军回文登看望吕凤斯，

想起1937年在她家吃过的两顿饭，就问："你那时哪来的米面？"吕凤斯说："出去要饭要的，没舍得吃。"张玉华听后，眼泪止不住流了出来。

吕凤斯非常机智。1933年的一个晚上，于得水在家里召开了一个碰头会，没想到被村里坏分子告密了。第二天天刚放亮，敌人就把于得水的家包围了。吕凤斯听见有人进了正间屋，就推了于得水几下，小声说："不好，快起来！"接着对外大声说："你们慢点进来，等俺穿好衣服。"大部分敌人脚步迟疑了。说时迟那时快，于得水翻身打破灯窝子纸，拿过锅台上挂的菜刀，往炕头一拍，高声喊："不怕死的上来！"接着对吕凤斯说："快把匣子枪拿来！"吕凤斯往炕西边一闪，碰得桌上的东西哗啦啦直响，敌人以为拿枪，赶忙撤出屋外。其实，于得水没有带枪。于得水乘机从炕上一跃，跳到炕前的桌柜上，又蹿到大柜顶上，双手抱住横梁，双脚向上用力蹬开屋笆，松开手，伸头缩肩钻出屋顶。于得水被称为"飞檐走壁"的英雄就是从这里来的。

于得水从此走上了职业革命生涯。但是，他的家被封了，一个孩子受惊吓死了，父亲和吕凤斯被抓去，好不容易才被保出来。于得水的一个叔叔因为不肯去找于得水，被关在牢里四五十天，死在了里面。吕凤斯出狱后，有家不能回，只能四处借宿，领着孩子乞讨。"一一·四"暴动失败后，传言于得水的头颅挂在了文城西门城墙上，吕凤斯悲愤交加，和孩子穿上了孝服。敌人软硬兼施，想要吕凤斯改嫁，她死也不肯。于得水找到妻子，告诉她不要相信谣言，要坚信革命一定会成功，说完就赶往老蜂窝。

此后，于得水带领游击队寻找战机，主动出击，打击敌人，并且勇于担当，通过攻打垒子盐务局，为胶东特委筹集经费。

韩复榘派三四万人马在昆嵛山反复"清剿"，但一无所获，硬着头皮向蒋介石"报捷"，说昆嵛山"赤匪"已被"肃清"。后来见昆嵛山红军游击队不但没有被消灭，反而标语传单满天飞，袭击进攻遍地起，不得不派兵第二次"东征"。但是，任凭敌人用尽心机，红军游击队的旗帜始终在昆嵛山上高高飘扬。

昆嵛山红军游击队，是土地革命战争时期，中国共产党在北方沿海地区保留下来的唯一红军队伍,也是山东省唯一的红军队伍。1937年12月24日,昆嵛山红军游击队赶赴天福山参加起义。在起义中,以这支队伍为主体组建了山东人民抗日救国军第三军第一大队。

(选送单位:中共威海市委宣传部)

寻找"老掌柜"

在革命老区山东省聊城市,济世救民、九死一生的英雄豪杰层出不穷,多少聊城儿女名垂青史,多少聊城故事代代传扬。其中,命运多舛、铁骨铮铮、为真理奋斗一生的百岁老人赵健民的故事,尤为感人。

1912年,赵健民出生在聊城市冠县赵梁堂村。他天资聪颖,刻苦好学,1932年夏天以总分第二的优异成绩考入了山东省立第一乡村师范学校。同年11月,20岁的他光荣地加入了中国共产党。从此,赵健民开始了革命生涯。

白色恐怖,就像黑云压城。从1929年1月到1933年11月,中共山东省委先后遭受十一次破坏。山东省各地党组织失去统一领导,和中央的联系完全中断。作为济南党组织的负责人,赵健民一刻也没有停止寻找上级党组织。他骑着一辆破旧的自行车穿街走巷,几番周折,终于找到濮县县委和直南特委负责人,建立了联系方式,确定联络暗语为"老掌柜"。

1935年,赵健民通过关系得到"老掌柜已到濮县,请速来洽谈一笔生意"的密信。他骑自行车,一天赶了四百多里路,马不停蹄地赶到濮县的徐庄,在一户农民家中见到了河北省委的代表黎玉,也就是暗语中的"老掌柜"。顾不上擦去汗水和泪水,赵健民立刻向党组织提交了报告。随后,他先后被派到鲁西、鲁北、鲁中,与当地党组织联系,开展党的工作。他们以济南和莱芜党组织为主体,组建了中国共产党山东省临时工作委员会,同时费尽周折与党中央恢复了联系。历经三年的艰辛,山东党组织终于回到了党中央的怀抱。可以说,赵健民为恢复、发展山东党组织立下了汗马功劳。

天有不测风云。1936年9月,时任山东省委组织部部长兼济南市委书记的赵健民因叛徒出卖被捕入狱。在被押解的路上,赵健民忽然意识到:糟糕!自己衣兜里还放着一份文件呢。决不能落到敌人手里!于是他急中生智,趁敌人不备，迅速掏出文件塞到嘴里吞了下去。

监狱中，特务对赵健民严刑拷打，第一次刑讯持续了七八个小时，但赵健民始终坚强不屈。最后，国民党山东省主席韩复榘亲自出面审讯。沉重的铁镣声由远而近，站在韩复榘面前的是一位风华正茂、刚强不屈的年轻人。韩复榘问："你是一个学生，不好好读书，加入共产党想做什么？"赵健民慷慨陈词："我加入共产党是为了抗日。日本要灭亡我全中国，四亿五千万同胞被奴役的大祸就要临头。你作为山东的军政领导人，不但不应该压制我们抗日，相反应该支持我们的抗日救国运动。不是吗？"韩复榘被问得哑口无言、心绪复杂。他摆摆手，叫人把赵健民押回了监房。

也许是因为赵健民慷慨激昂的抗日主张让韩复榘起了爱才之心。他没有下令枪决赵健民，而是以"危害国民为目的组织团体"的罪名对其判刑五年。直到七七事变后，在国共两党合作抗日的形势下，赵健民才在党组织的营救下获释出狱。

出狱之后，赵健民响应党中央的号召，脱下长衫，投笔从戎。他回到家乡，创建冀鲁豫边区抗日根据地，开展游击战，成为让日伪军闻风丧胆的"鲁西赵子龙"。

（选送单位：中共聊城市委宣传部）

千里寻党的刘仲莹

故事还要从1911年的初春说起,在山东省莱芜县(今济南市莱芜区)一个名叫鹁鸽楼的小山村里,一个小男孩呱呱坠地。小男孩家里有几十亩田地,家境富裕。他的父亲是一位商人。父亲给他起名刘盛玉,希望孩子能够子承父业,过上衣食无忧的生活。但是小盛玉的想法与父亲不同,他一心想着读书,想成为一个对国家有用的人。

1929年,刘盛玉如愿考入济南省立高中。在这里,他认识了一位名叫胡也频的老师,正是这位老师介绍他加入了中国共产党。

他给自己改了个名字,叫刘仲莹。

入党以后,刘仲莹只身回到莱芜开展工作。他不懈努力,很快发展了七十多名党员,并成立了莱芜县委,刘仲莹担任第一任莱芜县委书记。

正当一切发展势头良好的时候,事情突然发生了转折。1933年,中共山东省委出现叛徒,党组织遭到破坏,莱芜县委和上级失去了联系。刘仲莹心急如焚,做出了一个果断的决定:出去寻党!当时有人劝他:"外出寻党无异于大海捞针,弄不好还暴露自己。并且,出去需要活动经费,你去哪里筹集这笔钱呢?"是啊,怎么筹集这笔钱呢?刘仲莹没有过多思考,就做出了决定:把家里的房子、店铺和几十亩地通通卖掉。就这样,一个原本富裕的家庭,一夜之间,家徒四壁。但刘仲莹说自己不后悔,他说:"我是共产党员,为了让老百姓过上幸福的日子,我可以牺牲一切,甚至生命。"

卖掉家产之后,1934年6月,20多岁的刘仲莹踏上了漫漫寻党之路,先到济南,后又辗转到了上海。钱花完了,他就干苦力,背麻袋。背上磨起了皮,脚上磨起了泡,他仍然在坚持。最终,他与济南市委书记赵健民取得了联系。

1935年,济南市委书记赵健民来到莱芜,与刘仲莹等人建立了临时中共山东工委，刘仲莹担任书记。中央山东临时工委存在的时间虽然短暂，却在中共山东革命史上留下了浓墨重彩的一笔。

抗日战争爆发后，刘仲莹积极组织群众进行抗日救亡运动，风里来雨里去，饥一顿饱一顿，最终积劳成疾，患上了肝病。后来，他的病情日渐恶化，已经无法进食，组织要把他送回老家治疗。他却说："我是为人民服务的，只要还有最后一口气，我也要为人民服务到底！"刘仲莹离开人世的时候，还不到30岁……

刘仲莹的一生，虽然短暂，却光芒耀眼。这个名字，值得我们永远牢记。

（选送单位：中共济南市委宣传部）

用信仰和生命诠释《共产党宣言》

1926年春节过去不久,鲁北平原上四野积雪,白茫茫一片。山东省广饶县刘集村党支部书记刘良才家的炕上,放着一本小册子,这是在省城济南女子学校教书回娘家探亲的党员刘雨辉带回来的。这本小册子,就是陈望道首译的中文全译本《共产党宣言》。

刘良才虽然上学不多,但天分很好,他把《共产党宣言》里的道理吃透,用通俗的语言讲给党员和群众。他说:"要想改变这个世道,就要'万国劳动者,团结起来'。"

从此,这个表面平静的小村庄里,越来越多的人聚集起来,如饥似渴地听、懵懵懂懂地问,大家浑身有使不完的劲。晚上有人送信,有人组织,有人讲道理,有人放哨,有人制版,有人手推油印机印刷。周边村庄的墙上、村民的门缝里,常会留下"大胡子"说的道理。

1930年11月,在上级党组织的领导下,刘良才团结带领党员、群众,开展了反对苛捐杂税的斗争,打响了公开与反动政府斗争的第一枪。

反动派调查得知,这里有一群人叫"共产党",这里有一本书叫《共产党宣言》。他们来到刘集,疯狂搜捕共产党,搜查《共产党宣言》……白色恐怖骤然笼罩了这个小村庄。

在这种形势下,刘良才销毁了党的一些文件,但始终没舍得销毁这本书。后来,他把《共产党宣言》转交给了支部委员刘考文,刘考文又托付给了忠厚老实、不太会引起敌人怀疑的党员刘世厚。刘良才、刘考文先后牺牲,刘世厚把这本书精心包裹好,藏在炕底下、房顶的脊瓦下、树上的鸟窝里、山墙的雀眼里……一次次躲过敌人的搜查。

最惊险的一幕发生在1944年的腊月十四。这天,日伪军进村"扫荡",

见房就烧,见人就杀,被烧的民房达五百多间,噼啪作响,火海一片。刘世厚在与群众转移出村的半路上,突然停下了脚步,身后的群众拉着他说:"世厚啊,快跑吧,再不跑就没命了!"刘世厚默不作声,掉头就往已成一片火海的村内跑去。这时,日伪军仍在烧杀抢掠,横飞的子弹穿透了刘世厚的右腿,鲜红的血液染红了他的脚印。但刘世厚义无反顾,宁可丢掉性命,也要抢出《共产党宣言》。可是这时屋顶上的茅草已化作一条吐着火舌的烈焰,随着风势旋转着方向,他忍着被烧灼的剧痛爬上了屋山墙,毅然把手伸进已经化作一团火焰的雀眼,飞快地取出藏有《共产党宣言》的布包,顾不上被烫伤的危险,一下揣在怀里,又一次冒着滚滚浓烟转移到了村外。

今天,这本《共产党宣言》陈列在东营市博物馆,被列为国家一级文物,书的左下方被火烧过的痕迹,就是那次劫难的印痕。如今,这本书虽已破旧不堪,但《共产党宣言》不老,共产党人的精神长青!

(选送单位:中共东营市委宣传部)

红动齐鲁

山东红色故事选粹

抗战篇

>>

红动齐鲁

讲好红色故事　传承红色基因　弘扬沂蒙精神

泰西革命的领路人

和许许多多的革命者一样,张耀南的一生充满艰辛和曲折。虽然历经坎坷,但是他对共产主义事业矢志不渝,彰显了共产党人的崇高风范。

1901年,张耀南出生在泰山西北麓的一个偏僻小山村——山东省长清县(今济南市长清区)纸房村。当时正值八国联军侵略中国,轰轰烈烈的义和团运动,在帝国主义和清政府的血腥镇压下失败了,四处兵荒马乱,百姓难以为生。父母给他起了个象征吉祥的乳名"太平",学名"星寿",字"耀南"。

张耀南从小入私塾,国学功底深厚;考入长清县立第一高级小学后,开始学习国语、历史、自然常识等文化知识。在那个动荡的年代,年少的张耀南开始了对社会和人生的初步认识。他从小受父母"千金治业,万金睦邻"的家教,又受到古书上"得民心者昌,逆民心者亡"的思想影响,对民主、平等充满向往。当时虽因年龄小没去当兵,但他在心底,已经暗暗立下了为国家、为人民做一番大事业的壮志,立志以强国富民为己任,"做大事不做大官"。

为了实现教育救国、实业救国的梦想,1925年冬天,张耀南毅然舍弃曲阜二师的学业,回乡办起了农民易学和农民合作社。在那个黑暗的年代,这种探索,就像漫漫黑夜中的一点萤火,一闪即逝。改良失败了,张家也负债累累。后来他放弃国民党部委任的高薪职务,到县立第一小学任校长,教学十年,弟子三千,誉满长清,深孚众望。

抗战爆发后,张耀南毅然投笔从戎,和自己的学生魏金三等共产党人,发动抗日武装起义。他们招兵买马、筹钱、筹枪、筹粮,为大峰山根据地的创建和发展立下大功。张耀南曾担任长清县抗日民主政府县长、泰西专署专员等职。他对党忠诚,从不计个人得失,一切以人民利益为重。长清起义队伍编入自卫团后,一些同志认为给张耀南的职务太低,为他鸣不平,他说:"我们是来抗

日的,只要真抗日,当兵也情愿。"在最困难的时期,粮食奇缺,他常办公到深夜,有时饥饿难忍,就到院子里薅两把树叶吃。警卫员看着心疼,偷偷买了两个烧饼塞给他,他生气地批评道:"群众和同志们都在挨饿,我能吃这烧饼吗?"八路军一一五师挺进泰西后,罗荣桓了解到张耀南的情况,称赞说:"一个旧知识分子出身的同志,抗日这样坚定,对党这样忠诚,十分难得。"并亲自签发命令,任命张耀南为大峰山武装工作团团长。

中华人民共和国成立之后,张耀南长期在泰山林场工作。他主持制定了《1960—1967年泰山林场八年发展规划》,提出"泰山是旅游胜地,泰山建设要和发展旅游业、美化人民生活相互促进"的设想。通过全体林场职工的努力,初步实现了"要把泰山建设成一个四时有花、无时不绿、树种丰富多彩的山岳公园"的规划设想。

1974年10月5日,为党和国家奋斗了几十年的张耀南因病逝世,葬于长清烈士陵园。他用自己无悔的一生,诠释着一名优秀共产党员的使命和担当。

(选送单位:中共济南市委宣传部)

英灵永伴徂徕山

巍峨的泰山脚下,庄严肃穆的泰安烈士陵园里,有十二座用泰山花岗岩砌成的烈士陵墓,为首的那座大墓内安葬着在抗日战争中英勇牺牲的八路军山东人民抗日游击队第四支队司令员洪涛烈士。每年清明节,人们都会在他的墓前肃立、默哀,一遍遍聆听他的传奇故事。

1912年4月,洪涛出生在江西省横峰县一个贫苦农民家庭。幼年的洪涛,不到10岁就上山砍柴、下地放牛,饱受人间疾苦。他年仅15岁就毅然参加了革命,为农民兄弟谋解放,总能够十分出色地完成任务。1929年2月,洪涛光荣加入了中国共产党。

1934年10月,洪涛参加了两万五千里长征,打了许多恶仗、硬仗。他身先士卒,多次负伤,最后一次负伤,一颗子弹穿进肺部,弹头无法取出。到达陕北革命根据地后,身经百战的洪涛被派到延安"抗大"(中国人民抗日军事政治大学)学习,成为一名优秀的红军指挥员。

1937年10月,洪涛响应党中央号召,从延安来山东参加领导抗日武装起义。这期间,中共山东省委迁到山东泰安,决定在泰安直接领导徂徕山抗日武装起义。1938年1月1日,中共山东省委在徂徕山大寺聚集红军干部、泰安县共产党员、抗日自卫团员、平津流亡学生等一百六十余人,召开誓师大会。省委书记黎玉宣布成立"八路军山东人民抗日游击队第四支队",洪涛同志任司令员。在几乎赤手空拳的情况下,洪涛领导的起义军队伍多次伏击日军,取得了振奋人心的胜利。起义军声威不断壮大,短短几个月,队伍就发展到四千余人,成为山东我党领导下的一支抗战劲旅。

就在大家初尝胜利成果的时候,肺部没能取出的弹头使洪涛同志身体状况急剧恶化、生命垂危。此时,洪涛仍惦记着部队,想着抗战。他对来看望他的各部队负责同志说："对莱芜战斗的经验要很好地总结，这是拿血换来的。"1938年5月25日深夜，在生命的最后时刻，洪涛同志握着身旁同志的手，断断续续地说："我不行了，重担放在你们肩上，一师是支好部队，要爱惜，大有前途。"身边的同志会意地递上纸和笔，他非常吃力地写道："要加强部队内部团结，抓紧训练，创立抗日根据地……"突然，洪涛握笔的手停在了纸上，英雄的心脏停止了跳动。

年仅26岁的洪涛同志去世了，噩耗传开，指战员们心情沉重，失声痛哭。省委和各级干部群众为他举行了隆重的追悼大会。全体将士默念着他的名字，铭记着他的嘱托，攥紧手中的武器，开始了新的战斗。

1955年，泰安专署和泰安县政府将洪涛烈士遗骨迁葬泰安烈士陵园。这里北靠五岳独尊的泰山，南可眺望雄伟的徂徕山峰，下可俯视人民聚居的泰安城，昭示着英雄的功绩与泰山并重，烈士的英名与徂徕山共存。

（选送单位：中共泰安市委宣传部）

投笔从戎为救国

1938年春，在山东省汶上县杨集村的一间土屋里，上演着惊心动魄的一幕。当时，为了搞好对国民党地方人员的统战工作，陈伯衡与时任国民党汶上县县长的崔百朋磋商共同抗日。在谈判时，双方卫兵持枪对峙，气氛一度十分紧张。"我们的枪是用来上战场杀鬼子的，不是用来对着自己的同胞的，而且今天我们是来谈判的，不是来打仗的！"这是汶上县人民抗日自卫队队长陈伯衡，在冷静分析当时情况后说出的一句话。就是陈伯衡的这句话，缓和了当时一触即发的紧张局面。

陈伯衡，1906年出生于汶上县南周村。他幼时家境富裕，得以私塾启蒙，16岁考入城内书院高小，后就读于济南第一师范学校和北平（京）大学，一直学习勤奋、成绩优异且为人谦和磊落，深得同学赞佩。1928年，国民党北伐军控制汶上后，陈伯衡利用学校停课之机，积极参与汶上县党部工作。同年，他抱着救国救民的理想，加入国民党。1931年，考入北大经济系不久，他就与进步师生有所接触。

"九一八"事变后，他因大片国土的沦陷和蒋介石集团的卖国行径痛心疾首，赴国民党南京政府参加了请愿示威活动。之后，他通过阅读《资本论》等进步书刊，逐步接受了马克思主义思想。1935年北大毕业后，他被济南齐光中学聘为教务主任。1936年10月19日，鲁迅逝世。陈伯衡怀着巨大的悲痛，主持《齐光校刊》编发悼念鲁迅专号，并亲笔撰写了《鲁迅先生的战绩和思想》一文，全文1.3万余字，以马克思主义观点精辟阐述了鲁迅思想风格的形成及其伟大战斗精神。此后，他还陆续发表了《目前教育的危机》《青年在学校》等文章，巧妙而深刻地宣传了马克思主义哲学思想和世界观。此时，陈伯衡已经不仅仅是一个满腔热血的爱国者，已成长为一名坚定的马克思主义者。

1937年初，胡风根据鲁迅生前授意和中共抗日民族统一战线政策撰写的《文学与生活》一书出版后，陈伯衡立即带头为高年级学生讲授。

1937年10月，日军逼近济南，齐光中学举校南迁。途经汶上时，他听说几名旧友准备组织一支抗日队伍，遂产生强烈共鸣，毅然决定留汶举义，共赴国难。当时，起义筹备者们面临的首要问题，是举什么旗、跟谁走。陈伯衡以其固有威望和新锐革命思想，很快就带领大家达成共识：坚决依靠共产党。他随即两赴济宁，联络到中共鲁西南工委，要求负责人江明派人对自己的队伍予以指导。江明委任共产党员刘星以中华民族抗日解放先锋队的名义，协助陈伯衡组织骨干、发动起义。此后，他和刘星、曹志尚、刘起文等分头行动，走村串户，从人员、枪支、财力等方面做了大量动员筹备工作。

1938年2月5日，陈伯衡率领队伍正式起义，在鲁西南一带率先拉起了有共产党员指导参加的抗日队伍——汶上县人民抗日自卫队。陈伯衡和战士吃一样的饭，穿一样的衣，冬睡草窝，夏宿野地，凭着一腔热血和大智大勇，带领战士们克服种种困难，冲破敌人层层封锁，先后转战于汶上、东平、平阴、聊城、冠县等地，一次次给日伪军以沉重打击。

然而，由于受到日伪军和国民党双方钳制，这支队伍生存处境十分艰难。为争取各种力量联合抗日，他在带领战友深入发动群众的同时，向流亡中的国民党汶上县政府开展了统战工作。一次，他带领几名战士同国民党县长崔百朋磋商避免摩擦、共同抗日问题。谈判过程中发生争执，双方卫兵忽地抽枪对峙起来，崔百朋吓呆了，不知所措。接下来就上演了文章开头那一幕，陈伯衡镇定如常，他掷地有声的一句话，马上稳住了局势，使谈判得以继续进行下去。

1938年，部队进驻东平县苇子河村，侦察员扣留了一名被日军收买、传递假情报的邮差。不少人主张将此人就地正法，陈伯衡却劝阻说："他是一时受敌人蒙蔽的穷苦百姓，我们要给他一个改过自新的机会。"经过教育，此人痛改前非，向部队提供了不少日军的情况。

陈伯衡领导的这支起义部队，很快受到东平县地下共产党负责人万里的重视。1938年春，他派专人来到汶上县人民抗日自卫队，帮助建立党的组织。

1939年1月，陈伯衡被吸收为中共党员。

  1939年3月22日，陈伯衡奉命率部赴东平郑海一带阻击日军。日军倚仗自身装备精良，骄狂直进。他抓住敌人这一特点，利用地利、人和等有利条件，一对阵，就将敌方先头部队打了个落花流水。敌人恼羞成怒，动用迫击炮、重机枪疯狂进攻。激战持续了五个多小时，陈伯衡亲临迫击炮阵地，指挥炮手发起最后反击，不幸身中数弹，壮烈牺牲，年仅33岁。而这一年，也是他正式成为中共党员的一年，他当初的入党誓言还如在耳边："你们即使抹杀掉我的肉体，可你们消灭不了我作为共产党员的信仰！"

（选送单位：中共济宁市委宣传部）

东山里的谷子熟了

　　1938年秋天，正是东山里谷子成熟的季节，日军从山东济南、兖州等地调集一万多人的兵力，到滕县东部山区，围剿国民党第五十七军以及民间抗日武装。15岁的陈汉鼎带头参加革命，在滕县东部山区进行抗日宣传活动。

　　陈汉鼎为陈家的长子，不但长相英俊，也是兄弟们中最有才华的一个，14岁便在报刊上多次发表文章。父母早就想好，再过两年就让汉鼎成婚，平平安安过日子。可是，当日本侵略者踏进中原，作为一名爱国青年，他担任着繁重的宣传任务。汉鼎成婚对他的父母来说只能是遥遥无期的梦。

　　日军搜捕抗日人员的消息，渐渐在百姓中传开了。陈汉鼎有自己的想法，他对父母说："小鬼子在咱们这儿无恶不作，俺得出去好好宣传抗日，把咱老百姓都动员起来，让小鬼子滚回他们的老家去。"汉鼎的母亲抚摸着儿子的脸颊说："俺知道，你干的是好事，是保家卫国的大事，可娘就想你能平平安安，娘就是舍不得你啊……""谁家的命不是命，快别哭了，让娃担心……"汉鼎的父亲忍泪说道。陈汉鼎下定了决心，第二天一早，他带好纸和笔，拿了几块煎饼，匆匆地离开了家门，来到上辛庄和其他爱国青年会合，进行抗日宣传。

　　日军看到村子里到处张贴着抗日标语，恼羞成怒，开始疯狂屠戮手无寸铁的百姓，山上被飞机大炮轰炸，山下是装备精良的日本军队。万般无奈之下，陈汉鼎和另外一名爱国青年只好钻进了谷子地。日本兵抓到他们，看到两个年轻人都穿着学生制服，留着洋头，口袋里还有纸和笔，又摸了摸他们的掌心，发现没有老茧，断定他们不是当地的老百姓。既然不是当地农民，就不是"良民"，就可能是抗日分子。于是日军不由分说，用刺刀刺向两个青年人的喉咙。那年，陈汉鼎只有16岁。直到第二天，日军走后，上辛庄的村民才敢帮忙收了尸。噩耗传来，汉鼎的父亲悲痛欲绝，这位老先生知道，这时把儿子的尸首收回家，会让全家甚至全村人送命。他选择隐瞒，独自一人忍受人世间最大的悲痛。每当家里人问起，他总是强颜欢笑："鼎儿在东山里做事，不久就回家来。"

一年以后，也是谷子熟了的时候，汉鼎的父亲突然对汉鼎的母亲说："鼎儿回来了！"老太太欢天喜地，迈着小脚去村口迎接，没想到迎来的却是儿子的棺材。

陈汉鼎倒下的地方四面环山，高耸的山峰就像一座历史的丰碑。这里泉水汩汩，山溪潺潺，仿佛讲述着一个永远没有结尾的故事。

（选送单位：中共枣庄市委宣传部）

"革命母亲"常大娘

山东省乐陵市是著名的小枣之乡,1937年10月被侵华日军占据,抗日的枪声在这片土地上打响。乐陵市朱集镇枣林深处,有一处我党的坚强堡垒,那里曾是冀鲁边区三地委和靖远县的机关驻地,曾经掩护和救助了无数八路军战士和干部;那里有一位深明大义、爱憎分明的巾帼英雄,她就是被赞为"大爱为国、革命母亲"的常大娘。

常大娘原名刘相会,1891年出生于朱集镇刘玉亭村,迫于家境贫寒,9岁时便嫁到大常村做了常培仁的童养媳。1938年9月,八路军东进抗日挺进纵队司令员兼政委萧华,率部开辟了以乐陵为中心的抗日根据地。这一年,常大娘47岁,已是六个孩子的母亲。听说了八路军的事迹之后,她毅然带领全家义无反顾地加入抗战的队伍,成为村子里为八路军战士遮风挡雨的"堡垒户"。

当时,很多八路军战士年仅十七八岁,在常大娘眼里,八路军战士就是自己的孩子。有的战士伤得很重,常大娘没日没夜地守在他们身边,给他们擦洗身子,喂水喂药。起先,战士们都叫他"大娘",随着时间的推移,战士们都不由自主地喊她"娘"。当时,靖远县八区组织干事袁宝贵在常大娘家里养伤,身上长满了疥疮,手烂得拿不住筷子,腿烂得不能走路。常大娘每天给他喂水喂饭、擦拭伤口。经过昼夜细心照料,半个多月后,袁宝贵疥疮痊愈。临别前,他含着热泪说:"大娘,您就是我的亲娘!"常大娘说:"我们就是一家人,不必感谢,你们多打几个鬼子就是感谢了你大娘。"

随着战争形势越来越严峻,1942年,冀鲁边区党组织决定在常大娘家挖掘地道。为了避免被人发现端倪,全家人都是在晚上行动,用将近一年的时间挖建了一条长约60米、高1.2米、宽80厘米的地道。这条地道为当时地委、区委、县委的工作提供了安全的地点,抗战的粮食弹药以及上级的重要文件都存放在常大娘家的地道里。从此,常大娘家便成了冀鲁边区和靖远县的机关驻地,党组织在这里办公,伤员在这里养伤,保密工作做得非常好,直到抗战胜利,这个地道才被人知晓。

为了守护地道的安全,常大娘可没少吃苦头。乐陵市党史史志办公室主任宋秀利介绍说:"敌人追捕我们的八路军战士,追到常大娘家附近,找不到人了,就拿常大娘出气,经常把常大娘打得遍体鳞伤,但是不论怎样拷打,常大娘始终紧咬牙关,一个字也不说。"

抗日战争胜利后,1945年秋,中共渤海区第一地委奖给常大娘一面锦旗,上书"向在抗战中立下不朽功勋的革命妈妈常大娘致敬"。

中华人民共和国成立后,常大娘不向组织伸手,依旧以务农为生。1972年,常大娘病重,县委领导前来慰问,问她有什么要求。"我想加入中国共产党",这是81岁、卧病在床的常大娘唯一的要求。不久后,县里派人到她家,郑重宣布她已正式被批准为中国共产党党员,常大娘在病床上举起颤巍巍的右手进行宣誓,眼睛里闪着泪花。

"春蚕到死丝方尽,蜡炬成灰泪始干",是对常大娘一生最准确的总结。1974年,常大娘去世,享年83岁。常大娘的孙女常新国这样评价她的奶奶:"她一生爱憎分明、恩怨分明、是非分明、性格刚直、坚贞不屈,一生只想着党、祖国和人民,从不考虑个人。"

(选送单位:中共德州市委宣传部)

民族英雄马本斋

抗日战争时期,在华北平原上,活跃着一支威震敌胆的抗日部队——回民支队。这支部队屡建战功,给日本侵略军以沉重打击,被八路军冀中军区誉为"无攻不克,无坚不摧,打不垮、拖不烂的铁军"。毛泽东称赞其为"百战百胜的回民支队"。赫赫有名的抗日英雄马本斋,是回民支队的司令员,他抱着抗战到底的救国信念驰骋沙场,他的爱国情怀影响着一代又一代的后人。

马本斋,1901年出生于河北省献县的一个贫苦农民家庭,是抗日义勇队、八路军冀中军区回民支队的创建人。

位于今天河北省衡水市桃城区的康庄村,本是冀中平原上一个名不见经传的村庄。回民支队与日军在此的一次战斗,使它成为被很多人熟知的地方。而今,康庄战斗作为经典战例,被收入了军事院校的教科书。

1939年底,华北战场上,日军正气焰嚣张。他们在衡水一带,强征民夫抢修石德铁路,企图打开津浦、平汉两大铁路干线之间的通道,进一步分割、封锁抗日根据地,同时经常"扫荡"铁路沿线村庄,百姓深受其害。

为保卫发展深南(深县南部)抗日根据地,1940年2月初,回民支队奉冀中军区之令,赴深南地区开展对敌斗争。敌众我寡,力量悬殊,在这样的情况下,回民支队要消灭盘踞在据点的日军,唯有巧战。在战术制定过程中,回民支队注意到了一个小村庄——康庄。康庄村,处在衡水城区和附近安家村两大日军据点之间的必经之路,而且安家村据点是日军在石家庄外围设立的总据点,一旦这一据点报警,日军必会及时出兵救援。

于是,1940年5月30日凌晨,由回民支队司令员马本斋精心策划的一场"引蛇出洞,围点打援"的经典战斗,在康庄打响了。

当日凌晨,回民支队一支小分队首先佯攻安家村据点,待驻扎在安家村的敌军通过电话向衡水据点驻军紧急求援后,回民支队设法割断了敌人的电话线,断绝了两地敌军间的联络。上午8时左右,赶往安家村救援的衡水城区据点的日军和伪军途经康庄村及附近邢家村,不想正进入回民支队的伏击圈。指挥员一声令下,霎时伏兵四起,火力漫天。敌人为躲避火力打击,被迫窜入路旁两米多深的道沟。而这一躲,正中回民支队的计谋,战士们纷纷拉响手榴弹,密集地投进了道沟。由于道沟直上直下,又大又深,日军和伪军只能朝天开枪,欲战无力,欲逃不能,乱作一团。仅仅四十分钟,一场漂亮的伏击歼灭战便告结束。

在此场战斗中,回民支队共击毙日伪军一百余人,俘虏伪军五十余人,而自身因为组织严密、指挥得当,无一人伤亡。

经过一次次战斗的洗礼,回民支队逐渐成长为冀中平原上一支赫赫有名的抗日武装,而回民支队中屡出奇兵、威震敌胆的司令员马本斋,也和他领导的这支队伍一样,留给了后人无尽的追思与崇敬。

在艰苦卓绝的抗日斗争中,马本斋的母亲白文冠也表现出了一位英雄母亲的崇高斗争精神。

"壮志难移,汉回各族模范;大节不死,母子两代英雄。"这是朱德总司令给马本斋母子二人的挽联,高度赞扬了母子二人的高尚情操。

1941年8月,马本斋的母亲被日军从东辛庄村抓捕到河间县城。日军企图以马母为饵,诱使马本斋率部来救,乘机消灭。日军联队队长山本大佐按回民风俗摆下丰盛宴席,假惺惺地要为马母压惊。马母声色俱厉:"我是中国人,不吃日本的饭!"当日本宪兵队审讯人员问马母有几个儿子,叫什么名字时,马母昂首回答:"他们都叫'抗日'。"

山本大佐见状又派来伪河间县长孙蓉图,企图用软磨的办法迫使她就范。孙蓉图装出一副伪善的面孔,亲自斟水端饭,恭维地说:"马本斋文能治国,武能安邦,是河北不可多得的人才,所以敬请老太太给令郎修书一封,只要他肯投靠皇军,保证高官得做,骏马得骑。"

马母听后,一字一顿地说:"告诉山本,我生养的孩子是中国人,他是坚决抗日的八路军,一向不知道有'投降'二字。我宁死不写信劝降。"

被捕的第三天,马母开始绝食,决心以死报国。9月3日,绝食七日的马母壮烈殉国,时年68岁。

马母牺牲后,回民支队全军戴孝。马本斋眼含泪水,强压怒火,在母亲遗像前肃立许久,然后奋笔疾书:"伟大母亲,虽死犹生;儿承母志,继续斗争!"

1943年底,马本斋在率部参加冀鲁豫抗日根据地反蚕食战斗中,颈后长了毒疮。由于战事繁忙、缺医少药,1944年2月7日,马本斋在随部队赴延安途中于山东省聊城市莘县不幸病逝。毛泽东为他写下"马本斋同志不死"的题词,周恩来题词"民族英雄,吾党战士"。

(选送单位:中共聊城市委宣传部)

"边区慈母"马振华

马振华，华北民众抗日救国会、救国军的主要发起人之一，曾任津南地委书记，是冀鲁边区根据地的组织者、创建者之一。他为边区建立、发展党的组织、唤起民众的抗日救国热情，殚精竭虑，不辞辛劳，被群众誉为"边区慈母"。

马振华坚持边区抗战，终日和士兵、农民生活在一起。有时和许多同志合盖一条破布，睡在铺着乱草的潮湿地上，生活简朴节约。他牺牲的这一年夏天，在反"扫荡"战争中，他支撑着边区的危局，斗争更加艰苦，他一直穿着一身磨破了的蓝色粗布小裤褂，穿着一双大拇指都挤出来的鞋。

马振华同志自己俭约廉洁，同样不浪费一分钱的公款。在他任特务团政治部主任时，有一天，来了几个客人，政治部买了一盒纸烟招待，但正巧客人中没有一人吸烟，只有马振华吸烟。事后，他对管理员说："这盒纸烟由我自己出钱吧。"

在坚持敌后反"扫荡"斗争中，他顾不上照料家中年迈多病又失明的老父以及弱妻和幼子。那年大旱，庄稼籽粒无收，他的妻子携幼子，沿门乞讨，靠要饭维持一家的生活，供养其老父亲。他全身投入革命后，没有接济家中一分钱一粒米。有时同志们谈到他的家庭，他说："家庭这个问题，在现时是没有办法解决的，而且，像我家这样的甚至比我家还要困难的抗属，不是太多了吗？我一个人的家庭不要紧，应该设法把这个问题整个解决，按照规定优待抗属。把鬼子打出去，一切就都好办了。"

1940年的一天，津南地委书记马振华带领地委和宁津县委的同志在一个村庄视察工作。时近正午，他的妻子带着年仅7岁的孩子讨饭，也来到这个村子。一家人意外相逢，娘俩喜出望外，他们已经饿了一整天，原想能在这里吃一顿饱饭。可马振华只是抱起孩子，亲了亲，然后放下，摸着孩子的头说："快

和你娘要饭去吧,过了饭时,就不好要了。"孩子痴痴地望着马振华,问了娘一句:"娘,这就是俺爹吗?"妻子说了个"是",含泪拉着孩子走了。刚走出几步,孩子猛地转过头向马振华喊道:"爹,等要到好吃的,俺给你留着。"旁边的同志都忍不住流下了眼泪。他们怨马振华太无情,马振华却说:"这是军粮,是让战士们吃了打鬼子的,总不能让战士们饿着肚子去打仗吧!"

马振华是津南地区党的领袖,是冀鲁边区抗日根据地的创建者之一,为民族独立解放立下功绩。马振华烈士之伟大,不在于他立下的丰功伟绩,也不在于他是边区六百万群众的领袖,在于他从踏上革命征途的第一天,就把整个生命交给了党,历尽艰辛、不屈不挠,坚持原则守纪律,不求个人功绩名利,抱着钢铁一样的决心和毅力干革命,坚决完成党所赋予的任务。

(选送单位:中共德州市委宣传部)

战斗英雄任常伦

"战斗英雄任常伦,他是黄县孙胡庄的人,19岁参加了八路军……"这是一首当年传遍胶东大地的英雄赞歌。

任常伦是全国著名的战斗英雄,全国百位为中华人民共和国的成立做出突出贡献的英雄之一。他的事迹在胶东大地广为流传、深入人心。

任常伦,1921年出生在山东省黄县(今属龙口市)孙胡庄的一户贫苦农民家庭。1940年秋,19岁的任常伦参加了八路军,成为山东纵队第五旅十四团的一名战士。

任常伦入伍不久,部队就接到命令:拔掉郭家店日军据点。这是任常伦第一次参加战斗,手里的武器只有一把大刀。班长担心任常伦害怕,特意把他安排在队伍的最后边,谁知任常伦就像一只猛虎,傲视着凶残的敌人。随着指挥员一声令下,任常伦嗖地蹿起,握紧大刀向日本兵冲去,子弹在身边乱飞,他也毫不畏惧,奋勇冲锋。一个日本兵惊恐逃窜,任常伦飞身追敌,手起刀落,侵略者瞬间成了刀下鬼。战斗结束,任常伦背着一杆亲手缴获的三八大盖,神气活现地回来了。

1941年,部队围歼屯聚山东海阳发城镇的汉奸赵保原部。外围工事逐一攻破,敌人在最后两个碉堡里负隅顽抗。眼看进攻受阻,任常伦顾不上自己两处负伤,和战友架起云梯冲向碉堡。突然,从碉堡里飞出一块砖头,重重地砸在任常伦的头上。任常伦强忍疼痛,吃力地从腰间拔出手榴弹,扔进了射击口,轰隆一声巨响,顽敌上了西天。任常伦重重地从梯子上栽到了地上,昏了过去,等他醒来,战斗已经胜利结束。这场战斗后,任常伦光荣加入了中国共产党。

1941年冬,部队攻打小栾家据点,连队撤出战斗时,发现班长史德明不见了。八路军绝不丢下战友,任常伦二话不说和战友们重返战场。重返战场救

战友,是一项非常危险的战斗任务,几名战友相继负伤,任常伦右臂也被机枪打中,鲜血染红了衣袖。任常伦强忍疼痛,一步一步吃力地向前爬行,终于发现了失散的战友史德明。但是史德明身负重伤,已经不能动弹,任常伦心急火燎,顾不上多想,立刻解下自己绑腿的布条,系在班长的腰上,连拖带爬,将战友从生死线上带了回来。

1944年,任常伦当了副排长。这年8月,他光荣出席了山东省军区战斗英雄代表大会,被选为大会主席团成员,被授予山东省军区"一等战斗英雄"的光荣称号。

任常伦归队不久,就投入新的战斗。1944年11月14日,日寇沿烟青公路南下"扫荡",团部决定在海阳长沙堡一带迎击敌人。战斗打响了,任常伦带伤请战。他带领十三名战士坚守前沿阵地,白天连续击退敌人四次冲锋,弹药打光了,敌人又疯狂反扑上来,任常伦大喊一声:"没有子弹有刺刀,人在阵地在!"说完端起刺刀,跃出战壕,战士们跟着一跃而出,杀入敌阵。一场激烈的肉搏战开始了,任常伦挥舞长枪,所向披靡,接连刺死了七名鬼子,英雄气概令敌人闻风丧胆,落荒而逃。入夜,敌人发起了新的进攻,任常伦不幸头部中弹,轰然倒下,鲜血染红了脚下的泥土,"一定要守住阵地……"这是任常伦留给战友的最后一句话。在被送往牟平埠西头战地医院抢救的途中,任常伦壮烈牺牲,年仅23岁。

噩耗传来,胶东军区司令员许世友悲痛万分,这位硬汉将自己关在屋子里大哭了一场。他太喜爱、太舍不得这位忠诚勇敢的战友了。追悼会那天,许司令员汤米未进,亲自主持仪式,行鸣枪礼。下葬时,他又把自己还没舍得穿的一件新衣服轻轻盖在了任常伦身上。随后,许世友司令员召开胶东军区扩大会议,将英雄所在连命名为"任常伦连",黄县政府将英雄的家乡孙胡庄改名为"常伦庄"。1945年,胶东军民自愿捐钱捐物,在胶东英灵山上建英雄亭,竖英雄碑,立英雄铜像。胶东国防剧团为英雄谱写了一曲颂歌《战斗英雄任常伦》。

(选送单位:中共烟台市委宣传部)

用生命架起空中电波的桥梁

抗日战争时期，山东北部有两个共产党抵抗日寇的战略区，一个是以乐陵、宁津一带为中心的冀鲁边区，一个是以寿光、广饶一带为中心的清河区。这两个战略区中间隔着惠民、阳信、青城等县，是一片敌占区。日军为了限制共产党领导的两个边区的联络，修筑了大批据点、岗楼，驻扎重兵进行封锁。

1940年10月，中共中央山东分局和八路军一一五师指示：集中兵力，扩大开辟抗日游击根据地，发展壮大我们的力量。接到指示，冀鲁边区首长给清河区的杨国夫司令员写了一封信，提出打通两个战略区联系的方式策略。送信的秘密任务落在了共产党交通员王壮基身上。当时，王壮基长期在黄河岸边活动，熟悉地形、敌情，他的身份是教书先生，也不容易引起敌人的怀疑。

王壮基接受任务后做了精心准备。他把密信藏在夹袄的棉絮里，巧妙地躲过了日伪军的一道道关卡，把信顺利地送到了清河区杨司令员手中。杨司令员向他详细询问了冀鲁边区的斗争情况。十多天后，带着杨司令员的复信，王壮基又安全返回冀鲁边区。边区党委研究了复信，决定派王壮基再渡黄河，把密电码送到清河区，以便两区开通空中通信联络。首长把密电码交给他，郑重地叮嘱道："这是一项绝对机密的任务，不准泄露给任何人；要把密电码亲手交给杨司令员，遇到危急情况时，首先把密电码销毁。"王壮基神情庄重地说："请首长放心！就是牺牲自己，也决不让密电码落到敌人手里，我一定把密电码送到。"

半个月后，冀鲁边区收到了清河区的电报，两区空中通信联络终于打通，从此，冀鲁边区和清河区之间有了"永不消逝的电波"。

两个战略区之间的空中桥梁架好了，可王壮基却再没有回到冀鲁边区。边区首长千方百计寻找王壮基的下落，等来的却是不幸的消息：王壮基同志已经

壮烈牺牲了。

原来，1940年12月中旬的一天，王壮基送完密电码，带着杨司令员的密信，由清河区返回冀鲁边区。他头戴礼帽，身穿棉袍，依旧将密信放于衣襟夹层的棉絮中。顶着纷纷扬扬的雪花，王壮基朝着黄河岸边走去。临近渡口，他暗叫不好，只见日寇在渡口的河滩上设下哨卡，严格盘查过往行人。

王壮基不慌不忙地迎着日寇走去，摘下礼帽，朝敌人弯弯腰，顺手将几张钞票递过去。日寇在他身上胡乱捏了几下就放行了。王壮基长长舒了一口气。他跨上了渡船，下意识地用手摸了摸衣襟夹层里的密信：此封信如果落到敌人手里，就泄露了两区准备打通联系的计划，敌人就会在黄河两岸加强防守，阻止两区部队向黄河岸边靠拢。如果那样，后果不堪设想。渡船靠了岸，但滩头上还有敌人的检查哨卡。王壮基想如法炮制，但盘查的伪军一下将钞票打掉，嘴里喊着："最近八路军活动频繁，上边让严查。"突然伪军捏到了王壮基衣襟夹层里面好像纸片一样的东西，立刻大叫："这个人可疑！他衣服里面有东西，拆开他衣服看看。"

王壮基见情形不对，立刻掏出匕首朝两个伪军刺去，然后夺路而逃。他在宽阔的河滩上朝前猛奔，突然，大腿被子弹打中，栽倒在地。这时伪军的喊叫声越来越近，王壮基脑子飞转，就一个念头：决不能让密信落入敌人的手中。他迅速从棉袍衣襟里抽出信，团起来塞进嘴里，使劲嚼了几下，想往肚里咽。谁知因为刚才跑得太急，口干舌燥，怎么也咽不下去。怎么办？他用手使劲在地上刨了几下，但黄土冻得硬邦邦的，一时不可能刨出坑来。敌人渐渐逼近，情况十分危急。王壮基从嘴里吐出信，突然眼睛一亮：他背对距他只有十几步远的敌人，屈起伤腿，将纸团狠命朝伤口里塞。纸团被深深地藏进了伤口，王壮基也疼得昏迷过去。

王壮基清醒后，发现自己已经在敌人的牢房里了。敌人把他吊起来拷打，要他说出机密，他咬紧牙关，不说一字。连续两天两夜严刑审讯，王壮基的四肢全被打断，但他仍然守口如瓶。敌人无计可施，下令将王壮基拖到黄河岸边杀害。

临刑前,王壮基将他的被捕经过告诉了同狱的一位战友,要他设法转告党组织:"我已经完成任务,虽死无憾!"后来这位战友越狱出来,在黄河岸边找到了王壮基的遗体,那封信仍旧深深地藏在烈士大腿的伤口里,字迹已模糊。

王壮基烈士用鲜血和生命架起了冀鲁边区与清河区联系的空中桥梁,如长虹般的无线电波在黄河上空回荡,让敌人永远无法切断!

(选送单位:中共滨州市委宣传部)

"铁军号手"李增援

在江苏省大丰市西团镇,长眠着一位因抗击日军壮烈牺牲的文化战士——新四军一师战地服务团剧团主任李增援。他是在中国抗战史上知名度略逊于聂耳、冼星海等音乐名人的杰出文艺工作者。

李增援,原名李增园,字益三,亦称夷散、益安。1913年6月29日,他出生在山东省莱芜县水北区(今属济南市莱芜区)的一个破落地主家庭。他7岁接受启蒙教育,1928年考取山东省曲阜第二师范,同年加入中国共产党。

抗日战争爆发后,李增援在武汉参加了新四军。他先后担任新四军战地服务团戏剧组副组长、剧团副主任,新四军一师战地服务团剧团主任等职。在这里,他充分发挥自己的文艺专长,以笔为枪,鼓舞军民的抗日斗志。在黄桥战役中,他亲眼看到老百姓冒着敌人的炮火,送子弹、抬伤员,并推着小车把黄桥烧饼送往前线慰劳部队。在心潮澎湃之余,他挥笔写下了《黄桥烧饼歌》。这首脍炙人口的新型革命民歌诞生后,广为流传,在军民中产生了重大而深远的影响。从苏北到苏中,从部队到地方,几乎人人会唱。现已被《抗日战争歌曲集》《建国50周年歌曲集》收录,载入中国音乐的史册。

1941年元旦前,李增援所在的战地服务团到了盐城,当时正是新四军与八路军部队会师之后,华中抗日根据地的大发展时期。为了迎接这个胜利的新年,服务团积极筹备晚会。盐城民间有过年挂红灯的风俗,李增援从中得到启发,写出了《大红灯》的歌词,服务团进行实地排练。《大红灯》是新年晚会的第一个节目。随着优美而富有激情的歌曲响起,工、农、商、学、兵等各界数十位代表一起上场,每个人都提着一盏红灯。灯光闪闪,歌声嘹亮,表演精湛,台上台下立即形成了喜气洋洋的氛围,把抗日军民的革命激情推向高潮。这是一次极为成功的创作表演。四十多年后,盐城新四军纪念馆开幕式上,重演《大红灯》，仍然赢得了观众热烈的掌声，充分显示了这首革命歌曲的艺术感染力和强大的生命力。

就这样，在纷飞的炮火中，李增援创作了《重逢》《一家人》《红鼻子参军》《勇敢队》和《黄桥烧饼歌》等几十部文艺作品。用陈毅元帅的话讲，他已是新四军艺术舞台上最耀眼的明星，是不可多得的文艺人才。

文艺人也有血性、有骨气。1941年，师后方机关带领三百多名伤员到达西团镇，刚安顿好，日军两百多人就乘三辆武装汽车向西团镇疾驶。在这千钧一发时刻，李增援说："我引开敌人，你们迅速转移。"他一边开枪一边将日军引向东南方向，子弹打光了，敌人包围了李增援，喊话让他投降，但他毅然决然地拿起刺刀，冲向敌人，最终惨死在日军的刺刀之下。年仅28岁的李增援，用自己的鲜血和生命，捍卫了自己的信仰。

在战争年代，李增援烈士的遗骨一直没有找到。直到20世纪80年代，经过党史工作者的反复调查，李增援的烈士身份终于得以证明，他的故事才大白于天下。

（选送单位：中共济南市委宣传部）

杨树花开酬君情

王石钧是山东省曹县桃源乡王韩寨村人。求学期间，在耳闻目睹国民党反动派丧权辱国的行径，认清国民党政府的反动面目之后，他毅然加入中国共产党，从此走上了革命道路。

1937年11月，王石钧被任命为曹县三区区委书记，在他的领导下，三区建立了第一个党的基层组织——刘岗村党支部。1940年秋天，王石钧代理曹县抗日民主政府县长。1941年，王石钧正式任曹县县长。

1942年，曹县农村发生了罕见的蝗灾，密密麻麻的蝗虫成群结队，大片大片的庄稼被蝗虫吃掉。为了控制蝗灾，抢救庄稼，王石钧带领干部群众，不分昼夜地到田地里捕蝗虫、灭蝗卵，最大限度地减少了灾害造成的损失。由于收成不好，这一年许多人家很早就没粮食吃了，全靠挖野菜、刮树皮充饥。面对这种情况，王石钧心急如焚，他一面及时向地委汇报，一面积极想办法筹款救济百姓度过灾荒。他号召全县人民大搞生产自救运动，同时还要求县机关和部队人员节约粮食。在受灾最严重的鹿庙等村庄，他垒起大锅灶，亲自煮粥赈济灾民。

王石钧家就在附近的村子，全家也是一直靠野菜、树皮度日。后来，家里实在揭不开锅了，饥肠辘辘的孩子对母亲说："娘，我实在饿得不行了。俺爹是县长，就管着给大家发粮食，咱也去跟他要碗粥喝吧。"妻子深知丈夫的脾气，一声没吭，泪珠一滴滴落在孩子的脸上。后来，在大伙的劝说下，她才领着孩子找到王石钧，说："家里实在是没有吃的了，饿了好几天了，我能忍，可孩子实在饿得忍不住了。"王石钧看着骨瘦如柴的母子，半天没有说话，最后还是摇了摇头说："家里的困难我知道，这么些村受了重灾，老百姓一点吃的也没有了，可救济的粮食只有这一点，这粥咱能喝吗？"妻子再没有说什么，噙着泪花，背起孩子回家了。

1943年2月下旬，日寇对鲁西南抗日根据地进行"扫荡"，王石钧率领县抗日基干大队日夜与日军周旋拼争，使敌军的"扫荡"计划无法实施。2月27日，王石钧带领的基干大队在曹县青岗集东聂楼村与日军"扫荡"部队相遇。由于日寇乘汽车会集迅速，在很短的时间内，我军就被数倍于己的敌人团团包围。王石钧带领战士们反复冲杀，始终没能突出重围。下午3点左右，在打完最后一颗子弹后，王石钧不幸中弹被捕。当得知被捕的这位就是让他们头疼了许久的抗日县长王石钧时，敌人兴奋若狂。他们用带刺的木棍一次又一次地击打王石钧中弹的伤口，直到血肉模糊，但铁骨铮铮的王石钧威武不屈，怒骂日寇。敌人无计可施，就用绳索捆住他的双手双腿扔上汽车，要把他带往曹县县城。王石钧清醒地认识到，吃了他许多亏的日寇，会像对待其他抗战志士一样，将他杀害后再把头颅挂在城门上示众，那将极大地损伤抗战军民日益高涨的抗战热情。他打定主意，宁死也不能让敌人阴谋得逞。在飞驰的汽车上，他强忍伤口的剧痛，暗暗磨断捆他的绳索，在汽车拐弯时纵身一跃而下。押解的日军立即停车向王石钧开枪射击，在他中弹后，日军又跳下车用刺刀向他的身体连刺数刀，直至他昏死后才乘车扬长而去。

当地百姓闻讯赶来，把重伤的王石钧抬回村里，找来最好的郎中为他止血救治，围在他身边的群众一遍又一遍地哭喊着："王县长，你可得挺住啊！"王石钧在百姓的呼唤声中缓缓醒来，连吐几口血水后，气息微弱地问大家："杨树花开了没有？那可是咱们度饥荒的好菜。"大伙告诉他，杨树花开了，已经有人家吃上了。王石钧听后断断续续地说："好……好……让杨树花开……开……"话说至此，就永远闭上了双眼。百姓哭成一片。

日军投降了，在一代又一代共产党人的艰苦奋斗下，我们的生活幸福安宁。每到清明时节和王石钧县长殉难日，在曹县桃源集镇王韩寨村南王石钧的墓碑前，都会放满了杨树花，人们用这种特殊的方式来纪念这位至死都惦念着百姓的共产党人。

（选送单位：中共菏泽市委宣传部）

沂蒙红嫂明德英

"蒙山高,沂水长,军民心向共产党……"这段优美动听的旋律,这段耳熟能详的歌词,在20世纪70年代曾经风靡全国。歌中传颂的沂蒙红嫂,用善良和大爱谱写了一曲感人至深的乐章。

这位红嫂的原型叫明德英,山东省沂南县人。1911年,她出生于一个贫苦农民家庭,2岁时因病致哑。25岁那年,她因讨饭来到马牧池乡横河村,嫁给了比她大二十多岁的农民李开田,靠给地主看墓地过日子。明德英心地善良,爱憎分明。全面抗战爆发后,她目睹了八路军坚持抗战、一切为了群众的实际行动,从而对共产党怀有深厚感情。

1941年11月4日,日军集结大量兵力,突然包围了驻扎在马牧池村的八路军山东纵队司令部。一名八路军战士掩护首长和机关转移时,身受重伤,撤退到明德英看护的墓地里。当时,明德英正抱着孩子在家门前晒太阳。看到这种情形,明德英急忙把受伤的战士拽进屋里藏了起来。很快,两个凶神恶煞的日军就追了过来。日军发现她是哑巴,伸头往低矮黑暗的草房里看了看没有藏身之处,就比画着问她那个八路军战士跑到哪里去了。明德英径直朝西山指了指,日军信以为真,急忙向西追去。敌人走后,明德英把战士背到一个空坟里藏了起来。小战士因伤口流血过多,身体又极度疲劳、饥饿,已经昏迷过去。为了救活小战士,正在哺乳期的明德英毅然解开衣襟,将乳汁一滴一滴滴进战士的嘴里,小战士终于得救了。随后,她和丈夫像对待自己的孩子一样,对小战士倾其所有,精心照料。半个多月后,小战士伤愈归队。

1942年底,日本侵略者对沂蒙山区进行了拉网合围大"扫荡"。明德英又从日军的枪林弹雨中抢救出八路军山东纵队军医处香炉石分所13岁的看护员庄新民。当时的庄新民伤口化脓、高烧不退,身体非常虚弱,已经奄奄一息。

明德英就用自己的奶水喂养他,成功把他从死亡线上救了回来。面对鬼子的盘查,明德英与丈夫李开田一口咬定,庄新民是自己的儿子,这才让庄新民躲过一劫,没有落入敌人之手。经过两个多月的悉心照顾,庄新民的伤口渐渐愈合,身体也慢慢恢复,他依依不舍地泪别救命恩人,踏上了归队的征途,重新投入民族解放的伟大事业中。

中华人民共和国成立后,沂蒙红嫂用乳汁救伤员的故事被广为传颂,家喻户晓。1992年3月,明德英被山东省妇联、省民政厅和山东省军区政治部命名为"山东红嫂",并被授予省"三八"红旗手荣誉称号。1995年,明德英与世长辞,享年84岁。2009年,在中华人民共和国成立60周年之际,她又被评选为"100位为新中国成立做出突出贡献的英雄模范人物"。

在革命战争年代,沂蒙人民深刻认识到,中国共产党及其领导的人民武装,是真心实意为人民大众的,因而发自肺腑地拥护和支持共产党,涌现出许多爱党爱军无私奉献的感人故事和光辉典范。他们用热血和生命谱写了一曲曲动人乐章。2019年3月,山东歌舞剧院创作排演的大型民族歌剧《沂蒙山》在北京展演,再现了那段气势恢宏、惊心动魄、感人肺腑的英雄史诗。

最后一块布,作军装;最后一口饭,作军粮;最后一个儿子,送战场……因为感人至深,所以历久弥新。当年的红嫂们逐渐远去,但她们身上"水乳交融、生死与共"的沂蒙精神,正通过子孙后代延续传承,在齐鲁大地上焕发出勃勃生机!

(选送单位:中共临沂市委宣传部)

血洒沂蒙的巾帼英豪

你是勇敢的战士
你是伟大的母亲
你的意志如钢铁
在中华民族之心
……

当母子鲜血交融
日寇因你而恐惧
怒向着鬼子刀丛
死亡也为你哭泣

你与沂蒙山相伴
母子的紧紧相依
孟良崮涛声激扬
为中华民族雄起

在孟良崮革命烈士陵园里有这样一座坟墓,青黑色的墓碑正面,遒劲的字体镌刻着"陈若克烈士之墓";墓碑背后,是一方小小的坟茔。22岁的陈若克与她未满月的孩子就长眠在这里,长眠在沂蒙山的怀抱里。

1936年8月,陈若克加入中国共产党。随后,她辗转湖北、山西等地,并于1937年进入华北军政干部学校学习。其间,她不断汲取先进思想的养分,积极参加抗日救亡活动。抗日战争全面爆发后,她历任中共中央山东分局妇委会委员，山东省临时参议会驻会议员，山东省妇女救国联合会常务委员、执行委员等职务。

在艰苦卓绝的革命工作中，陈若克遇到了志同道合的爱人——中共中央山东分局书记朱瑞。如今，在山东省临沂市沂蒙党性教育基地，人们可以看到这样一张泛黄的老照片：照片上，陈若克与丈夫朱瑞席地而坐，一同笑对镜头，陈若克轻轻靠向朱瑞的右肩，嘴角眉梢都洋溢着暖暖的笑意。

抗日烽火燃遍神州大地，每一份救亡图存的力量都显得弥足珍贵。陈若克从事妇女工作时，发动妇女积极参加抗日救国会、识字班和姐妹剧团，唤醒广大妇女投身抗日事业，还组织编写妇女刊物，培养、选拔妇女干部，对当时山东妇女工作起到了积极的推动作用。

1941年11月7日，日军"扫荡"沂蒙山区，怀有身孕的陈若克在行军途中与部队失去联系而被捕。当夜，日军便对陈若克进行了严刑拷打。她被打得遍体鳞伤，一只眼睛几乎失明，可她咬牙坚持着，一个字也不说。在敌人的残酷折磨下，第二天陈若克便早产生下了一名小女婴，孩子的哭声丝毫没有唤起野兽一般日军的一丝善心。在被押往沂水宪兵司令部的途中，陈若克被横放在马背上，手脚被死死地绑在马鞍上，她那可怜的小女儿被装进了一个马料袋，里面的马草扎得她拼命哭喊。这一百多里路，陈若克的心都要碎了。那是她的孩子，刚出生就受到这样惨无人道的虐待！可坚强的陈若克没有在敌人面前掉一滴眼泪。

1941年11月26日，残暴的日军把她们母女俩拖到刑场。陈若克紧紧抱着怀中的小女儿，看着孩子干瘪的小嘴说："孩子，妈妈对不住你，你来到这个世上，没有喝妈妈一口奶。现在就要和妈妈离开这个世界了，你就喝一口妈妈的血吧。"说完，陈若克咬破了手指，把手上的血滴到孩子的嘴里。年仅22岁的陈若克和出生才几天的女儿，被残忍的日军刺下了一刀又一刀。

朱瑞闻讯悲痛不已："若克同志牺牲了！她死得太早，她才22岁啊！她的死，是革命的损失、妇女的损失，也是我的损失！因为我们是真心相爱的夫妻和战友啊！"

英雄陈若克是一位普普通通的女性，没有豪言壮语，却用实际行动诠释了对党的忠诚。面对敌人的严刑拷打，她没有退缩，用顽强的意志体现着对共产主义信仰的执着。面对刚出生女儿的嗷嗷大哭，她没有动摇，革命理想高于天的信念支撑着她，那份坚定的理想信念深深地扎根于心中。

英雄已去，浩气长存！陈若克等无数先烈的人生轨迹启示我们：只有坚定的共产主义信仰才是我们党和国家、我们每个人奋勇前进的精神动力。

（选送单位：中共临沂市委宣传部）

渊子崖保卫战

渊子崖村是山东省莒南县沭河东岸的一个村庄。这个村看上去普普通通，但是，这里的村民可干过一件感天动地的大事。

那是1941年农历十一月里的一天，日伪军一千多步兵、骑兵，拉着四门大炮，气势汹汹杀过来。而村里能派上用场的武器却只有鸟枪、土炮，勉强再算上铁锨、木棍和大刀片。

村长林凡义站上炮楼，看了一眼外面黑压压的日伪军，说了一句话："现在跑是跑不掉了，退也没有退路了，一命换一命，值！一人杀两个鬼子，赚！"村民异口同声回应："好！跟小日本拼了！"村里男女老少，个个准备要和敌人决一死战。

日伪军分两路从南面和西北角包围了村子，二十一发炮弹响声震地，火光冲天。一瞬间，房倒屋塌，乡亲们死伤一片。日军像疯狗一样冲进围墙，村民林端午和父亲林九宜拿着铡刀和长矛守在围墙口，来一个铡一个，来两个刺一双。林凡义正弯腰搀扶自己的战友，日军却用刺刀对准了他的脑门，可是，一抬头，日军先倒下了，原来是林九乾的妻子用镢头把日军砸死了。这个不到九十斤的弱女子，突然爆发了惊人的力量……

屠杀延续到了傍晚，枪声夹杂着孩子的哭声，令人心碎。为了救援渊子崖的父老乡亲，八路军战士攻到村东头，连放几个排枪，边引边打。子弹打完了，板泉区委书记刘新一、区长冯干三，命令警卫员赶快撤走，自己留下与敌人肉搏。他们为了渊子崖的乡亲，流尽了最后一滴血。

1944年，为纪念渊子崖保卫战中死难的烈士，滨海专署在该村北面的山岭上，用紫红色的巨石建立了一座六角七级纪念塔。毛主席高度评价渊子崖村是村自卫战的典范，渊子崖村也被誉为中国抗日第一村。

（选送单位：中共临沂市委宣传部）

归去来兮

  在山东省寿光市上口镇张家屯村的村口，总是坐着一位白发苍苍的老人。他叫张春欣，在他的记忆里，母亲爱唱山歌。母亲19岁那年，相中了在学堂当教书先生，温文尔雅、知书达理的父亲。母亲常说："爹娘最大的愿望就是能看着你平平安安地长大。"

  可惜天不遂人愿，1937年，日军大举进犯山东，烧杀抢掠，无恶不作。父亲张立训参加了牛头镇抗日武装起义，从此跟随八支队转战南北，他骁勇善战，屡立战功，到1942年，已经是鲁中军分区直属团的政治处主任。

  那年11月，日军对鲁中山区进行了大规模的"扫荡"，为了掩护军区机关突围，直属团在沂水对崮山与日寇展开了一场惨烈的激战。敌人一次次被打退，又一次次疯狂反扑，机枪、重炮、毒瓦斯弹轮番轰炸。这天从上午10点一直到天黑，直属团指战员们用血肉之躯阻挡着疯狂的日军。张立训的腹部被弹片击中，血流不止。但是，他勒紧腰带继续战斗。等到确认军分区机关已经安全转移，部队撤退的时候，他已经没有一丁点力气了。战士们背着他转移了十几里路，听着身后敌人越来越近的枪声、叫喊声，张立训大声命令道："不要管我！你们快撤！你们快撤呀！"可战士们拒绝执行他的命令，万般无奈之下，张立训举起手枪，对准了自己的太阳穴……

  张春欣和母亲等到的竟然是一张写有张立训埋葬地点的字条，可他们不敢相信，也不愿意相信："爹，你说等打跑了日本鬼子，革命胜利了，你就回来，跟俺和俺娘过好日子，俺等啊盼啊，可是……你怎么说话不算数呢？"

  张春欣的母亲想把其父亲的遗体拉回家乡，让他魂归故里。可是，在那个战乱频仍的年代，作为八路军家属，他们一家人天天东躲西藏，根本没法完成这个愿望。等到战事平息，一家人却怎么也找不到那张记录埋葬地点的字条了。

此后的许多年,母亲每天都会到村口眺望,她唱着父亲喜欢的山歌,从青丝明眸等到了白发老眼。一听说村里来了客人,她都要凑上去,把父亲的名字说一遍,把心里的思念说一遍,把重复了不知道多少次的请求再说一遍。直到1982年,母亲带着终生的遗憾,闭上了眼。

2014年10月,张春欣在一本字帖里发现了那张已经泛黄的字条,循着上面的路线,在沂水县北松峰头的山坡上找到了两座无名烈士墓。时隔七十二年,烈士英魂终于荣归故里,患难夫妻终于合葬一处,再不分离。

身既死矣,归葬山阳。山何巍巍,天何苍苍。

山有木兮国有殇。魂兮归来,以瞻家邦!

(选送单位:中共潍坊市委宣传部)

"当兵是我这辈子最自豪的事情"

孙合全，1928年出生于今山东省东营市垦利区。1943年，中国进入全面抗日战争的第六年，孙合全15周岁。想起那个年代的事情，他依然印象深刻。他说："那时候家家都吃不饱，我还经常出去要饭。日本鬼子欺负老百姓，说杀就杀，我每次看到都气得咬牙。村里的人都帮着八路军，我就寻思着加入八路军，不仅不被鬼子欺负，还能保护乡亲们。"

念念不忘，必有回响，这句话在孙合全身上得到了印证。1942年腊月初八，孙合全在村里遇到了八路军的侦察兵。年龄小、头脑灵活又熟悉村里地形的孙合全被侦察兵选中，在村头边拾粪边搜集日本人的情报。后来，孙合全靠着来到村里的侦察排开的介绍信入了伍。他在部队苦练枪法，凭着真本事当上了警卫员。对于八路军，孙合全有着极其深厚的感情。他说："到了战场上，真没有怕死的，尤其是八路军。我们很团结，从领导到普通战士，大家都一样吃苦受累，同样为国为人民。"

1943年3月12日，部队要捣毁日寇的一个据点。孙合全和战友乔装打扮，拿着布袋，推着小车，佯装去当地百姓家里收粮食，悄悄接近。但是日寇非常狡猾，自己不出面，把养的军犬放出来尾随。孙合全和战友也很机智，他们把手榴弹丢在军犬附近，军犬受到惊吓跑回了原来的地方，就这样找到了日寇藏匿的地点，仅用两个半小时就把据点捣毁了。

每次聊起与战争有关的事情，孙合全总是格外兴奋，从小就胆大的他说自己从来都没怕过。正是因为这样的性格，孙合全在战场上总是积极地往前冲，不顾个人生死安危。后来，孙合全在战场上受了一次重伤，也因为那次重伤，孙合全结束了军旅生涯。

那是发生在惠民地区现河村的一次战斗。孙合全一行五人碰上了日寇"扫荡"，他们选择分头突围。孙合全和首长一组，没想到首长中枪了，由于怕拖累孙合全，首长想开枪自尽。孙合全一把夺过首长手中的枪，将他藏在水渠里盖上杂草，然后开始奔跑吸引日寇的注意力。子弹射中了他的左手，右腿也被弹片炸伤，孙合全瘫坐在地上。这时候，一下子围上来三个日寇。孙合全说："那三个鬼子没准备开枪，看样子是打算用刺刀刺死我。我也不能等死呀，就想着你不打我，我就打你，我左手伤了，还有右手呢。我看着围上来的三个鬼子，断定中间的那个肯定是带头的，我一枪就把中间那个打倒了，旁边两个刚要举枪，我的枪已经响了，又打死一个，剩下的那个鬼子吓得逃跑了。"日寇撤走了，孙合全却陷入了更大的绝望，此时的他鲜血直流，却不知道什么时候才会被找到。幸运的是，他终于等来了寻找他的战友。

1946年，抗日战争已经结束，因伤退伍的孙合全回到了家乡。他继续利用自己熟悉地理条件的优势，不断向前方输送情报，先后组织了数批村民参加支前，并随大部队参加了解放定陶、汶上等县城的战斗。新中国成立后，孙合全便安心留在了家乡——胜坨镇东王村。

垦利县的相关工作人员说起孙合全老人，都不禁竖起大拇指，他们表示："孙合全老人从不给组织找麻烦，自己能解决的都自己解决了。作为一名参加过抗日战争的军人，他对党、对祖国的感情很深。退伍回乡后，一直积极发挥自己的作用，给村里的孩子讲战争年代的故事。"

2015年，经过层层遴选，孙合全作为抗战支前模范去北京参加中国人民抗日战争暨世界反法西斯战争胜利70周年阅兵。消息传来，孙合全眼睛湿润了。他说："之前我没去过北京，这是第一次去，还是去参加阅兵，这辈子都没想到啊。"说起要参加阅兵，孙合全穿上了自己最板正的衣服，佩戴上抗战纪念章，立正站好，敬了一个标准的军礼。他铿锵有力地说："虽然我当兵时间不长，但当兵是我这辈子最自豪的事情。"

（选送单位：中共东营市委宣传部）

铮铮铁汉秦兴体

"有些人死了,他还活着"——这是臧克家1949年写的抒情诗《有的人》中的名句。这首诗不是为秦兴体而写,但用在秦兴体身上,却再恰当不过了。

秦兴体,1905年出生于河南省修武县。1925年,20岁的他出走上海,参加了五卅工人运动,并在当年加入中国共产党,历任炸弹所所长、商店经理、冀鲁豫第十军分区后勤股长等职。

1943年,抗日战争进入最艰难的时期,日本侵略者对抗日根据地实行分割封锁,铁壁合围,实行抢光、烧光、杀光的"三光"政策。山东省曹县的刘岗、曹楼、伊庄三个相邻的村庄,当时是鲁西南抗日根据地大本营,被称为"红三村",日军视其为眼中钉、肉中刺,发动了多次袭击。但是,英勇顽强的"红三村"人民,拿起土枪土炮,甚至长矛大刀奋起抵抗,击退了敌人的多次进攻。

1943年10月初,日军集结了两万多人、一千多辆汽车,在军团司令多喜诚一的指挥下,兵分七路,向鲁西南抗日根据地疯狂扑来。6日拂晓,一千五百多名日军悄悄包围了"红三村"。当时,"红三村"里存放着大批的军粮、枪支弹药等军用物资。时任冀鲁豫第十军分区后勤股长的秦兴体带领群众,把这些物品掩藏在地下。随后,他一边组织人员阻击敌人,一边掩护群众突围撤离,但最终寡不敌众,被敌人抓获。

敌人把秦兴体和一千多名群众赶到村头的一个大水塘里,四面架起机关枪。日军开出条件,只要供出谁是共产党、谁是八路军,就把其他人全部释放。秦兴体想挺身而出,但被身边的群众阻止了。敌人既然已经露出獠牙,岂肯善罢甘休?他们拉出村民依次审问,不说出来就开枪射杀。当第三个人倒下后,秦兴体再也无法忍受。他不能看着无辜群众再为自己牺牲,于是不顾阻拦挺身而出:"我是共产党,我是八路军,有本事冲我来!"

日军把秦兴体绑了起来，要他供出武器和军需物品的埋藏地。秦兴体指了指自己的心脏位置，说："在这里！"日军把秦兴体绑到刑床上，往他身上滴硫酸。秦兴体浑身冒起血泡，疼得昏了过去。被冷水浇醒后，日军又问："你说不说？"秦兴体沉思了一会儿，道："我说。"日军喜出望外，立即让人把秦兴体放下。秦兴体满脸血水，面向群众大声说道："乡亲们，抬起头来，不要伤心难过，中国人民是有骨气的，抗战一定会取得胜利！我们的大部队马上就到，他们会给死难的群众报仇，血债终要血来偿！我们要坚持到底，和日寇汉奸斗争到底……"

日军见秦兴体不是招供，而是发动群众，于是用匕首从他身上剜下一块肉，堵上了他的嘴，随后又一刀一刀剜他身上的肉。群众忍无可忍，纷纷冲上去和敌人拼命，一百多名群众倒在血泊中。

面对敌人的酷刑，秦兴体毫不畏惧，一边忍受剧痛，一边高喊："打倒日本帝国主义！打倒汉奸卖国贼！中国共产党万岁！"在惨无人道的酷刑下，秦兴体壮烈牺牲。

这是黎明前的黑暗。秦兴体牺牲两年后，中国人民赶跑了日本侵略者，并迫使对方签下投降书。1949年10月1日，中华人民共和国成立。秦兴体烈士的愿望终于实现了。烈士倘若泉下有知，也可以瞑目了。

"有些人死了，他还活着"，人们一直没有忘记秦兴体。在他牺牲七十年后的2013年，曹县刘岗村三位耄耋老人，联名给当地媒体写信，呼吁给秦兴体立碑，信中言辞恳切："我们是参加过抗日战争的老兵……这是我们人生暮年最后的牵挂，办好这件事，我们可以无憾瞑目了……"

在当地党委、政府的支持下，2015年9月2日，秦兴体烈士纪念碑落成。

如今，每逢清明和秦兴体的忌日，墓碑前都会迎来大批扫墓、瞻仰的群众。人们来这里感受一个中国人永不屈服的铮铮铁骨，一个共产党员勇于牺牲的责任担当。

（选送单位：中共菏泽市委宣传部）

安东卫保卫战

1945年5月6日,下着小雨。趁着夜色,一支一百余人的队伍,在泥泞的道路上急速前进着,当走到山东省日照县(今日照市)的李家庄子村时,队伍突然停了下来。一年前他们在这里战斗过,而现在眼前的一切,让他们的心中充满愤怒:到处是残垣断壁,很是凄惨。就在两天前,这里刚刚被日本侵略者"扫荡"过。他们握紧手中的枪,怒视着那个堡垒式的城墙,心中默念着"安东卫"。

听!炮声隆隆响彻苍穹!

看!上空似乎还弥漫着浓浓的硝烟。

1945年5月4日,日军占领了安东卫。6日,滨海军区收到上级命令:突袭安东卫日寇,配合兄弟部队夺回海岸重镇。7日凌晨,二连到达李家庄子。指导员钟家全派出三个战斗小组对敌人实施袭击。敌人狼狈溃退。

然而,敌人又偷偷向八路军阵地发动攻击。二排排长带领全排同志与敌人展开白刃格斗,又一次击退敌人的进攻。

黄昏时,敌人再次倾巢出动,四处负伤的钟家全,仍带领战士英勇作战,并利用战斗间隙,召开支委会,向全连提出战斗口号:"为牺牲的同志报仇!誓死守住阵地!"他把随身携带的文件交给送饭的炊事员,让其带回后方,发誓要与阵地共存亡。

很快,二连的弹药用尽,钟家全身负重伤。他在接连杀死两个敌人后,体力消耗殆尽,不能行动;当第三个敌人迫近时,他把最后一颗子弹留给自己,光荣殉国。

同志们在指导员英雄壮举的激励下,越战越勇,有的用石头砸,有的用牙齿咬,有的抱着手榴弹扑入敌群中,与敌人同归于尽。

在这次保卫战中,二连抗击着七倍于我的敌人,创下了以少胜多的辉煌战绩,胜利收复了安东卫。

1945年7月7日,滨海军区签署发布命令,命名二连为"安东卫连",授予"顽强制敌"锦旗一面,并追认连指导员钟家全同志为战斗英雄。

2018年7月17日,山东省日照市岚山区"安东卫连"寻访团终于在河南与今天的安东卫连官兵相见。"困难面前有安东卫连,安东卫连面前无困难"的传承,一直激励着部队攻坚克难、不断前进、连获殊荣。这支英雄连队的传人正擎着先辈们用鲜血染红的连旗,谱写着一段段壮丽的诗篇。

为牢记安东卫连的英雄事迹,日照市岚山区建设了安东卫保卫战遗址公园。今天,我们缅怀英雄连队的峥嵘岁月,为的是不忘初心,牢记使命,让"安东卫连"精神薪火相传,再创辉煌。

(选送单位:中共日照市委宣传部)

红动齐鲁
山东红色故事选粹
解放篇

>>

红动齐鲁

讲好红色故事　传承红色基因　弘扬沂蒙精神

一门三英烈

以铜为镜，可以正衣冠；以古为镜，可以知兴替；以人为镜，可以明得失。革命的历史不应该被埋葬，奋战的英雄不应该被遗忘。

那些动荡岁月里的荡气回肠、铁骨铮铮，那些艰难岁月里的浴血奋战、殚精竭虑，那些埋葬在红色土地上的英雄传奇，那些发生在革命老区的革命记忆，那些传承在一代代人身上的红色基因，都在呼唤我们走近、了解沂蒙这片土地上值得铭记的激情岁月，了解沂蒙儿女身上传承不息的革命情怀。

革命战争时期山东省莒南县坊前镇聚将台村的刘永良，一位再普通不过的沂蒙农民，却能把自己仅有的三个儿子都送上战场，为中国人民解放事业献身。

1940年和1942年，刘永良的大儿子和二儿子相继参加革命，他们牢记父亲的教诲，在战场上英勇杀敌，为国立功。然而革命是一条血与火交织的道路，是一段激情与热血谱写的篇章，有战争就意味着流血，有战争就意味着牺牲。短短一两年间，老刘家噩耗不断传来。每天眼巴巴地盼望着孩子们消息的老人，收到的却是一张又一张鲜红的烈士证书。

1947年，长子福林牺牲，时年26岁。

1948年，次子孟林牺牲，时年23岁。

1950年，朝鲜战争爆发。抗美援朝、保家卫国的呼声再一次响彻全国。已经失去两个儿子的老人，咬着牙，强忍着悲痛，又把最后一个儿子送到了部队。可命运并没有因此眷顾这个家里仅剩一棵独苗的老父亲，噩耗再一次传来：小儿子洪林在朝鲜战场上壮烈牺牲，时年23岁。

当老人收到从朝鲜战场寄来的小儿子的烈士证时，他一下子瘫坐在地上，哆哆嗦嗦地捧着烈士证，走到村口大树下，整整坐了一天一夜，滴水未进。他一动不动地盯着眼前那条通往村里的唯一小路，他多希望奇迹能够出现，多希

望孩子们出现在眼前，再喊他一声爹啊。他不明白，老大福林怎么舍得弟弟们，舍得这个家；他不明白，最听话、最懂事的老二孟林为什么走得这么急；他更愧对小儿子洪林，新婚才十几天就远赴异国他乡的战场，如今和妻子阴阳两隔……

村里人都以为老人就这样倒下了，但三天后，这位倔强的老人又站到了生产的队伍里。他说："我的孩子是为了国家，为了人民牺牲的，死得值！"可面对儿媳，老人心中充满了愧疚，于是苦口婆心地劝说三个儿媳改嫁。村里人永远都记得，小儿媳改嫁那天，天上飘着雪花，地上湿漉漉的，连空气都要凝固了。儿子牺牲时都没掉一滴泪的老人哭了，全村送行的人都哭了。小儿媳一步三回头地走到村口，猛然间转过身来，面对老人，长跪不起……

这就是沂蒙热土上莒南县的一门三英烈，兄前赴、弟后继，抗战救国，声名永流芳。

如今，那段岁月已离我们远去，然而，刘家三英烈的故事至今还在家乡流传。那段岁月教会我们的勇敢、坚持、责任和奉献，也必将在沂蒙儿女身上永远传承下去。

（选送单位：中共临沂市委宣传部）

一个人、一座山和一场战斗

在烟波浩渺的微山湖东岸，屹立着一座壮美的英雄之山。此山松柏苍翠，曾名柏山。后来因为山上长眠着一位舍身爆破、壮烈牺牲的英雄陈金合而得名金河山。

陈金合，原名陈玉河，1921年出生于山东省滕县（今滕州市）官桥镇善庄村。他5岁便失去了父亲，流浪乞讨。少年时代放过牛，打过铁，当过和尚，饱尝人间的辛酸苦辣。18岁那年，陈金合怀着一腔热血加入了八路军。在部队，他先后参加了大大小小数十次战斗。他作战勇敢，屡建战功，1942年光荣加入中国共产党，并被提拔为机枪班班长。机枪班在陈金合的带领下英勇顽强，打得日寇闻风丧胆。

1945年冬，在日本宣布投降后不久，国民党为独占抗战胜利果实，调集军队控制津浦铁路沿线交通要道，重点进攻山东解放区。陈金合所在的山东省军区八师二十三团一营，奉命除掉柏山的守敌，打通临城至微山的交通线。

深夜11时，战斗打响了。经过四个多小时的激战，大部分守敌已被歼灭。但是守在山顶东北角碉堡中的七十多名残敌，仍凭借坚固的工事负隅顽抗。如果天亮之前拿不下碉堡，援敌一到，我军就会腹背受敌。柏山如若失守，便意味着临城和微山之间再无制高点可守，临城这个山东南大门很可能落入敌手。此时我军没有重型武器，仅剩下一枚快速手雷，情况万分紧急。团长下达最后命令，十分钟内必须解决战斗，否则立即撤退。

如果撤出战斗，就意味着之前的战友白白牺牲，整场战斗功亏一篑。此时临城方向援敌的号声响起，碉堡内的守敌更加猖狂，不停地用机枪扫射，还夹杂着谩骂。陈金合急得青筋鼓起，牙咬得咯吱响，"连长，我是共产党员，我上！"还没等大家反应过来，陈金合一跃而起冲进了敌人的火网。他一会儿极

速飞奔,一会儿匍匐前进,子弹不停地打在他周围,灰土溅了满头,终于艰难地迂回到碉堡下,而此时掩护他的战友已一排排地倒下了。他知道再布线来不及了,于是深情地回望了一眼自己的部队,一手托着手雷,另一只手毅然决然地拉响了导火线。

战斗胜利了,临城保住了,陈金合却化作了山顶的一株松柏。陈毅军长在全军干部大会上说:"陈金合同志是彻头彻尾的共产主义战士,革命战争胜利的英雄。"为了纪念他,他生前所在的机枪班,被命名为"陈金合"班,当地政府把柏山改名为金合山,后因谐音当地人读作金河山。每逢清明,前来祭扫的人都会向这个纯洁而高尚的灵魂献上深深的敬意。

"我是共产党员,我上!"成了那个时代的口号。陈金合呼喊着在战斗的道路上倒下了,然而在他一往无前的身影背后,却屹立起了一个伟大的新中国。

(选送单位:中共枣庄市委宣传部)

立下大功的山东煎饼

1946年,新四军军部由江苏淮阴北撤至山东临沂河东的前河湾村……

嘹亮的军号声响起。领队的小战士喊着"开饭了,开饭了",早就饿得肚子咕咕叫的战士们飞奔到院子里准备吃饭,正在玩耍的小豆子和他的小伙伴们也一溜烟跑了过来。

今天吃什么呢?该不会是白花花、香喷喷的米饭吧?走近了一看,这些来自鱼米之乡的战士们傻了眼:米饭没有,眼前是一摞摞的煎饼。

有战士开始嘀咕了:这长得和纸一样的东西是什么?怎么吃?

小豆子在一旁捂嘴笑,负责盛饭的小战士说:"小朋友,你来给大伙介绍介绍。"小豆子腼腆地说:"这都是俺娘和大娘们用面糊在一种叫鏊子的东西上做出来的,名字叫'煎饼'。"

煎饼?什么味?好吃吗?战士们很快排队领了煎饼,盛了菜。分饭的小战士见小豆子和其他小伙伴也饿了,也给他们发了饭菜。领了饭菜的小豆子一边说着谢谢,一边跑进了屋子。

吃煎饼的场面可太乐了!战士们有的坐在门槛上,有的蹲在墙脚,有的站着,拿着一张张煎饼,犯了愁:这怎么吃呢?看看别的战友,有把煎饼当馕转圈啃的,有大口大口两头咬的。一个来自四川的小战士一边用大牙撕咬煎饼,一边说着"这是啥子嘛,啃不动哟",惹得老乡们捧腹大笑。

屋子里,小豆子吃起煎饼来那叫个香。陈毅军长走到他身边,蹲下身子向他讨教:"小鬼,你怎么吃煎饼吃得这么香?我打仗行,吃煎饼可不行,快教教我。"小豆子面对大将军脸红了,结结巴巴地说:"俺不会教,让俺于哥哥教,他是俺临沂人!"

小豆子嘴里说的于哥哥就是新调来的机要通信员于庭信。小于是苍山人,

他说："俺从小吃煎饼,没拜过老师,按俺家乡的吃法就是吃煎饼卷大葱,卷小豆腐,既好咬,又好吃。不信,你试试看,习惯就好了。"他边说边示范煎饼的叠法,还说牙口不好可以用开水泡着吃。小于的介绍,引起了陈毅的兴趣,他一边听,一边试验,果然效果不错。最后他满意地说:"小于,你这个办法很好,以后要在咱们部队里普遍推广。"

没过几天,陈毅在一次干部会议上,专门讲了吃煎饼的问题。他说:"煎饼是一种熟食,轻便,好保存,便于携带,是行军作战的好食品。"接着,他结合自己的体会,给大家当场表演。他顺手拿起一张纸作煎饼,笔当大葱,卷起来做了一个向口里送的动作,然后风趣地吟诵了一首打油诗:吃煎饼,卷大葱,张大嘴,牙一咬,手一松,吃个煎饼几分钟。

在一旁凑热闹的小豆子一行人也学会了这首打油诗,边跑边念着,还改编成了歌谣。于是,陈毅吃煎饼的打油诗,很快传开,部队里人人学会了吃煎饼。

见多识广的陈毅还给战士们打气:同志们,煎饼可了不起,山东人吃煎饼,这就是硬汉子。李逵就是沂蒙人,煎饼养育了他好身板,打起仗来似猛虎,是梁山上出了名的一员虎将。我们来到沂蒙山区吃煎饼,也会和李逵一样,个个成为战斗英雄!

还真让陈毅说着了,在之后几年,华东野战军几十万将士,就是吃着沂蒙老乡烙的一摞摞山东煎饼,越打越勇、越打越强,一直打过了长江,解放了全中国。风趣幽默的陈毅军长不光说过淮海战役的胜利,是人民群众用小推车推出来的,还在私下里对人说,山东煎饼不得了,也该得一枚奖章呢!

(选送单位:中共临沂市委宣传部)

红星照我去战斗

小说《红岩》教育了一代又一代青年，本文的主人公便是《红岩》中的疯老头华子良的原型——韩子栋。

韩子栋，山东省阳谷县石佛镇韩庄人。他原名韩国桢，出生在一个农民家庭，1932年参加革命工作。1934年由于被叛徒出卖，韩子栋身份暴露，在北京被国民党特务机关秘密逮捕。特务机关对这个红色侦察员恨之入骨，对他严刑拷打，百般摧残，妄图从他身上打开缺口。韩子栋坚贞不屈、严守机密，使特务无计可施。国民党当局将他列为政治犯，判处无期徒刑。1946年7月，韩子栋、许晓轩等被押解到重庆白公馆。大家不止一次地酝酿越狱，要"逃出去一个是一个"。

为了不暴露共产党员的身份，在狱中，韩子栋整日神情呆滞、蓬头垢面，无论刮风下雨，他总在白公馆放风坝里小跑，看守们以为他被关傻、关疯了，都叫他"疯老头"。他是山东人，到重庆后人地生疏，看守们对他比较放心，常常让他跟着去磁器口镇上买东西。

已经不记得被关押了多少个春秋的韩子栋，终于找到了一个机会。

这一天，韩子栋被看守押去集中营附近的一个市场——嘉陵江边的磁器口河街买菜。

押解他的特务要在街上溜达一下，说："喂，疯老头，你自己去挑菜，大爷我找点乐子去"。

韩子栋瞥见特务果真走进了一家住户。他趁机一折身，甩了菜担子就上了停泊在江边的渡船。

"船工，这条船我包了，过河。"

收了钱，船工起锚径直划过了嘉陵江。

为了不让敌人有迹可循,韩子栋决定不向任何人问路,也不向人寻觅食物,饿了就从还没收净的红薯地里找红薯,在垃圾堆里扒垃圾,实在不行就扒点树皮,挖点草根。

最让韩子栋担心的还是狗,乡下狗多,见到陌生人总是叫唤。韩子栋怕惊动乡民,既不敢对狗吆喝,也不敢打骂,甚至被咬都要忍着不发声。乡民以为他是流浪者,这倒给他多了一层掩饰。

只是四川的地理环境,韩子栋着实不太熟悉,还好天上有北斗星,只要一路向北就能到达解放区,韩子栋心里倒是踏实。韩子栋等待着自己回到解放区的那天,等待着自己看到全中国解放的那天,等待着自己看到人民当家作主过上好日子的那天,这让他充满了希望。

三个月过去了,韩子栋徒步穿越四川、河南,看到"打倒蒋介石,解放全中国"的标语时,韩子栋一下子瘫坐在地上,号啕大哭。旁边一队哼着"解放区的天是明朗的天,解放区的人民好喜欢"小曲的民兵兄弟发现了他。

"你是什么人?"

韩子栋望了望出现在他身边的民兵兄弟,一时间激动得不知说什么好。他张开嘴,却发现三个月来不言语让他几近失声,他只好用颤抖的双手在地上写了五个字——"我找周恩来"。

韩子栋是在那魔鬼般的军统监狱里,不屈不挠抗争长达十四年之后,冒死越狱成功的一位。他以顽强的革命斗志和超人的勇气,坚持斗争,视死如归。正因为有了像他这样抛头颅、洒热血的英雄们前赴后继、奋不顾身、执着追求,才有了祖国的今天。让我们永远缅怀他们吧!

(选送单位:中共聊城市委宣传部)

半条军毯

2016年10月21日，习近平总书记在纪念红军长征胜利80周年大会上讲了这样一个故事：

在湖南省汝城县沙洲村，三名女红军借宿徐解秀老人家中，临走时，把她们仅有的一床被子剪下一半给老人留下了。老人说，什么是共产党？共产党就是自己有一床被子，也要剪下半床给老百姓的人。

无独有偶，在沂蒙也有类似的故事。

2014年9月，一位老人抱着一条毯子来到纪念馆。他说，他是来捐军毯的；他说，他年纪越来越大了，不能常来这里了；他说，他要讲一个故事，让人们都记得共产党的好！

他叫李美林，一名抗战老兵，17岁那年担任谷牧同志的警卫员。

莱芜战役前夕，正值冬春之交，乍暖还寒，谷牧率部在野外扎营。他心疼这个年轻的警卫员，让他和自己盖一条军毯。一觉醒来，李美林发现军毯竟然全盖在了自己的身上，而首长在寒风里躺了一夜。李美林摸着盖在身上的军毯说："谷书记，您这军毯真好啊！"谷牧笑着说："这样吧，我们把毯子分成两块，你一块我一块。分别后也能留个纪念！""首长，您不要我了？我要是干得不好您就批评我，可千万别撵我走啊！""你在我身边快两年了，该出去历练历练了。去找把剪子，咱把它分开。"

从那天起，这半条毯子，陪着李美林经历了一次又一次激烈的战斗。而且，这还是一条救命毯。

在淮海战役中，李美林身负重伤，支前民工急忙将他抬去抢救。昏迷前，他嘱托老乡一定要把军毯还给谷牧，并说自己没给他丢脸。后来，经过紧急治疗，李美林活了过来。医生说，救他命的正是这半条军毯。原来，敌人的炮弹

碎片恰巧打在了他背着军毯的背上,要是没有这条毯子缓冲,弹片穿透肺部,他也就活不了了。

2009年11月,在谷牧同志遗体告别仪式上,李美林穿着一件旧军装,紧紧地抱着这半条军毯,悲痛欲绝,"老首长,是您救了我啊"。

一条军毯,两处温暖,它承载着军人之间的深厚情谊,也承载着中国共产党近百年来温暖全国人民的初心。

(选送单位:中共临沂市委宣传部)

"隐形"将军

初心是什么？使命是什么？奋斗为什么？这些都可以从"隐形将军"韩练成光辉的革命业绩中找到答案。

1945年冬天，国共双方进行了非常重要的海口谈判，当时国民党的代表中最高级的人员是担任四十六军军长的韩练成，但在场的人谁也想不到，这个国民党代表的真实身份居然是共产党员。连蒋经国都称其为隐藏在蒋介石身边时间最久、最隐秘的"间谍"将军。

1930年5月，蒋介石、冯玉祥反目，中原大战爆发。当时蒋介石的专列被偷袭，正在检修，蒋介石无法躲避，成了待宰的羔羊。随行的参谋长赶紧打电话呼救，韩练成当时是团长，接到求救后，率领主力军迅速投入战斗，解救了蒋介石。蒋介石见到韩练成十分高兴，脱口而出："你是黄埔几期的？"韩练成挠挠头，说自己不是黄埔军校毕业的。蒋介石当即下令，将韩练成列入黄埔军校第三期毕业生，享受黄埔系待遇。

虽然韩练成迅速成了蒋介石身边的"红人"，但是，国民党内部的腐败、各个派系之间的明争暗斗令他深恶痛绝。他找不到信仰，看不到自己的人生归途，心中那颗共产主义的种子时刻在向往着阳光。只是在这雾霭沉沉的世道中，这束阳光究竟在哪儿？

历史总有它的必然性和偶然性，所以我们才会说"无巧不成书"。1942年，一次偶然的机会，韩练成在重庆结识了周恩来，并被周恩来的人格魅力所折服，深感共产党人的伟大。他找到了自己的人生信仰——只有共产党才能救中国。当他提出要脱离国民党并参加革命时，周恩来建议他，当务之急是利用自己的身份和地位，为抗日救国出力。从此，韩练成与我党建立了密切的联系，他心中那颗共产主义的种子终于见到了久违的阳光……

抗战胜利后，蒋介石不顾人民的反对，悍然发动了全面内战。时任国民党四十六军军长的韩练成被调往山东，配合国民党南北夹攻与华东野战军进行决战。1947年2月20日，莱芜战役打响，韩练成利用自己的身份与华东野战军里应外合，一方面随时为华东野战军提供情报，另一方面想尽一切办法拖延李仙洲集团的撤退时间。当战役进行到合围的关键时刻，韩练成见时机成熟，只身一人脱离部队藏身于莱芜城内的一个墙洞里，四十六军失去指挥，陷入一片混乱。这打乱了李仙洲集团的作战部署，使国民党军队的战斗力大大削弱，保证和加速了莱芜战役的胜利。

韩练成是为中国人民解放事业做出重要贡献的将军，因其富有传奇色彩的特殊经历，被李克农上将称为"隐形将军"。

1950年，周恩来总理委托西北军区副司令员张宗逊、副政委兼政治部主任甘泗淇做韩练成的入党介绍人。周恩来向两人交底：韩练成是一个没有办理过正式入党手续的共产党员，他的行动是对党最忠诚的誓言。

1955年韩练成被授予中将军衔，当时周总理表示按照他的资历完全可以授予上将军衔。但是韩练成说："和平建国，我就该功成身退了，还争什么上将、中将！何况，你是最了解我的人，我是什么起义将领？再说，我干革命本来就不是为着功名利禄。"韩练成将军一生从不因为自己的特殊贡献居功自傲，即便被世人当作"统战对象"，仍然绝口不提往事，严守机密数十年，直到1984年去世。

1982年9月，韩练成将军以录音的形式留下了一份感人肺腑的遗言：

我死后，用最简单、最节约的方式办理丧事，遗体不供解剖，把它洗干净用白布裹起送去烧掉。骨灰全由火葬场处理，不再装殓，免去那些丧事仪式，如遗体告别、追悼会、骨灰安放等，这件事对我来说只能是个人虚荣、公家浪费，对社会没有其他积极意义。工作忙的子女不要请假奔丧，农村的亲属也不要通知，不要干扰领导和所有生前好友。作为共产党员，几十年来，不论是在党外的时候还是入党以后，党要我做的事全都做到了，可以说毫无遗憾地安详地闭上眼睛。我生前没有个人打算，死后也没有放心不下的事情，唯一的愿望是祝愿我们伟大的祖国繁荣昌盛，各族人民团结幸福。别矣，同志们，亲友们！

这就是一名共产党员的坚定信仰，一名共产党员的无私情怀。将军已走，却未远行，他坚定的理想信念、博大的爱国敬民情怀时刻激励着我们！

（选送单位：中共济南市委宣传部）

勇敢机智的"小海娃"

20世纪50年代,有一部著名的电影叫《鸡毛信》,讲的是抗战时期儿童团长海娃奉命给八路军送鸡毛信的路上发生的故事,小海娃与敌人斗智斗勇,不仅保护了鸡毛信,还把敌人引进了八路军的伏击圈,一举歼灭了敌人。随着电影的上映,小海娃的英雄故事传遍全国。

其实在山东,也有一个和小海娃一样的小英雄,他叫秦培伦,乳名秦三。因为年纪小,知道他名字的人不多,大家都亲昵地喊他的乳名秦三。1932年,秦三出生于今山东平阴洪范池镇丁泉村的一个贫农家庭,很小就拾柴、放羊。生活的艰辛使幼年的他养成了坚毅的性格。

1938年,秦三的父亲秦子玉在平阿基干大队当炊事员,后任通信员,常给地下组织送信。秦三经常跟随父亲在村公所玩耍。有时父亲有事忙不过来,觉得秦三是个孩子,不易引人注意,就让秦三去送信件,秦三每次都完成得很好。后来,区领导认为秦三勇敢机智,就正式让他担任区里的通信员。

秦三主要活动在平阿山区和黄河两岸。在工作中,为了骗过敌人,机智灵活的秦三,总能根据不同的情况变换不同的方法,顺利完成任务。有时他装作拾粪的,把信藏在筐底粪内,越过敌岗哨;有时把信夹在指缝里,遇到敌人就立即埋掉,还有耳朵眼、鼻孔、鞋帽、衣缝等都是他藏信的地方。1941年,五区区队得到了东阿城里的敌人要"扫荡"山区的消息,急需把情报报告给县政府和县大队。那时县机关驻在任庄,从丁泉村到任庄必须经过敌人的石碑子碉堡。为了躲过敌人的搜查,聪明的秦三把信用柳树条子别在粪筐底下,上面盖了一层粪,背着粪筐装作拾粪的,安全越过了敌人的碉堡,及时将信送到了目的地。于是,县机关马上转移,避免了日伪军的突然袭击。

1943年3月20日,一区区长让秦三到谢庄通知行政助理员速到大寨开会。

不到十里路却有两处敌哨，尤其是杨河大桥，是敌人控制山区的咽喉要害。要完成这一任务，既困难又危险，可是任何困难都挡不住勇敢的秦三。他换了件干净的上衣，提了一小篮馍馍，装作串亲戚的，手拿急信就出发了。机智的他顺利通过了石碑子哨卡，但到了杨河大桥，气势汹汹的敌人死死盯着他。为确保信的安全，他佯装小便，到沟里将信一口吞掉。敌人早知秦三的名气，对他起了疑，当他一近前，当头就是一声："你是不是姓秦？"孰料年幼的秦三却意外地沉着，像根本不认识秦三似的，说："不是，俺是大寨村的，到纸坊村看姥娘去。"敌人反复检查也没找到把柄，气得打了他几个耳光，捣了几枪托子就放了他。秦三胜利地完成了任务。年幼的秦三，以其机智勇敢和对革命事业的无限忠诚，六七年间传递了许多重要情报，既使革命事业避免了重大损失，又有力地打击了敌人。

1947年3月，国民党反动派进攻平阴县后，共产党领导的军队和机关都转入黄河北岸。组织上考虑秦三年幼，离不开家，就将其留了下来。但是丧心病狂的地主、还乡团，连个小孩子也不放过。这年8月19日，秦三从村南挑着绿豆往家走的时候，被敌人逮捕了。年幼的秦三，在敌人的酷刑面前昂然屹立，表现出了一个革命战士无比坚定和顽强的精神。凶残的敌人用尽各种刑法，却一无所获；看到酷刑打不倒他，敌人又以金钱引诱他，得到的依然是秦三的痛骂。1947年8月22日，黔驴技穷的敌人决定杀害秦三。他们用刀剖开了秦三的肚子，可刑场上他的呼声响彻云霄："中国共产党万岁！毛主席万岁！"就这样，年仅15岁的秦三英勇就义。

现在15岁的青少年，正享受着幸福的生活，在明亮的教室里读书学习；而战争年代，许许多多像秦培伦一样的小英雄却为了革命的胜利献出了他们宝贵的生命。在民族危亡的时刻，他们跟父辈一起，用自己稚嫩的肩膀扛起了担当，用鲜血和生命换来了最后的胜利。他们那可歌可泣的英雄事迹，我们将永远铭记，并将激励一代代青少年为中华民族的伟大复兴而奋发努力！

（选送单位：中共聊城市委宣传部）

"军政全胜"的光辉典范

1948年4月的山东潍县（今潍坊市），大街小巷满目疮痍，到处是残垣断壁和敌人的尸体。一个衣衫褴褛、十五六岁模样的小战士，在战斗中跑掉了鞋。他途经一家被炸塌的鞋店，发现店里店外到处散落着各式各样的鞋子。他看了看自己满是伤痕的脚，此时的他多么需要一双新鞋啊。然而，进城前政委的要求在他耳边响起："我们要光荣地进去，干干净净地出来，做到'军政全胜'！"他嘴里念叨着："我是人民的子弟兵，是党的好战士，坚决不能违反党的纪律，坚决不能拿群众一针一线。"头也不回地赤着脚继续去追歼敌人。这就是我们的战士，他们模范遵守党的城市政策和纪律，对群众的利益秋毫无犯，对人民的财物丝毫不沾。

解放潍县，绝不仅仅是对这座城市的军事占领，更重要的是全面接管好这座城市，稳定秩序，赢得民心，恢复生产。潍县解放后，敌人的残渣余孽到处散布谣言说："土八路不会管理城市，就是打下了潍县城，也管不好潍县城！"面对谣言中伤，潍坊特别市委认真地执行中共中央的城市政策，全面开展接管工作：专门成立潍坊特别市军事管制委员会，建立干部私人物品登记册，没收官僚资产，建立经济秩序。潍县的百姓目睹了党的干部在身体力行地贯彻保护工商业的政策，也纷纷走出家门，去寻找发展生产的新门路。潍坊特别市的生产、生活秩序得到迅速的恢复和发展。

成功接管潍县的经验做法，得到了中央军委和毛泽东主席的高度重视，在全国各个战场广为推行。中央后来颁布的新解放区《约法八章》，主要就是吸收了接管潍县的经验。

1949年初，党中央专门从潍坊特别市委抽调二百九十四名优秀干部开赴上海承担城市接管工作，为解放上海、建设上海做出了突出贡献。

如果说潍县战役是一场攻坚克难的战役，那么潍县的接管便是一场赢取民心的战役。这场战役，虽然没有炮火硝烟，却同样考验着共产党人，能否执行好城市政策和纪律，直接关系到革命事业的成败。潍县的成功接管树立了"军政全胜"的光辉典范，不仅使饱经沧桑的潍县古城重获新生，更为重要的是探索出一套接管城市的成功经验，为全国解放事业做出了重要贡献。

潍县接管的红色篇章，是一部我党我军坚守初心和使命的奋斗史，无数的共产党人铭记着党的性质和宗旨，践行着"光荣地进去，干干净净地出来，做到'军政全胜'"的光荣使命。

（选送单位：中共潍坊市委宣传部）

血染的党费

在济南战役纪念馆里,陈列着一组染有血迹的钱币,这些钱币是国家一级革命文物,1974年由华东野战军九纵政治部辗转多次移交给济南革命烈士陵园。其中有十八张带血的钱币,是1948年济南战役中小战士孙景隆上交的"党费"。

1948年9月,济南成为国共双方倾力博弈的焦点城市。9月1日,华东野战军副政委谭震林代表前线委员会提出了"打进济南府,活捉王耀武"的口号,这也成为各个参战部队共同的誓言。一时间,杀敌立功的请战书纷纷飞进连长、指导员的口袋里,战士们个个奋勇争先,希望尽快解放济南。

9月16日,济南战役全线打响,敌我双方几十万兵力展开了激烈的厮杀,飞机轰炸、机枪对射,古老的济南城淹没在隆隆的炮火之中。解放军战士奋勇拼杀,连续攻克商埠、外城,在打到内城城墙下时,遭到了国民党军队的拼命顽抗。我军接连三次发起强攻,损失惨重,都未能攻克内城城墙。

在第四次攻城令发出后,九纵七十三团七连突击队队长李永江大喊一声:"共产党员和不怕死的跟我上!"随即带头爬上高高的云梯,孙景隆和其他战士紧随队长登上城头。当时孙景隆担任七连七班副班长、爆破组组长。一路上,他冲锋在前,一连炸掉了敌人几个碉堡。经过一番残酷的厮杀,七连终于控制了城头阵地,这时一路奋勇拼杀的孙景隆已经筋疲力尽,大口喘着粗气。"要尽快把红旗插上内城的城墙,鼓舞攻城战士的士气。"连队指导员彭超命令孙景隆赶快把红旗插到城头的制高点气象台上,好让城下的战友看到冲上来。孙景隆听到命令,二话不说,扛起红旗就向制高点跑去。突然,不知何处飞来的敌人子弹击中了他的腿部和胸口,鲜血瞬间浸透了他的衣服。双膝跪地的孙景隆死死地抱住红旗,几次挣扎着试图站起来,但由于伤势过重,最终昏倒在地。

战友把孙景隆抬到指导员身边,全身多处负伤的孙景隆已经成了一个血人。"孙景隆,孙景隆……"战友一声声呼唤着英雄的名字。孙景隆慢慢睁开了眼,看到了身边的战友,也看到了指导员。他用颤巍巍的手从内衣口袋掏出了一个被鲜血染红的小纸包,用微弱的声音对指导员说:"指导员,俺要入党,这是俺的党费。"

指导员拆开纸包,里面有十八张叠得整整齐齐的一角钱和一张字条,字条上写着:"连长、指导员,打济南俺要完成最艰苦的任务,请上级审查,如果够资格,请接纳俺入党,这是俺的党费。"战友们看着这血染的党费,呼喊着孙景隆的名字,泪如雨下。

一块八毛钱的党费,是孙景隆一分一分地攒下来的。他当了十八个月的兵,部队每月发一角钱津贴,他一分都没舍得花,全部攒了下来。战火纷飞中,他只有一个坚定的信仰,那就是入党,交上党费。这血染的党费,折射出的是革命先烈对党的无限忠诚和对信仰的执着坚守;这血染的党费,也激励着更多的人不忘初心,牢记使命,为实现中华民族的伟大复兴,砥砺前行。

(选送单位:中共济南市委宣传部)

支前模范和他的小竹竿

在中国革命军事博物馆里,有一件特殊的藏品,那是一根三尺多长、上面刻满地名的小竹竿。

这根小竹竿的主人叫唐和恩。唐和恩,山东省莱阳市龙旺庄西陡山村人,1911年出生,1947年2月加入中国共产党。提起小竹竿和唐和恩的故事,要从1948年解放战争时期的淮海战役说起。

1948年淮海战役打响。这一年,唐和恩37岁。解放区人民和广大民兵,在"一切为了前线胜利"的口号下,以高昂的革命热情和不怕流血牺牲的大无畏革命精神,全力以赴投入到支援人民解放军作战的伟大事业中。唐和恩带头报名,参加了支前小车运输队,编入莱东县陶漳区运输队,并担任运输队副指导员、党支部组织委员兼第四小队队长。

临行前,唐和恩斩钉截铁地向组织保证:"解放军打到哪里,我们就支援到哪里,前线需要什么,我们就运送什么。"他们队和数百万支前民工一道,顶风冒雨,忍饥耐寒,日夜奔走在支前的道路上。遇上阴雨天气,就把自己的蓑衣、棉衣脱下来,盖在独轮小推车上,宁愿自己受淋挨冻,也决不让军需物资受半点损失;路上宁可自己挨饿,也不动一粒军粮;遇到敌机空袭,唐和恩和队员们首先想到的是设法隐蔽粮车,决不丢下小车不管。

在一次运粮途中,一条河拦住了去路。上级要求天黑以前要把粮食送到。眼看天色将晚,附近又没有桥,为了保证把粮食按时送到,他们决定涉水过河。唐和恩毫不犹豫,第一个脱掉棉衣,扛起粮包就下了河。队员们一看,都扛包抬车紧紧跟上。隆冬季节,北风嗖嗖地刮着,寒气逼人,河面上结着薄冰,齐胸深的河水冰冷刺骨,队员们咬紧牙关,没有一个退缩。大伙刚一上岸,还没来得及穿衣服,就听到远处传来敌机的声音。大家迅速分散隐蔽,直到敌机飞走,才爬起来穿好衣服继续赶路,终于按时把粮食送到了目的地。

唐和恩是个推车的好手,又是个有心人。从老家出发时,他随身带了一根三尺多长的小竹竿,白天用来支车,晚上用来探路,小小竹竿从未离开过他的身边。一天休息时,唐和恩端量着小竹竿忽然心头一亮,要是把经过的地名都刻在这根竹竿上,不就可以记下支前都到过什么地方了吗?以后还可以给后代讲讲自己的经历和支前的故事。那该多有意思啊!唐和恩越想越觉得在理,他立刻行动起来,拿出随身携带的小刀在小竹竿上刻下了第一个地名。从此以后,每到一个地方,他就在小竹竿上刻下那个地方的名字。

解放军势如破竹,支前大军车轮滚滚紧随其后,把弹药、粮食、水……源源不断地送到前线,送到将士们的手中。小竹竿上的地名也随之越来越多,不知不觉,密密麻麻地连成了一片。

把这些地名按地理位置连接起来就是一张支前路线图。从老家莱阳万寨乡出发,行程五千余里,共刻下鲁、豫、苏、皖四省八十八个地方的名称,先后支援了济南战役、徐东战役和淮海战役。小小竹竿,见证了胶东人民支援前线的光辉历程,也是淮海战役解放军高歌猛进、国民党军队节节败退的历史见证。

淮海战役胜利后,唐和恩荣立特等功,被授予"华东支前英雄"称号。他带领的运输队也人人立功,被评为"华东支前模范队",荣获"华东支前先锋"锦旗一面。中华人民共和国成立后,小竹竿也被收藏进了中国革命军事博物馆。

前方打胜仗,后方支前忙;军民一条心,胜利有保障。中国人民争取民族独立和解放的历史,是一部惊天地、泣鬼神的英雄史。陈毅元帅曾经感慨地说:"淮海战役的胜利是人民群众用小车推出来的。"如今,重闻中国人民争取独立解放的壮丽历史,我们心潮澎湃。听,风在呼啸军号响;听,革命歌声多嘹亮。同志们步伐整齐地奔向解放的战场,同志们步伐整齐地奔赴祖国的边疆,向前,向前……伟大的历史赋予我们伟大的力量。我们在以习近平同志为核心的党中央的坚强领导下,继承前辈的光荣传统,有信心把我们伟大的祖国建设得更加繁荣富强。

(选送单位:中共烟台市委宣传部)

南下担运团的故事

"部队打到哪里,我们就跟到哪里!"这是淄博民工的豪言壮语,也是支援前线的决心。

1948年冬,淮海战役接近尾声的时候,淄川、博山两县在县委的领导下,及时组织了淄博南下担运团,支援部队"打过长江去,解放全中国"。

1948年12月28日,淄川、博山两县共四千余人在博山山头镇集合,正式成立了淄博南下担运团。

团党委由五人组成,陈新田任政委,王振声任副政委,焦干卿任团长,赵希平任副团长,聂克己任参谋,下层机构均按营、连、排、班编制。全团共分六个营,由侯本旺、蒲章顺、任溪鲁、苏延明、陈晖东等同志分任各营营长。连以上干部基本都由脱产干部担任。为了加强联系,部队干部分担了部分副职。排长、班长都由乡村干部和积极分子担任。

这次担运团直接跟随二十一军(原华东野战军第二纵队)活动,除四、六营由部队直接安排任务外,其他四个营都从团部接受任务。为了加强安全保卫工作,各营都有民工组成的警卫排,以保证任务的胜利完成。

出发前,博山县委召开了隆重的欢送大会。县委书记刘惠之同志作了动员报告,要求大家发扬老区人民的优良传统和作风,认真遵守"三大纪律"和"八项注意",胜利完成支前任务。

12月29日民工团出发时,县委负责同志送出数里之外,民工们很受感动。大家经过莱芜,徒步到达泰安,从泰安乘火车到达徐州。这时,淮海战役已胜利结束,部分民工参加了清理战场和协助部队管教俘虏工作。之后他们到达蚌埠,在合肥接受渡江教育,进一步提高思想认识,学习如何抢救伤员和护理伤员,以及防空知识。并在巢湖练习划船、上下船等,克服晕船、怕水等缺点。

3月份，他们开始向江边运送弹药、给养，进行渡江的准备工作。

1949年4月21日，部队过江后，民工团紧跟其后，冒着敌人的炮火和飞机的轰炸渡过了长江天堑。当时，国民党军队已溃不成军，拼命向南逃窜。部队每天要追击一百三四十里路。不管风里雨里，部队走到哪里，民工团就跟到哪里，没有一个掉队的。

对伤病员，大家喂水喂饭，照顾有加。有的民工买了红糖和姜，让伤病员喝红糖姜水；飞机来轰炸时，有的民工趴在伤员身上，不让他们二次受伤……

在竞赛中，四营得了三十多面红旗，并且同部队一样，严格遵守"三大纪律"和"八项注意"，给新解放区的人民留下了深刻印象。

民工团随部队直插杭州，又到达了金华、丽水、温州等地，胜利完成了支前任务。在丽水隆重召开的总结评比表彰大会上，华东支前司令部、二十一军军部给立功人员颁发了奖状。部队文工团送上民工专场慰问演出，地方政府同民工联欢。

在复员大会上，每位成员都被颁发了"凯旋荣归"胸章，干部还被颁发了"渡江战役纪念章"。6月，他们以营为单位返回了淄博。行程四千多里，他们圆满完成了任务。两县县委分别召开了欢迎大会，肯定了他们的功绩，表彰和慰问了立功人员，鼓励他们在新的工作中再立新功。

这是淄博人民在解放战争中做出的又一贡献。

（选送单位：中共淄博市委宣传部）

送儿去战场

妻子送郎上前线,母亲送儿去战场,青即战役要打响,民兵百姓支前忙。这是 1949 年春天,解放青岛的战役打响前的景象。

在山东省胶县(今胶州市),有位母亲不停地行走在各家各户的碾盘之间,热心地组织妇女们做军鞋、裁军衣,动员乡亲们多交粮、交好粮。其实,她的心一直在为儿子担忧,因为她知道她那几年未见的儿子也即将投入到这场战斗中,她不知道战斗结束之后还能不能再见到自己的儿子。

4 月的一天清晨,这位母亲再也压抑不住自己急迫的心情,决定走到前线去见儿子一面。从老家胶县到前线丹山,大约有八九十里地。这个小脚老太太,一路上不知摔倒了多少次。她越走越急,越急越走,终于在天黑前走到了儿子的部队。

此时她的儿子——解放军九十四师二百八十团三营副教导员徐守信刚刚开完战前动员会,通信员告诉他他的母亲来了,徐守信急忙返回营部。门推开了,炕上坐着的不正是他日思夜想的母亲吗?看着眼前满身是泥的母亲,想到母亲凭一双小脚走了八九十里地,徐守信热泪盈眶。他强忍眼泪哽咽着说:"娘,这个时候您怎么来了?"母亲说:"儿啊,俺来看看你呀,听说你们这要打大仗,万一有个好歹,娘怕……怕……""娘啊,您别说了。儿子是枪林弹雨中过来的,子弹打不着我,您放心吧。"

"是啊,我的儿,让娘再抱抱你吧……"徐守信紧紧地抱着母亲,不知不觉枕在母亲腿上睡着了。蒙眬中儿子感到母亲在抚摸自己的脸,母亲的眼泪一滴滴地落在儿子的脸上……儿子鼻子一酸,忍不住抱着母亲热泪长流。

天亮了,必须和儿子告别了,娘说:"儿啊,去吧,娘没有心事了,娘在家等着你回来。"听了母亲的嘱托,徐守信整整军装,含着眼泪庄重地给母亲行了一个标准的军礼。

徐守信就这样带着母亲的爱踏上了解放青岛的战场。炮火连天中,他带领战士们英勇杀敌,冲破了重重防线,与战友们一起,走进了美丽的青岛。但是,在这场战役中,五百九十九位战士牺牲了。五百九十九位战士牺牲在了青岛解放的前夜,也就是说,有五百九十九位母亲在青岛解放的前夜失去了自己的儿子。

哪一位母亲不心疼自己的孩子?但他们的母亲为了民族大义,为了人民解放战争的胜利,不惜把孩子送上战场,不惜让孩子在自己的眼前奔赴战场。

多年以后,徐守信在回忆录中写道:"那一刻,我感受到了一个母亲对儿子深厚的爱,也感受到了中国千万普通劳动妇女的崇高美德——她们爱自己的儿子,但为了人民的解放事业,又会毫不犹豫地贡献出自己的一切!"这就是伟大的人民,这就是伟大的母亲!

(选送单位:中共青岛市委宣传部)

永不消逝的电波

秦鸿钧是电影《永不消逝的电波》主人公原型之一，山东省沂南县人，1937年在上海建立秘密电台，负责与第三国际远东局及党中央联系。韩慧如，1938年经组织介绍与秦鸿钧结婚，婚后协助丈夫秦鸿钧开展党的秘密电台工作。

抗日战争胜利后，电台迁到打浦桥新街315号的阁楼上。为防止透出灯光和电键声响，秦鸿钧用双层窗帘遮住天窗，用层层厚纸密封木墙缝隙。阁楼上，夏天高温酷暑，冬天寒冷难支，但他依然坚持工作。时间久了，就患上了严重的关节炎和舌溃烂等疾病，但他对妻子说，"只要耳朵不聋就行了。"

1949年3月17日深夜，正在工作的秦鸿钧突然听到韩慧如的报警信号，当即停止发报，拆毁机器。接着特务们破门而入，将他们夫妇逮捕。在审讯过程中，敌人有意安排秦鸿钧与韩慧如见面，企图从他们会面中获得情报。秦鸿钧识破了敌人的诡计，一再嘱咐韩慧如：无论敌人怎么凶残，都要保守党的机密，保持一个共产党员的革命气节。敌人见一无所得，便对他施加酷刑，扒去他的衣服，捆在老虎凳上，一块块加砖，直至他双腿骨折、肺部重伤，仍没得到半点口供。

因为有敌人监视，他们虽然关在一间屋里，却不能谈话。有一晚，看守他们的敌人坐在椅子上睡着了，秦鸿钧抓住机会向妻子招招手，妻子很快爬了过去，秦鸿钧悄声对妻子说："我可能回不去了，你要牢记，在任何情况下都要跟党继续干革命！"

第二次，秦鸿钧找到机会又对妻子说："如果你能回去，在我们睡的房间的柱子缝里藏着一张线路图，是我画的，到时候交给党。"这就是秦鸿钧给妻子的最后遗言。

5月7日，秦鸿钧被国民党残忍杀害。

上海解放前夕，韩慧如和其他难友趁敌人混乱之际，从监狱中逃了出来。在党组织的关怀下，韩慧如将她和秦鸿钧的子女抚养成人。而那个阁楼也被封闭起来成为秦鸿钧精神的象征。

在战争年代，无数共产党员和革命群众坚定理想信念，遵守铁的保密纪律，不惧流血牺牲，为革命胜利和建立新中国做出了卓越贡献。

秦鸿钧烈士的一生是短暂的，但又是伟大的。他革命生涯中的大部分时间是在"独处"中默默度过的。由于革命的需要，他不能参加浩大的革命运动，甚至不能和更多的同志共处。他天天面对的是一架没有生命的机器，然而，他用毕生精力传播着永不消失的电波，建立起了共产党地下组织和党中央间的秘密通信桥梁。这不也是伟大的斗争吗？那喷发着特有节奏的电波不正透着悲壮激烈吗？

（选送单位：中共临沂市委宣传部）

红动齐鲁
山东红色故事选粹
建设篇

>>

讲好红色故事　传承红色基因　弘扬沂蒙精神

英雄归来

2018年3月28日，二十位志愿军烈士的"忠魂"回到了祖国。

在志愿军烈士的遗物当中，有一支钢笔已经锈迹斑驳。这支钢笔的笔帽套在钢笔的后端，笔尖依然闪耀着光泽。

这支钢笔在告诉人们一个重要的信息，它的主人在生命的最后一刻还在书写着什么。

那是六十九年前一个深秋的晚上，那是个已经载入史册的伟大时刻——17岁的石秀娟对母亲说："娘，今天晚上我就要过江去了，您的女儿是一名战地记者。"

石秀娟带着这支钢笔跨过了鸭绿江，带着它在枪林弹雨中穿梭。她用它记下了上甘岭的血肉拼搏，记下了邱少云在浓烟烈火中如凤凰涅槃，记下了黄继光高喊着"为了祖国！"

在石秀娟残破发黄的笔记里有这样一段：

> 有一次，我去看望一个受重伤的老乡。他跟我说："老乡，我不能死啊，俺还没娶媳妇呢！"我跟他说："你不会死的，你得好好活着。"可是俺这个老乡还是死了，临了他说了一句话扎疼了战士们的心窝，他说："以后日子过好了，那会儿的人还会不会记得我？"

几天以后，石秀娟也死了。一块弹片撕裂了她的血管，那喷溅的热血染红了草地上的花朵。可是她紧握着这支钢笔没有撒手，想用它再多记下点什么。她想告诉人们，战士为什么用胸膛去堵敌人的枪眼，敌人的坦克是怎么碾碎了我们战士们的骨骼；她想告诉人们，我们已经无路可退，因为身后就是咱们的

家,咱们的国。

冬去春来,石秀娟的尸骨在异乡燃起了闪烁的磷火,那是她在想家,那是她在用生命之光照亮梦中的山河。今天,祖国接她回家,她的灵魂从此不用在异乡漂泊。她用这支钢笔记下的都是祖国的苦难,可今天的我们想告诉她:今天的中国已经不再有屈辱,也不再有战火;今天的中国让世界瞩目;今天的中国如一轮红日喷薄!

战地记者石秀娟和千千万万个无名烈士一样,用自己的生命和鲜血换来了祖国的强大和人民的幸福。

祖国和人民永远不会忘记他们,我们怀着万分的感激和崇敬,接英雄回家!

(选送单位:中共德州市委宣传部)

刘家人的承诺

在山东省济南市历城区港沟街道神武村,每天清晨,年近80岁的刘延宝推开大门,拄着拐棍,步履蹒跚地走向村口。村民们早已习惯了这个"画面"。十几年前脑血栓留下后遗症,刘延宝一直行动不便,但是这两百米路程,他却一直坚持走。到他,已经坚持了三代人。

刘家人的故事,要从1948年说起。

1948年9月16日,济南战役打响,神武村成了后方医院。妇女帮着照顾伤病员,漂洗的血衣染红了村里六个池塘。

9月28日晚,有一队解放军抬着五位战场上牺牲的战士来到神武村安葬。由于伤亡惨重,按照部队首长指示,阵亡的战士只能就近掩埋安葬。刘延宝的爷爷刘修芝与几位战士含泪掩埋了这些伤痕累累的烈士。事后,部队首长对刘延宝的爷爷说:"这几名战士牺牲在草山岭的一次战斗中,只知道一个人的籍贯在浙江省仙平县,你能照看着他们吗?"诚朴的刘修芝说了三个字:"俺能行!"

刘修芝从山上背下来石头,凿成石碑,刻上了"浙江省仙平县一五乡下张村张忠孝烈士之墓"和"革命烈士之墓",并在墓边栽上了松柏。从此以后,每逢清明、七月十五、十月初一、春节,全家老小都带着祭品到烈士墓前祭奠、培土、清扫,年复一年。

1976年6月,护墓二十八年的刘修芝老人离开了。作为长子,刘延宝的父亲刘振顺接过了护墓的"接力棒"。

1982年,神武村实行家庭联产承包责任制,将村里的土地以抓阄的形式分给各户,烈士墓占的那块地分给了别人。刘延宝的父亲急了,从不求人的他,找到村干部和分到墓地的村民商量,最后用自己的一块好地换回了墓地薄田。

对此,村里有人议论:"好地换薄田,分明是拿着馍馍换窝头吃,这一家子往后日子咋过?"刘延宝父亲的一句话让村里人深为佩服:"日子穷了富了都能过,俺们刘家人说过的话不能变。"

2000年秋天,刘延宝的父亲去世,护墓"接力棒"传到了刘延宝的手里。

天有不测风云,不久,刘延宝患上了脑血栓,求医看病,花光了家里的积蓄,还借了不少外债。为了还债,他的妻子到工地打工。但生活的波折并没让他忘记刘家人的承诺,清扫、祭奠,从未间断。

今天,有七位烈士在这里长眠,墓园里当年刘修芝老人栽下的松柏已郁郁葱葱、粗壮挺拔,三代人守护烈士墓的故事也已传遍神州大地。2011年9月,刘延宝获得第三届全国诚实守信道德模范称号,赴京参加全国第三届道德模范颁奖典礼,并接受了中央电视台的采访和"济南第一团"战士代表赠送的旗帜。

在烈士墓前,刘延宝的妻子告诉记者,这些年来,老刘的身体一直不见好转,不过烈士墓他们会让儿子、孙子一代一代地守护下去。

时光在流逝,刘家人那句"我能行"的承诺始终没有改变。

(选送单位:中共济南市委宣传部)

中国纺织的"火车头"

山东省青岛市的纺织工业发端于1902年。这里是中国重要纺织基地之一，诞生于世纪之交，成长于乱世烽火，积淀于建设时期，成熟于改革开放。在有着百年发展史的青岛纺织业界，"郝建秀小组"直至今天仍然是个响当当的品牌。

1949年6月，青岛刚解放，国棉六厂招工，一个年仅13岁的女孩子报名被录用，被分到细纱车间成为一名挡车工。谁能想到，16岁的时候，这个小女孩就被誉为中国纺织工业的"火车头"；三十年后，她成为中国纺织工业部部长；四十年后，她又成为全国政协副主席。

穷人家的孩子郝建秀，因为战乱和贫困，一年级就辍学了，开始捡煤渣补贴家用。顺利成为纺织工人，是她人生的新开始。

第一次单独值车的前夜，郝建秀激动得几乎没睡。不想，第二天值车时竟出了乱子。那天她被分配看300纱锭，因为温度低，纱线头断了很多。她聚精会神地来回巡视，不一会儿就浑身是汗。她觉得眼前模糊起来，什么也看不清楚。等她清醒过来一看，纱线断了一片，都卷在绒辊上，成了一个个大"蘑菇"。面对这个场面，郝建秀手抖得连线头也接不上了。这次事故使她受到了严厉的批评，为此她大哭了一场，但她边哭边说："我不想拖集体后腿，一定要把技术搞上去。"

搞上去，谈何容易？多少纺织工人多少年仍是这样。但郝建秀不服输。她苦练巧练接头技术，一次又一次地尝试，一遍又一遍地观察。两年多时间过去，终于熟练地掌握了纺车的性能和操作规律，摸索出一套"接头好、浪费少、清洁棒"的工作方法，使皮辊花率降低到0.25%，而当时全国最好的纺织厂皮辊花率在1.5%左右，她的看车能力也由300纱锭提高到600纱锭。

1951年6月,纺织工业部和全国纺织工会派专家研究小组,对郝建秀的接头动作、接头时间、清洁工作时间、动作顺序等进行观察、测定、分析和研究。不久,她的科学纺纱法,被正式命名为"郝建秀工作法",并在全国推广。那时候,假如全国的纺织工人都能达到郝建秀的工作水平,全国一年可增产四千四百件纱,能买上百架战斗机,这也相当于供四百万人一年用布的棉纱。

抗美援朝时期,郝建秀还向全国棉纺织企业的生产班组发出为国家增产节约、增加财富的挑战,全国各地四百五十七个班组应战,掀起了一个遍及全国纺织行业、影响各行各业的"红五月"劳动竞赛活动高潮,为新中国国民经济的恢复和发展做出了重大贡献。

1951年10月3日,毛泽东主席嘱托中央办公厅写信给郝建秀:"由于积极工作和学习,创造了新的工作方法,这个成绩是值得表扬的。"随后,团中央授予郝建秀"优秀共青团员"称号,毛泽东、周恩来等中央领导亲切地接见了她。

在全国第一次纺织劳模大会上,郝建秀接过了"永远发挥火车头作用"的锦旗,她也成为新中国第一代英模的杰出代表。

是的,郝建秀的故事是平凡百姓艰苦奋斗的故事,是聪明才智改变命运的故事,是中国人力争上游为国奉献的故事,令人感慨,令人钦佩,令人赞叹!

(选送单位:中共青岛市委宣传部)

人民英雄纪念碑的“青岛心”

矗立在北京天安门广场上的人民英雄纪念碑，是近代以来中国人民和中华民族争取民族独立解放、人民自由幸福和国家繁荣富强精神的象征，被称为“共和国第一碑”。碑心正面装有一整块巨大的花岗岩，上面刻着毛泽东主席题写的八个大字“人民英雄永垂不朽”。

可大多数人是否知道，这块碑心石的来历呢？人民英雄纪念碑的碑心石，其实来自美丽的山东省青岛市。

1949 年 9 月 30 号，中国人民政治协商会议第一届全体会议决定，为了纪念在长期斗争中为中国的民族独立和人民解放而英勇献身的革命先烈，要在首都北京修建人民英雄纪念碑。

纪念碑要有碑心石，九百六十万平方公里的中华大地上，哪里的石头最好呢？经过反复查阅资料和实地考察，专家们最终锁定了方向——青岛浮山。浮山顶的花岗岩，硬韧纯细，不易风化，底色漂亮，实为碑心石的最优选择。

为了保证碑心石在运输和雕刻过程中经受磨损，不被折断，开采出来的毛坯石料厚度必须达到两到三米，质量将达到三百吨以上。面对完整开采三百多吨大石料的难题，施工委员会从南京、上海等地招募来的技术工人都无计可施。正在大家手足无措的时候，有人向他们推荐了崂山脚下一个叫李开山的石匠。经过多次尝试，李开山和工人们终于研究出了一种全新的开采办法——“蚂蚁啃骨头”。

所谓“蚂蚁啃骨头”，就是先根据石碑毛坯所需尺寸，在岩石荒料四周挖出五米多深的石槽，使碑石凸显出来。然后在碑石底部用钢筋打上通孔，并在通孔中凿进楔子，之后工人们跳进石槽一下一下地对这些楔子进行锤击。为了保证开采进度与石料安全，工人们常常吃住都在山上，夜以继日，风餐露宿。

就这样，经过数月的努力，巨大的碑心石坯体终于被一锤一锤、完整地从山岩上剥离出来。而接下来的难题，就是如何把这块巨石从山上运下来，运到青岛火车站，送上开往北京的列车。

为保证万无一失，工人们决定采用最古老的办法，先铺设一个移动"铁轨"，以松木作枕木，上面再满满地铺上一层钢管。为保证巨石在运输过程中不被震裂，又在钢管上垫上层特制的硬木板。在铁轨前方用推土机当牵引，推动巨石缓缓前进。就这样，从采石场到火车站仅仅三十里的路程，这支由三百人组成的运石突击队走了整整三十五个日夜，终于将巨石运送至火车站，送上了开往北京的运石专列。从开采石块到将其运抵北京，整个工程耗时七个多月，动用人力七千一百一十六名。

1958年4月22日，人民英雄纪念碑在天安门广场正式落成。5月1日，五十万人齐聚在天安门广场，共同见证了人民英雄纪念碑的揭幕。

如今，当我们站在人民英雄纪念碑前，再次回望那段历史，禁不住感叹当年如史诗般的采石与运输场景。可以说，人民英雄纪念碑不仅拥有一颗火热的"青岛心"，还凝结着青岛匠人们拳拳的爱国之心。他们不求名，不求利，更不求什么回报，恰如浮山上静默的花岗岩，用平凡的身姿书写着伟大的意义。而这份坚贞不屈的力量，这团熊熊燃烧的红色火焰，已经融入青岛儿女的血脉之中。

今天，我们可以骄傲地说：人民英雄纪念碑有一颗刚毅、质朴、纯粹的"青岛心"。让我们向老一辈的青岛石匠和青岛人民致敬！

（选送单位：中共青岛市委宣传部）

冯德英和他的《苦菜花》

> 苦菜花开香又香，
> 朵朵鲜花映太阳。
> 受苦人拿枪闹革命，
> 永远跟着共产党……

这是大家熟悉的电影《苦菜花》的插曲。电影《苦菜花》改编自同名长篇小说，它的作者是来自山东省乳山市的著名作家冯德英。长篇小说《苦菜花》《迎春花》《山菊花》是他的代表作。

冯德英，1935年出生在乳山一个贫苦的农民家庭，全家都投身于革命斗争。父亲是村里的地下党指导员，冯德英兄妹五人在抗日战争和解放战争中也都先后参加了革命。冯德英当过儿童团团长，从小就受到了革命斗争生活的熏陶和教育。

1933年，中共胶东特委在冯德英家的邻村刘伶庄成立，从此党领导人民走上了翻身解放的道路。

土地革命时期，中共胶东特委领导了震惊全国的"一一·四"武装暴动和"天福山起义"，揭开了中国共产党领导的胶东武装抗日的序幕，之后的"血战雷神庙"和"马石山突围战"，这些历史事件给冯德英的童年留下了深刻的印象，为其后来的创作积累了丰富的素材。

冯德英出生在一个革命家庭，对冯德英成长影响最大的是他的母亲。这位勤劳、善良的农村妇女全力支持丈夫和子女们的革命工作，并且把自己的家当成了八路军和革命干部的"招待所"。冯德英从小耳濡目染母亲的高尚品格，小小年纪就在心中种下了热爱人民、报效祖国的种子。1949年1月，小学五

年还没有读完的冯德英毅然参加了中国人民解放军，当时他只有13岁。

在部队，冯德英有机会阅读了大量中外文艺作品和文化读物，萌生了"我也要写书，写一部反映家乡人民革命斗争的小说"的强烈念头。

写小说对小学还没毕业的冯德英来说是异常困难的。工作之余，冯德英沉醉在书籍的海洋里，利用一切时间刻苦读书。

抗战胜利的第二年，冯德英的母亲积劳成疾去世了。在读书的过程中，冯德英一直琢磨着要为母亲立传，要描绘以母亲为代表的胶东母亲的形象。为纪念母亲，1954年春节期间，冯德英写了一篇题为《母亲》的四五万字的文章，这就是后来《苦菜花》的雏形。

1955年春节，冯德英在执行任务的间隙，完成了小说《母亲》的初稿。总政治部文化部领导高度评价此书稿。经过进一步修改，小说正式定名为《苦菜花》，并于1958年1月由解放军文艺出版社出版。《苦菜花》集中反映了抗日战争时期胶东半岛人民艰苦卓绝、英勇顽强的革命斗争，情节起伏跌宕，语言清新流畅，人物性格描写细腻生动，具有乡土抒情的特征。书一上架便被抢购一空，成为一部红色经典。这是冯德英的处女作，也是他的成名之作。这一年，22岁的冯德英荣获了空军党委记一等功的奖励，并受到周总理的接见。

冯德英说过："打我懂事的第一天起，耳濡目染的便是战争的血与火、爱与恨的较量。是胶东人民的革命精神，点燃了我的创作激情。""我接触和交往的干部和八路军战士很多，那些平凡朴素又崇高伟大的人民战士的英雄事迹，给我留下了极其深刻的印象。我的作品就是以这些真实的生活素材为基础写成的。"

在冯德英看来，他之所以走上文学创作的道路，并且能比较早地"少年得志""一鸣惊人"，不是有什么特别的天才，而是他有幸生长在那烈士鲜血染红的土地上，耳濡目染英雄人民可歌可泣的壮举。这些成为他不竭的创作源泉。

作家的作品是时代的产物。只有真实还原人民的实际生活、表达人民真实心愿的作品，才具有时代精神，才有审美价值和传世的生命力。

（选送单位：中共威海市委宣传部）

挂　念

　　1922年8月16日，焦裕禄出生在山东淄博博山北崮山村一户普通的农民家里。焦裕禄8岁入学，在齐鲁文化、孝文化的滋养下，在母亲言传身教的影响下，他知书达礼、聪慧善良、多才多艺、成绩优良。

　　焦妈妈对儿子的影响和教育是潜移默化的。焦裕禄和他的哥哥从小不管出门进门，焦妈妈都拿着一个小笤帚，把他们浑身上下扫得干干净净，并语重心长地对他们说："穷不是我们的错，人到了什么时候都不能塌了脊梁骨。"还说"身上有补丁也没什么，我们要干干净净地出门"，传授的是人穷志不短的理念。

　　焦妈妈还教育孩子们："天上一颗星，地上一个钉，好男儿就要有担当。"焦妈妈把地上的人比作天上的星星，并告诉孩子们：人每做一件好事，天上的星星就会更亮一些，人有担当，星放光芒。

　　1947年，25岁的焦裕禄就是这样带着母亲的叮嘱，北上南下、战天斗地，访贫问苦、扶危济困，在辽阔的中原大地上留下了一串闪光的、永不磨灭的印记。

　　焦裕禄离开家乡后，因为工作繁忙，仅回来过三次。每年农闲时，这位不识字又裹着小脚的老母亲，总会带上亲手摊好的煎饼、纳好的千层底，拿着儿子寄回来的一纸信封一路打听着前去看望。焦裕禄的心里充满了对母亲的愧疚，而焦妈妈却总是宽慰儿子"好男儿志在四方"。

　　焦裕禄病危时，焦妈妈带着缀满思念的鞋前去看望。母子最后一次相见，双目凝望。"娘，不知道我还能不能穿上您做的这双鞋回家了……"有多少心痛和难舍，多少悲伤和离绪！

　　焦妈妈参加了儿子的追悼会。世上最难过的事莫过于白发人送黑发人，可是在人前，焦妈妈强忍着没有掉眼泪，始终陪伴在儿媳徐俊雅的左右照顾。后

来她讲道:"失去了心爱的儿子哪能不疼啊,可是徐俊雅还这么年轻,独自带着六个孩子,这么不容易。我是家里的老人,如果我在她面前号啕大哭的话,我怕这个家就垮了……"

送别儿子后,这位年逾古稀的老母亲一个人颤颤巍巍地来到儿子的墓碑前,双手抚摸着儿子的遗像,发出了痛彻心扉的哭喊:"儿啊,这可能是咱娘俩最后一次见面了,娘老了,走不动了,以后再也不能来看你了……"

焦裕禄将生命的最后四百七十五天全部交给了兰考大地,奉献给了兰考的"除三害"斗争,却留给母亲、留给家乡一个永远的挂念。

(选送单位:中共淄博市委宣传部)

"中国的保尔"

赛时礼当年是胶东著名的抗日英雄,他于1938年投身革命,在打击日本侵略者的战场上,先后四次负伤。由于作战机智勇敢、战功卓著,被授予"昆嵛山战役银质奖章"和胶东军区"战斗模范"的光荣称号。

在解放战争的战场上,赛时礼在战斗中头部又负伤,伤还没好就参加了1947年的海阳战役。在指挥战斗中,身中两颗机枪子弹,抢救了七天七夜才活了过来。从此他变成了一个浑身上下布满十六处战伤、半身不遂的特等伤残军人。

1962年,赛时礼由于身体严重伤残,离开了工作岗位,被"终身供养"。昔日疆场驰骋的英雄如今只能在别人的照顾下生活,他感到一种深深的落寞。他每天在屋里拄着拐棍走来走去,觉睡不着,饭吃不下,满脑子都在想着找点自己力所能及的工作。可是这样一个右眼失明、右手残疾、行动极为困难的特等残疾人,又能干点什么呢?

苏联作家奥斯特洛夫斯基写作《钢铁是怎样炼成的》一书的事迹使他豁然开朗。"我的大脑还很敏捷,左眼、左手还管用,又有丰富的战斗经历,学着写点东西还可以吧。"他找到了新的生命航标——拿起笔来,在文学艺术的舞台上继续书写战斗的篇章。

就这样,赛时礼拖着特等伤残的身体开始了人生的又一次"战斗"。1963年,他开始动笔写作。第一本书,写什么好呢?他选择了自己最熟悉的、当年在家乡抗击日寇的一段战斗经历。

1942年,已是东海军分区主力部队连长的赛时礼,在带领部队攻打敌人的一个大碉堡时,左腿被机枪打穿,伤愈后转到地方部队,担任了文登县独立营二连的连长。从此他以毛驴为坐骑,率领连队与日寇、伪军周旋战斗在文(文

登）—威（威海）—烟（烟台）公路两侧，打伏击、截汽车、拔据点、闹县城、闯威海卫……一年多的时间与日伪军战斗上百次。他打仗机智勇敢，胆子大，点子多。有时身穿丝绸褂，戴着墨镜，手拿"文明棍"，化装成汉奸，与敌人周旋；有时化装成商人，出入县城，收集情报，侦察敌情；有时化装成日军小队长，打着用白床单和红纸做成的"膏药旗"，大摇大摆地去端敌人的炮楼。

他率领的部队神出鬼没，打得敌人闻风丧胆。当时在胶东东海一带，"赛瘸子"成为家喻户晓的传奇英雄。

赛时礼依据这段挥洒着青春与胆识、充满了光荣与梦想的亲身战斗经历，开始了文学创作。身体的严重伤残给赛时礼的创作带来了炼狱般的痛苦，况且他只有小学四年的文化底子，对文学创作一窍不通。面临着常人难以想象的重重困难，赛时礼以当年攻碉堡的勇气坚持用左手写作。

寒来暑往，经过一年多的时间，三十多次的修改，赛时礼完成了第一部小说，取名《三进山城》。小说主要写抗日战争时期，文登县独立营某排战士，在连长带领下，三次化装进入文登县城，与敌军翻译官、警备队长周旋，斗智斗勇，捉拿叛徒，营救被捕同志的故事。1964年10月，赛时礼的小说《三进山城》由山东人民出版社出版了。

1965年开始筹拍电影《三进山城》。在导演的帮助指导下，赛时礼夜以继日地编写电影剧本。他像着了魔一样，废寝忘食，睡梦中的呓语都是电影中的对话。由于身体虚弱，太过劳累，曾几次昏厥，他是在用生命向着文学艺术的殿堂冲刺。

1965年7月25日，电影《三进山城》正式开拍。

电影文学剧本《三进山城》中，增加了许多小说中没有的精彩情节，使故事更加惊险、曲折。可以说，影片集结了赛时礼与战友们跟日寇、伪军斗智斗勇的最精彩片段。因此赛时礼说，《三进山城》是"战斗生活的馈赠"。

小说和电影《三进山城》使赛时礼走上了文学、影视创作之路，此后他陆续创作了小说《智闯威海卫》《陆军海战队》《追踪》《宁海沉浮》等作品，以及《智闯威海卫》《沉日》《血醒》《敌腹掏心》等战争题材的电视剧剧本，成为著名的军旅作家，并当选为山东省作家协会副主席和中国电影家协会山东分会常务理事，在文学、影视艺术的舞台上放射出独特的光彩。

中国中央军事委员会原副主席迟浩田在给《赛时礼作品选》作的序中说："赛时礼和一般作家不同的是，他本人就是一位身经百战、九死一生的英雄，他亲身经历的那些可歌可泣的战斗生活，为他提供了取之不尽、用之不竭的创作源泉。他的作品极为生动和真实地展示了我军指战员的英勇果敢、大智大勇，作品中洋溢着一股令人荡气回肠的英雄气概。"

在战争年代，他身经百战，屡立战功；在和平时期，他拖着严重伤残的身体，以惊人的毅力从事文学创作，为后人留下宝贵的精神财富。他就是赛时礼，被誉为"中国的保尔"。

（选送单位：中共威海市委宣传部）

英雄王杰的故事

"王杰是我心目中的英雄!"

1942年10月,王杰出生在山东省金乡县华堌村一个普通农民家庭。他小时候就爱听英雄故事,经常围着村里的老人,让老人讲八路军的故事。1957年,大水淹没家乡,他跳进河里,冒着生命危险抢救生产队的马匹。那一年王杰才15岁。1958年他考入金乡一中,每星期天回家,都帮助生产队会计算账。田间劳作时,他发现解放战争时期牺牲的英烈遗骸,就和同学一起拉着板车,将遗骸送到羊山烈士陵园。成长在金乡这片红色故土上,王杰心中早早地埋下了一颗一心向党的种子。

1961年,在读高中和入伍之间,王杰选择了参军报效祖国。那时候服兵役是三年,王杰申请了超期服役,当了四年兵。1965年7月上旬,王杰所在的部队拉练到邳州张楼乡,并在那里进行短时演练。县武装部受当时热映的电影《地雷战》的影响,利用这个机会,临时组织了民兵地雷班,由王杰负责教民兵地雷使用技术。

7月14日上午,他们进行最后一项训练——地雷实爆。王杰让大家围成一圈,由他做示范动作。当时没有用地雷,而是用一个小炸药包代替,这个小炸药包连着拉火管,连着雷管,连着拉火线,王杰在实爆之前连着搞了两次演练,都没有问题。到了实际爆破的时候,十二个民兵围在周围,王杰半蹲在地上,挖了一个坑把炸药包放好。埋到两三锨土的时候,拉火管突然冒烟。从冒烟到爆炸,有近一秒钟的反应时间。作为一级爆破手,王杰清楚地知道这个炸药包的爆炸范围有一个四十五度的夹角,四十五度以下炸不到。半蹲的王杰只要身体往后一躺,就没有生命危险,但是现场围站一圈的十二名民兵则性命难保。千钧一发之际,王杰毅然扑上炸点,用自己的整个身躯盖住了炸药包。十二名民兵及武装部干部全部活了下来，王杰则用年仅23岁的生命和青春，践行了"一不怕苦，二不怕死"的革命诺言。

1965年7月16日上午，当地群众为王杰举行了隆重的安葬仪式。方圆几十里的男女老少和部队官兵组成了庞大的送葬队伍，一路上哭声震天。

英雄陨落后，全国掀起向王杰同志学习的热潮。《人民日报》1965年11月8日第一版发表社论"一不怕苦，二不怕死——学习王杰同志一心为革命的崇高精神"；《解放军报》在当年11月到12月间连续发表四篇社论，呼吁学习王杰的精神。从此，英雄王杰的光荣事迹在基层落地生根，"一不怕苦，二不怕死"也成为广大官兵忠实信奉的精神信条！

1965年11月，国防部命名王杰生前所在班为"王杰班"。1968年，家乡人民为纪念王杰，将其故里华堌村更名为"王杰村"，并在村东建立王杰烈士纪念馆，让子孙后代都永远铭记烈士的英雄事迹。

2017年12月13日下午，习近平总书记来到第七十一集团军某旅王杰生前所在连。在连队荣誉室，习近平感慨地说："我小时候就知道王杰的故事，王杰是我心目中的英雄！"

习近平指出，军队是要打仗的，打仗就要有打仗的样子，就要一不怕苦，二不怕死，"两不怕"精神过去是、现在是、将来也永远是我们的宝贵精神财富。

"王杰的枪，我们扛；王杰的歌，我们唱。一不怕苦，二不怕死，一心为革命，永远跟着党……"五十多年来，这嘹亮的歌声一直在金乡人心中回荡。王杰精神是一座永不熄灭的灯塔，薪火相传，穿越时空，历久弥新。

（选送单位：中共济宁市委宣传部）

生死瞬间的抉择

1956年,在美国伊萨卡小镇的一场午餐会上,正当大家相谈甚欢时,一位年轻的中国科学家,将自己积累多年的珍贵科研手稿全部投入了篝火之中。他是谁,他为什么要这么做?

这位年轻人,就是世界著名的空气动力学家、我国"两弹一星功勋奖章"获得者郭永怀。他公开烧毁手稿,为的是避开美国移民局的阻挠,表明自己回国的坚定决心。同事和好友极力挽留他:康奈尔大学终身教授的职位、优越的生活条件,难道还不够吗?为什么总是挂念着那个贫穷的家园?郭永怀坚定地说:"我当年出国,就是为了学成后回国!家穷国贫,只能说明当儿子的无能!作为中国人,我有责任回到祖国。"

回国后,郭永怀担任了中科院力学所副所长,在短短几年内,使我国力学某些方面接近世界水平。他投身教育,把自己比喻为一颗"铺路石子",为我国培养了众多科技人才。他参与我国第一颗原子弹、第一颗氢弹的研制,频繁地往返于青海试验基地和北京之间,常常不辞而别,离家数月。

1968年12月4日下午,在一次试验当中,他发现了一组事关核弹发射成功与否的关键数据。为争抢时间,他不顾同事的劝告和夜航的风险,整理好绝密资料,层层包裹放入公文包,一刻不停地登上进京汇报的航班。12月5日凌晨,当飞机即将抵达北京机场时,发生意外,不幸坠毁。

在事故现场,飞机残骸散落一地,十几具遗体被烧得面目全非。通过一块残破的手表,工作人员找到了郭永怀,大家看到了令人震惊的一幕:郭永怀与警卫员牟方东紧紧抱在一起,烧成一体。人们费了很大力气才将他们分开,发现那个装有绝密资料的公文包,就夹在两人中间,里面的数据资料完好无损。

这就是郭永怀在生死一瞬间的自觉选择,在即将惨烈地离开人世的那一瞬间,他的心头惦念的，是尚未完成的伟业，还是个人的身家性命？是国家民族的重托，还是孤儿寡母的凄凉？为了心中科技强国的梦想，他曾选择放弃名利、地位、安稳，而这一刻，他选择交付自己的生命！

二十二天后，依据那份用生命换来的数据资料，我国第一颗热核导弹成功发射。那一年，郭永怀年仅59岁。

人生是一种存在，更是一种选择。回望郭永怀的一生，五十九年的人生苦旅，五十九年天地纵横，为中华之崛起、民族之复兴，就是他一生至高的选择。这选择背后折射出的是这个民族举世无双的精神高原，这是家国情怀的力量，这是无私奉献的力量，这是崇高信仰的力量。

（选送单位：中共威海市委宣传部）

"胜利"的红布绳高高飘扬

1973年9月21日,山东省东营市胜利油田罗5井发生了罕见的强烈井喷。高达六十多米的黄色气柱把井下电缆连同一百多公斤重的封井器一起喷上了高空,四十里外能看见,十几里内能听到。

险情就是命令,大家迅速行动起来,三分钟内,炉火熄灭,电源切断,炮车转移,周围隐患全部清除,接下来就要向井口冲锋。

井口喷出的是滚烫的泥浆、令人窒息的毒气和震耳欲聋的嘶鸣。此时冲上去,意味着随时可能牺牲。谁来组成第一突击队?"我来!我先上!"现场的石油工人没有一个退缩。关键时刻,总指挥果断下令:"所有党员在左胳膊上每人系一根红布绳,站到前边来,党员先上!"

这斩钉截铁的声音,像重锤击打着每个人的心灵。不到片刻,系着红布绳的党员突击队向井口冲去。"你小子给我出来!"总指挥从队伍中拽出一个年轻人,"你还不是党员,不能上!"年轻人急了,央求道:"总指挥,让我上去吧,我现在就想入党。"

总指挥正想说话,忽听后面的群众一起喊着:"总指挥,让我们上吧,我们都想入党!"他转头一看,现场所有人的左胳膊上都系了一根红布绳。总指挥的眼睛湿润了。

就这样,一批倒下,另一批冲上去,一根红布绳把党性与民心紧紧地连在了一起。井喷终于被制服了,当人们疲惫地走下井口的时候,忽然发现有一个人纹丝未动。

他叫吴玉田,是一名司钻工。他第一个冲上了井口,也将生命永远定格在了那里。他双手紧握着刹把,牙关紧咬,眼睛圆睁,就像一尊永恒的雕塑,只有胳膊上的红布绳在飘动……

一根红布绳，一头系着共产党员的初心与使命，一头系着人民群众的期待与支持。胜利油田已年过半百，翻开她的历史，每一页上面都有无数个这样可歌可泣的感人故事。

浸润了红布绳精神的胜利油田人，必将继续书写更精彩的新时代故事。

（选送单位：中共东营市委宣传部）

身边的"英雄"

"老步,你歇会儿吧,我来弄。""老步啊,你坐着跟我说就行。""老步,今天天气不好,你早点回家吧。"

"不用,不用,我和大家都一样!"

大家口中的这位"老步",名叫步同良,是中国农业银行茌平支行的一名"普普通通"的综合柜员。不是十分熟悉步同良的人,很难想到,平日里寡言少语的老步,竟是荣获过集体一等功、个人一等功的战斗英雄,曾经在战场上九死一生。

1964年12月,步同良出生在山东省茌平县(今聊城市茌平区)的一个普通农村家庭。1983年,中学毕业的他响应政府号召,积极参军入伍。1985年3月,步同良所在的部队接到命令奔赴云南老山,驻扎在战斗前线最前沿的阵地。

在那里,步同良和战友们住的是猫耳洞,吃的是压缩饼干,喝的是雨水。当年,在老山流行这样一句话:"苦不苦比比五九五,累不累想想军工队。"步同良所在的连队正是五九五部队的军工队,他们的任务就是每天背着七八十斤的战备物资送到前沿阵地,然后再把受伤的战友或者烈士背回来,每天都要经历二十多个来回,沿途经过的地方全部在敌人的炮火射程范围内,每一个穿梭来回都面临着严峻的生死考验。

1985年7月19日晚11点,战斗进行得异常惨烈,步同良所在的班奉命去142高地抢救负伤的战友,作为班长的步同良第一个冲进阵地,冒着枪林弹雨爬到负伤的战友旁边。当他背起战友往回走时,一不小心触碰到了敌人埋下的地雷。只听砰的一声,一股热浪把他掀翻在地,甩出了很远。他挣扎着想爬起来,却再一次摔倒。迷迷糊糊的步同良下意识地朝自己的腿部伸手一摸,只摸到了黏糊糊的皮肉和连着腿的脚。

意识到自己受伤的步同良没有多想,迅速摸出止血带,把腿扎紧,然后在炸弹的烟雾中四处摸索。他一心想着:一定要尽快找到受伤的战友,无论如何也要完成任务!终于,在距离他四五米外的地方,步同良找到了战友,好在战友没有再受伤。

就这样,步同良忍着钻心的剧痛一点一点地拖着战友向回爬,不知过了多长时间,终于爬到了哨所。步同良因失血过多昏了过去,等他醒来时,已经被转移到了后方的医院。医生告诉步同良:"流了那么多血,没有牺牲已经是万幸了!"步同良赶紧掀起被子,看见缠着绷带的左腿,而脚却没了。那一年,他21岁!

1987年,步同良带着集体一等功、个人一等功等荣誉光荣退伍,回到家乡,成了一名银行营业厅综合柜员,在最基层的银行网点,他一干就是三十二年。

现如今,已经57岁的步同良,依然坚持在综合柜员的工作一线。面对同事和客户对他的"特殊照顾",老步总是说:"我是残疾军人,但绝不是废人,我要在平凡的岗位上发挥出自己的价值!"

从战场上的一等功臣,到基层银行综合柜员,"老步"始终坚守初心、不改本色,用血染沙场证明了自己是一名好战士,用敬业奉献证明了自己是一名好员工!或许,我们曾经觉得,英雄是活在书本上、活在记忆里的,而步同良会让你认识到,英雄其实就真真切切地活在我们身边。

(选送单位:中共聊城市委宣传部)

一个人改变一个村

1999年4月15日,刚刚当选村主任三天的山东省兰陵县代村支部书记王传喜就收到了法院的传票。

村集体欠下三百八十余万元外债,债权人相继起诉。在接下来一年多的时间里,他这个村支书先后出庭一百多次。

20世纪90年代末,市场经济浪潮风起云涌,兰陵县代村远离经济发达地区,没有支柱产业,环境差,治安乱,人心涣散。由于村集体欠下高额外债,交不起水电费,全村连续被停水六个多月、三伏天停电一个多月。

困境中的代村该何去何从?它急需一位掌舵人。当时王传喜正在建筑公司任项目经理,一年收入超过五十万元,过着别人羡慕的小康生活。但是当父老乡亲需要自己的时候,王传喜临危受命,回村任职。

既然当了村干部,就要对得起大伙的信任。王传喜清楚,当务之急就是把外债还清,摆脱被动局面。他凭着经商的经验,盘活沉睡的集体资产,通过借新账还老账、分期分批还款、协商谈判等各种方式,用一年多的时间,终于解决了外债危机。

此时的王传喜并不能歇一口气,因为代村长远发展问题摆在眼前:如何走出一条致富之路?

王传喜决定带领"两委"班子,到全国各地的先进乡村学习取经。他们背着辣椒酱和一百多斤煎饼出发了,路上饿了就吃一口。在南街村,王传喜看到蓬勃发展的农业经济,大为触动。他在参观的留言簿上写下一句话:南街村的今天,就是代村的明天。

"集体强大,村民富裕",这是他学习归来的感受。从2002年起,王传喜开始启动全村土地流转,村里土地全部集约化经营,并建起了高标准的花卉园、果品园、蔬菜园等。代村逐步走上了农业与科技、旅游结合的现代农业之路。代村投资建设开发代村商城，年交易额达到六十多亿元。2012年，代村建成了首个国家农业公园，被评为国家AAAA级景区，2017年接待游客超过一百万人次，仅门票收入就达三千五百多万元。

安居才能乐业。从2006年开始，王传喜带领干部群众实施旧村改造。八年时间，分六批次，让全部村民住上了楼房——五十八栋联排别墅、一百七十座小康楼，小学、幼儿园、卫生院、老年活动中心、村民文化广场一应俱全。零占耕地、零投诉，还节省出几百亩建设用地。

代村的美，不仅在村里的景象，更在每一个村民的心里。作为村里的领头人，王传喜始终本着"让老百姓过上好日子是我们一切工作的出发点和落脚点"的精神。

代村村委会旁，有四幢老年公寓，家具、暖气配备齐全，村里60岁以上老人不仅可以免费住，还可按月领取"老年优待金"。这是王传喜带领下的代村对养老问题的保障和承诺。

每年代村开"两会"时，老年人的待遇都要往上提。曾经有一些干部不赞成，因为当时代村还处在建设时期，比较困难。但王传喜始终坚持，村里资金紧张，就是借钱，也不耽误发放养老钱。他说："等咱们收入多了，再给老人发，就太晚了，老人等不到了。要让群众享受到改革发展的成果。"

二十年来，无论寒暑，王传喜每天都扑在工作上，忙到深夜12点是常有的事。即使到现在，王传喜还是坚持每天早上6点钟准时开晨会，匆匆吃过早饭后便去村里办公，所谓的早饭就是提前准备好的几块饼干。

退休老干部张德华还记得这样一幕：

一天，王传喜从省里开完会回到村里，已是傍晚。张德华无意中看见王传喜蹲在办公室的地上，扒拉着一点零食，狼吞虎咽。看到张德华，王传喜不好意思地解释道："一整天没顾上吃饭，随便吃点东西。"张德华忍不住眼眶一热："传喜啊，再忙也得正经吃饭啊！"

类似的情景，一幕又一幕，都深深印在村民的心里。

如今的代村，实现了幼有早育、学有优教、劳有所得、病有良医、老有所养、住有宜居、弱有帮扶。看着大家过上幸福的日子，王传喜欣慰地说："这个村干部当得累，却无怨无悔。只要村民们舒坦了，就是对我最大的回报。"

"火车跑得快，全靠车头带"，可以说，代村书记王传喜一个人改变了一个村，以实际行动诠释了当代沂蒙精神。

（选送单位：中共临沂市委宣传部）

毫厘之间见"匠心"

宁允展出身工匠家庭，在耳濡目染中对手艺活产生了浓厚兴趣。他是国内第一位从事高铁列车转向架"定位臂"研磨的工人。由他研磨的定位臂，精度小到 0.05 毫米，比头发丝还细。如今他已成为中国南车四方股份公司钳工高级技师、高铁首席研磨师，被同行称为"鼻祖"。

2004 年，中车四方股份公司由国外引进了高速动车组技术。在初试阶段，作为高速动车组九大关键技术之一的转向架，出现了巨大技术难题：位于核心部位的"定位臂"，接触面不足十平方厘米，在时速超过两百公里的情况下却要承担相当于二三十吨的冲击力，并且只能通过手工研磨，精度稍差一点便会直接影响行车安全。当时，国内并没有可供借鉴的成熟操作技术经验，宁允展主动请缨，向这项难度极高的研磨技术发起挑战。打磨机以三百多转每秒的速度高速运转，宁允展坐在机器前，研磨、报废、再研磨、再尝试……凭借扎实的基本功和夜以继日的潜心研究，仅仅一周，他就攻破了这项外方熟练工人需花费数月才能掌握的技术。

高速动车组进入大批量制造阶段后，转向架研磨跟不上生产进度的问题日渐突出，外方的研磨方法已经不适应企业生产需要。宁允展实验了近半年时间，发明了"风动砂轮纯手工研磨操作法"，将研磨效率提高了一倍多，接触面的贴合率也从原来的 75% 提高到了 90% 以上，使制约转向架批量制造的难题得到破解，为高速动车组转向架的高质量、高产量生产做出了突出贡献。

虽然宁允展获得了全国道德模范、大国工匠、全国最美职工等诸多荣誉，但他更习惯大家叫他"宁师傅"。在他心里，"凭实力干活，凭手艺吃饭，想办法把活干好"就是最重要的事。作为高铁研磨专家，宁允展当上了研磨班的班长。可没过几年，他主动辞去了班长职务。之后，他潜心研究工艺改进和工

装发明,将多数时间和精力放在了怎样解决问题上,做起了生产线上的"疑难杂症"处理专家。

转向架检修加工部位容易损伤,且修复难度大、成本高一直是行业内公认的难题。经过反复考察研究,宁允展将自己的研磨技术和焊接手法巧妙结合,独立发明了"精加工表面缺陷焊修方法",修复精度最高可达到0.01毫米,能够有效还原加工部位,解决了这一技术难题。这一操作法也被中车认定为集团级别的"绝招绝技"。宁允展还利用空闲时间研究出"折断丝攻、螺栓的堆焊取出"操作法,适用于所有螺纹孔的检修或者新造过程,适用于全部具有螺纹孔的产品,具有非常广泛的推广价值。

除了电焊,宁允展还自学了机加工、电脑绘图等多样技能,全面的技能加上好学钻研的劲头,宁允展主持的课题频频获得公司优秀攻关课题和技术革新课题奖项,并被广泛推广应用。他设计制作的工装很多也被用到了现场生产中:动车组排风消音器、动车攻丝引头工装、动车定位臂螺纹引头定位工装……其中"轨道车辆构架空簧孔防护装置""350公里速度等级克诺尔夹钳开口销开劈工具"等两项发明还获得了国家专利。这些发明每年能为公司节约创效近三百万元。

他已经创造了连续十年无次品的纪录,他和他的团队研磨的转向架装上了一千一百余列高速动车组列车,在祖国大地安全飞驰十七亿多公里。"我不是完人,但我的产品一定是完美的。做到这一点,需要一辈子踏踏实实做手艺。"追求极致,追求完美,正是有了一个个高铁人的匠心凝聚,中国高铁才能后来居上,成为一张响当当的名片,推动中国制造成为优质制造、中国创造,让中国收获全球的敬意。

(选送单位:中共青岛市委宣传部)

大海之子

让我们把时钟拨转回2007年的10月19日，这一天，在北海舰队某潜艇支队，人们在沉痛悼念一位为了营救战友英勇牺牲的海军烈士。深秋的夕阳，洒下余晖，为他送别的亲人悲痛欲绝，战友们潸然泪下。这位年轻的海军军官，静静地躺在鲜花丛中，枕着涛声浪花长眠。距离这里不远的地方，是他曾经朝夕相处的大海和他的潜艇。他，就是时任海军315潜艇艇长的蔡一清。

蔡一清是大海之子，驾驭潜艇驰骋大洋是他从小的梦想。1991年夏天，蔡一清高中毕业，出生于军人家庭的他放弃了保送名牌大学的机会，径直迈进海军潜艇学院的校门，从此开始了短暂却又璀璨的军旅生涯：十六年的军旅生涯，他一次荣立二等功，四次荣立三等功；先后创下人民海军新型潜艇训练史上六个"首次"，摘得支队军事训练八项桂冠；先后获得首届全军优秀指挥军官等四十多项荣誉……

在潜艇学院的四年，蔡一清一直是同学中的佼佼者。他每个学期总分都是第一，还是海军潜艇学院建校以来唯一连续三年获得中国航海奖学金的学员。1995年本科毕业后，蔡一清再一次做了令人惊讶的选择。他放弃了免试攻读研究生的机会，毅然踏进了狭窄的潜艇舱室，成为潜艇支队的一名实习部门长。他说："军人为战而生，为战而存，一个充满血性的军人，就应置身于战争的最前沿！"

为了尽快掌握新型潜艇的内部构造，他申请吃住在艇上。他爬舱底、摸管路、练封舱。密密匝匝的管路和电缆，他一根一根地走；上千个阀门，他一个一个地摸。一个月内，他竟然磨破了五副手套。他手绘的战术训练模拟图达九百多幅，铺开来比一个篮球场还大。辛勤的付出，换来了优异的成绩，年底支队考试，他以满分的成绩，夺得封舱训练第一名；又以全优的成绩，通过了部门长

独操考核,并取得支队多项训练最好成绩。

1997年,蔡一清因表现优异,被调任舰队司令部参谋。其间,他独立完成了全军潜艇训练常规条例的编写,参与的科研项目也获得了军队科技进步奖。正当人们以为蔡一清就此要在机关青云直上的时候,他又放弃了很多人梦寐以求的机关工作,要求回到潜艇部队。

面对执意挽留的领导,蔡一清说:"人生选择多种多样,不同的选择决定不同的人生。对我来说,潜艇就是我创造财富和体现价值的最佳舞台。"

2007年2月,凭着过硬的素质,蔡一清走上了315潜艇艇长的岗位。蔡一清说,作为一艇之长,就得做好随时随地打仗的准备。从那时候开始,蔡一清就养成了一个习惯。每次出海,他不到休息室休息,而是到声呐室,把两个椅子一拼,蜷在上面睡。315艇声呐技师谭桂华好几次都劝他回房间睡,说这里就一个凳子一把椅子,而且噪音比较大。而蔡一清表示,在这儿睡,外面有什么情况能在最短时间内快速掌握,进而在最短时间内投入战斗、投入指挥。

2007年10月18日清晨,青岛军港,海鸥翔集。蔡一清艇长开始了他舰艇生活重要的一天。根据海军条例规定:他要参加"换装新型舰艇"艇长全训考试,以取得驾驭新装备、奔赴海洋战场的"通行证"。

茫茫大洋,波涛汹涌,11时30分,战斗警报响起,一场海上"恶战"打响。突破敌军水面舰艇反潜封锁、潜对潜攻击、战斗航行损害管制……连续十九个小时的"战斗",十多个海上复杂科目接踵而来。蔡一清指挥潜艇实射一枚新型鱼雷、两枚导弹,全部命中目标,以全优的成绩通过考试。

然而,天有不测风云,谁也没有料到,就在返航的路上,潜艇遭遇大风浪,声呐兵急促报告:"艇艏出现异物摩擦声。"蔡一清和声呐班班长走出潜艇仓,查看船体受损情况。此时,一个巨浪席卷而来,315艇副艇长尹慧全至今难忘那个画面:艇长拴着保险绳挂在扶手栏上;声呐班班长陈晓刚刚走出舷侧门,一个涌浪打过来,他脚下一滑就随着船舷往下坠。艇长眼疾手快,一把揪住陈晓刚。但是由于两个人的重力加上涌浪的力量,再加上潜艇的速度,挂着弹簧钩的扶手栏突然断裂,两个人一起落入海中。

尽管战友们立即奋力营救，然而惊涛骇浪最终还是夺走了蔡一清年仅34岁的宝贵生命。为了营救战友，蔡艇长把生命的句号画在了浪花深处，画在了这张全优成绩单的最后一页。

2019年4月23日14时20分，黄海海面，一支中国舰队破浪驰来，庆祝人民海军成立70周年。这支威武的海上编队中，就有蔡一清生前所在的与315艇同型号的新型潜艇。官兵们昂首挺胸，站立在舰桥上，接受习近平主席的检阅。

铁流澎湃振国威，大海扬波祭英雄。蔡艇长，您的梦想正在实现！

（选送单位：中共青岛市委宣传部）

五秒书写大忠大爱

五秒,在生死面前,一边是自己 28 岁的青春芳华和大好前程,一边是夜幕下成千上万市民的生命与财产安全,我们会怎样选择?

2010 年 5 月 6 日 20 时 51 分,冯思广在完成第一轮跨昼夜飞行夜训后,和他的战友张德山在飞机跑道上再次滑跑、加油、拉杆,刚刚着陆的飞机在巨大的轰鸣声中再次跃升,开始执行第二轮飞行任务。

冯思广,山东省茌平县(今聊城市茌平区)肖庄镇冯营村人,中共党员,时任济南军区空军航空兵某师飞行二大队正连职飞行员,2005 年从山东理工大学招飞入伍。2009 年,冯思广和妻子田文君领取了结婚证,但因部队训练任务密集紧张,他们的婚礼一推再推。

在飞机巨大的轰鸣声中,冯思广和战友张德山驾驶的战机急剧爬升。当飞机升至高度约五十米处时,全神贯注的张德山突然发现发动机没声音了,飞机的推力瞬间变小。他一瞥仪表盘,发现速度表指针在下降。他的心骤然一沉,立即向塔台报告:"我停车了!飞机停车了!"

我们知道,飞机发动机空中停车是最危险的空中特情之一,就像人的心脏骤然停止了跳动。而更加紧急的是,当时停车发生在飞机起飞刚刚离地五十米的高度,留给飞行员处置的时间可谓电光火石。

接到报告,当天的飞行副指挥员、师参谋长沈树范没有丝毫犹豫,果断下令:"跳伞!跳伞!"

可是,飞机前方三百米处就是灯火通明的济南居民区,附近还有宾馆、工厂、物流站等场所,常住人口四千多人,在夜幕下城市宁静祥和。

这时,冯思广和张德山有两个选择,一个是立即弃机跳伞,保住自己的性命,但带着八百升航油的飞机就像一个巨型炸弹,直接坠入居民区,后果不堪设想；另一个是改变飞行轨迹，让飞机提前坠落在机场内，但这样一来，飞行员跳伞成功的概率就大大降低。

生死关头，两名飞行员不约而同地做出了向前推杆动作，把飞机由仰角12.3度迅速变为俯角9.8度，飞机呼啸飞行的轨迹瞬间改变，在机场内提前坠毁，避免了一场惊天动地的次生灾难。从飞机发动机停车，到最后一名飞行员跳出座舱，只有五秒钟。

短短的五秒钟内，根本没有时间让冯思广、张德山过多过细权衡得失利弊。他们的准确决断是在闪念之间，甚至是在潜意识中形成的。扎实的当代革命军人核心价值观教育，为这次正确处置突发特情奠定了坚实的思想基础；军民鱼水深情使他们随时都有保护人民群众生命和财产安全的意识。

五秒钟，他们做出了无愧于人民的生死抉择，却错过了跳伞最佳时机，张德山受伤，28岁的冯思广壮烈牺牲！

2010年5月10日上午，在冯思广烈士追悼会上，妻子田文君悲伤而又坚定地说：

"请大家见证，今天就是我和思广的婚礼……这辈子，嫁给这样的飞行员不后悔……"

2010年5月，冯思广被追认为革命烈士、追记一等功；2010年6月，被追授空军功勋飞行人员金质荣誉奖章。

（选送单位：中共聊城市委宣传部）

排爆警察胡清溪

胡清溪是山东省济宁市公安局特警支队的一名排爆民警。他于2006年12月参军入伍，曾服役于中国武警雪豹突击队，主攻搜排爆专业。2015年1月，特招到济宁市公安局特警支队。

2016年6月21日18时许，胡清溪所在支队接到市局指挥中心命令，在济宁某小区发现爆炸物，要求迅速前往处置。经过现场初步观察，这个爆炸物由钢管、微动开关、电源、黑火药组成，正是所谓的钢管炸弹，这种爆炸物在新疆出现比较多。当时防爆安检大队刚刚组建，装置配备比较单一，但险情刻不容缓，分秒必争，胡清溪做出了当时在场所有人都想不到的决定，用自己的双手转移爆炸物。

在漆黑的田地里，在警戒区外所有人的屏息凝视中，胡清溪冒着随时可能发生爆炸的危险，小心翼翼地将爆炸装置取出，用双手平稳托举着，一步一步转移到销毁坑内。一百二十米的距离，平常人三步并两步走完的距离，他却用了足足半个小时。虽说穿着排爆服，但实际上一旦爆炸，排爆服的作用就两个：一个是"心理安慰"，一个是"保留全尸"。每一秒都是在与死神搏击，每一步都是行走在刀尖上。

对于排爆警察来说，永远不知道明天和意外哪一个先到。对于这样一份高危职业，就连保险公司都不愿意承保。所以他们在执行排爆任务前，都要悄悄写下遗书。一直以来，他的父母和妻子都以为他是一名特警队员，直到最近才知道他是一名排爆手。其中的难言之隐，只有他自己最为清楚。

2018年8月19日16时许，邹城市某居民区六楼惊现爆炸装置。这是一种拉发式爆炸装置，制作与安装非常细致、专业，没有留下丝毫的证据与破绽。经过反复研究、制订方案，最终选择用人工拆除的方法来处置，目的就是留下足够的破案证据。在断水、断电、断煤气的楼梯间，他穿上八十斤重的排爆服，整个人趴在楼梯上。爆炸装置所在位置不是一个平正地面，这加剧了观察和拆卸工作的难度，趴着趴着就会被台阶顶得身体发麻，但绝对不能换姿势或者出现大动作，否则随时都会有爆炸的危险。

当时，胡清溪的妻子一直给他打电话，都无人接通。最后打给他的同事询问情况，同事拍了现场图片发给了她。据说她看到相片就大哭起来，那时才知道自己的爱人从事的是公安工作中危险系数最高的排爆工作。而他的父母，看到他参加"齐鲁最美警察"评选时媒体对他的采访和报道，才知道他是一名排爆手。这个隐瞒了十三年的"谎言"才终于被戳破。

青春既是血雨腥风里坚守的铁骨，也是攻坚克难时创新的先锋。为了祖国的安定，为了社会的安宁，为了千千万万个家庭的幸福安康，胡清溪坚定地做着那个在危难面前最先站出来的人！

（选送单位：中共济宁市委宣传部）

大力弘扬伟大抗战精神　决胜全面建成小康社会

一盏煤油灯的故事

在东营市历史博物馆的展厅里，陈列着一盏九十多年前山东省广饶县刘集村农民夜校使用的煤油灯。就是这盏煤油灯，点燃了那里农民革命的星星之火。

1926年到1928年，广饶县刘集党支部为了更好地开展革命工作、壮大党的力量，连续三年举办了农民夜校，向当地农民群众宣传马列主义和革命理论，进行革命启蒙教育，以此提高农民群众的思想觉悟。

农民夜校设在刘集村支部书记刘良才自己场院的三间空屋里，学习用的桌子是东一家西一家拼凑的，凳子也是大爷大婶自家带来的。一到夜晚，几十名贫苦人家的子弟便集中到这里，点上煤油灯学习。夜校平时以学习文化为主，用的是当时的小学课本《平民千字课》，兼学习一些《新文选》和《旗报》上的文章。负责教学的主要是刘英才和刘洪才。每隔几天，刘良才也总要给大家上一课。刘良才虽然文化程度不高，但他能联系当时的革命形势，深入浅出地为老百姓讲解革命理论，而且讲得透彻生动：煤油灯下，他坐在老百姓中间侃侃而谈，讲共产主义的美好前景，讲造成世间贫富悬殊的原因，讲苏联进行社会主义革命和建设的事实……

刘良才针对农民群众当时普遍存在的"听天由命""安分守己"等思想，反复讲解"什么叫剥削""谁养活谁"等道理，讲得人们心里热乎乎的，意识到不能再信什么天命，应该起来斗争，这样穷苦人民才有盼头。

夜校越办越红火，参加学习的群众也越来越多。这时，刘良才认为组织发动农民群众向地主阶级开展斗争的条件已经具备，便首先在刘集村成立了长工会、短工会、互济会等群众组织，开展了"增资"活动，帮助附近村庄穷苦农民解决最实际的生活问题。

一天晚上，刘集、菜园、刘堡、六股路等村的八十多名长工，集合到夜校

里，刘良才拨了拨煤油灯的灯芯，屋里变得异常明亮。

刘良才说："乡亲们，咱穷苦人家，走得快了撵上穷，走得慢了穷撵上，不快不慢朝前奔，扑通掉进穷苦坑，何年何月我们穷苦农民才有个出头之日啊？世道不变个样子，咱们老百姓就永远受苦受穷！

"现在世道如果不改改样子，穷苦人家就难以改变贫困的命运。咱们穷苦人要改变自己的命运，就得'万国劳动者团结起来'跟剥削我们的地主老财做斗争。

"啥叫团结？就是穷伙计们要抱成团，抱的团越紧越大，地主老财就越害怕。"

……

在刘良才深入浅出的讲解下，大家一致同意开展增加长工工钱的斗争，并约定一齐行动。刘良才提出，假若地主有意刁难，大家就用怠工、罢工的手段来应对。

第二天，刘集和附近各村就开始了步调一致的要求增资斗争。长工会的负责人刘万众、刘仁信，都在地主谢清玉家干活。谢清玉平时对待长工百般苛刻，"铁公鸡"般一毛不拔，长工们早就对他恨之入骨。增资斗争刚开始，谢清玉就一口拒绝长工提出的增加工钱的要求，对长工们骂骂咧咧，并且殴打小长工刘三。看到谢清玉毫无人性的样子，长工们决心跟他斗争到底。他们在水车斗子上钻上眼，叫它光转悠就是上不来水；锄地时只锄地头，锄到地里面就睡大觉……谢清玉发觉之后破口大骂，嚷嚷着要扣长工们的工钱。刘万众、刘仁信连忙向刘良才汇报了情况。刘良才说："不理他，要斗咱就和他斗到底！"晚上，刘良才带领附近村庄几十名长工，闯进了谢清玉家，站了满满一院子，和谢老财辩理。谢清玉想要耍横，大家一声吆喝，要把他架起来往猪圈里扔，吓得谢清玉和他老婆连连告饶。最后，刘良才出面讲和，谢清玉只好答应增加工钱。增加长工工钱的斗争取得胜利。

经过这场斗争，当年长工的年工资基本上都由原定的三十银圆增长到四五十银圆；短工的日工资，也从一吊五百文钱增长到两吊钱，甚至三吊钱。

增资斗争的胜利，让穷苦农民意识到团结起来力量大，大大提高了与地主豪绅斗争的勇气。

农民夜校里，在这盏煤油灯下，刘集支部的革命先辈向当地农民群众宣传革命思想，培养了大批党员骨干。煤油灯光宛若一道闪电，点醒了这些任人蹂躏的庄稼人。农民群众逐渐觉悟和奋起，组织建立了长工会、短工会、互济会、儿童团、少年先锋队等群众组织。在以后的斗争活动中，夜校的许多学生被发展为党员、团员，成为革命斗争的坚强战士。广饶县的革命队伍不断壮大，广饶县的革命之火燎原了山东大地。

1975年5月22日，原夜校学员刘吉祥将自己保存的刘集农民夜校的唯一物件——煤油灯，捐给了广饶县博物馆。这盏煤油灯现为国家一级革命文物。

（选送单位：中共东营市委宣传部）

筻子的故事

山东广饶刘集有一位女党员名叫姜玉兰,她的丈夫是中共刘集支部的第一任书记刘良才。1925年春天,刘良才在堂兄刘子久的帮助下,建立了刘集党支部。作为刘良才身边最亲近的人,姜玉兰最先接受了刘良才宣传的先进革命思想,成为无产阶级革命的坚定拥护者。她利用一只放入线穗子的筻子作为掩护,为刘集党支部的革命活动站岗放哨。

1926年春节,在济南任教的刘雨辉回家乡省亲时,把一本《共产党宣言》(我国最早的中文译本)带到了刘集党支部。

随着刘集党支部的革命活动逐渐增多,活动经费越发捉襟见肘。姜玉兰看在眼里、急在心上,她毫不犹豫地拿出家里所有的积蓄,又没白没黑地纺线、织布、纳鞋底,然后卖掉换钱,把钱交到刘良才手上,作为党的活动经费。经费最紧张的时候,她毅然决然变卖了自己的嫁妆。据村里的一位老人回忆,姜玉兰曾经讲过:"想想以后老百姓都能过上好日子,咱今天过得再苦、再累也值了!"1925年到1931年,六年多的时间,姜玉兰倾尽所有,筹集到两百多块沉甸甸的银圆,作为党的活动经费。

1933年,刘良才因为叛徒的出卖,不幸被捕。在法庭上,他英勇无畏、毫无惧色,恼羞成怒的国民党反动派残忍地将他杀害于潍县的白浪河畔。噩耗传来,姜玉兰悲痛欲绝,但她没有被残酷的现实吓倒,决心继续进行丈夫未竟的革命事业。抗日战争进入相持阶段后,面对敌人的"扫荡",姜玉兰和她的四个儿女,决定利用晚上时间在自己家里挖一条地道,以收藏党的重要文件和解救被围的同志。就这样,她带领一家子,在夜深人静的时候,一点一点地把土掏出来,用几只小筻子偷偷倒掉,硬是挖出了一条长约二十八米,能同时容纳五六个人躲藏的地道。这条地道多次成功躲过敌人的"扫荡",保护了革命同志、党的机密文件以及枪支弹药。

　　刘良才和姜玉兰是党的优秀儿女,是革命年代万千党员的典型代表。这几只筻子,虽然小小的、旧旧的,毫不起眼,但它们的身上体现着无数个"刘良才"和"姜玉兰"共同铸就的信仰坚定、矢志不渝的共产党员的精神。正是因为有了这样的精神,无数党员和群众才能够心中有理想、脚下有力量。

(选送单位:中共东营市委宣传部)

一封家书

山东博物馆里的一个展柜前，经常围满了人。是什么吸引了众多前来参观者的目光？那是一封深埋地下十四年之久的家书，是1932年日军进攻上海时，革命烈士朱蓂阶写给姐夫陈友唐的信。信中这样写道："唯我方只要能沉着应战，作战持久，最后胜利尚有望也。"这一观点与毛泽东同志的《论持久战》主张不谋而合。

朱蓂阶，1900年生于山东省宁阳县东庄村，在青州省立中学任教时，因给学生传授民主革命思想，被反动当局逮捕入狱，被营救出狱后，他更加坚定了抗日救国的决心。

1938年5月，朱蓂阶在宁阳创建了东庄"自治会"，在他的带领下，妇女磨面做军鞋，儿童站岗送情报，部队所经之处，群众站岗放哨。后来，朱蓂阶带领六十人成立了泰宁五中队。他们袭击过伪公所，围剿过日伪军，捣毁过日军情报站，还建立起了自己的交通线。1939年，日军在华大肆掠夺，打着建立"护矿队"的幌子占据了华丰煤矿，并着手修建铁路、运输物资。朱蓂阶听闻此事，先是争取了部分矿工里应外合夺回了东号井，后又和五中队的队员一起乔装打扮成民工潜入敌后，先后打死了日军头目片次三郎及监工和日军翻译，破坏了修建计划，一举夺回了华丰煤矿。此后，华丰百姓的心里便多了一分踏实，泰宁五中队的名号更是让伪军闻风丧胆，自此，再未靠近华丰煤矿半步。

1942年10月27日，在上岩峪掩护群众突围时，朱蓂阶不幸受伤被捕。在酷刑拷打下，他早已皮开肉绽、血肉模糊，但他仍旧紧闭牙关，严守党的秘密。鞭子狠狠地打在他的身上，他瞪大通红的双眼，怒吼道："你们是侵略者，是强盗，是中国人民的公敌，应该受审的是你们！你们作恶多端，在中国犯下了滔天大罪，受审的应该是你们。"1942年11月8日，他被敌人残忍杀害。

毛泽东同志得知他的事迹，心痛不已，亲笔特批朱蕺阶为"革命烈士"。

如今，这封小小的家书从硝烟中走来，向我们讲述着那些为了国家安危舍生忘死、血染战场的壮志，向我们诉说着那些国难当前扬眉亮剑的豪情与胆气。不知不觉，红色革命的精神早已浸入我们的血脉，我想朱蕺阶这封家书不仅仅是写给姐夫陈友唐的，更是写给你，写给我，写给我们了不起的中国的！

（选送单位：中共泰安市委宣传部）

满门忠烈抗日魂

七十多年前,在即墨大地上,有这样一个家族,他们倾全家之力变卖家产,毁家纾难,他们父子兄弟子侄有十余人为革命献出了生命,他们发誓"要与侵略者血拼到底",他们就是革命英雄袁超家族。

袁超,山东省即墨县(今青岛市即墨区)袁家屯人,15岁时加入中国共产党。1936年,袁超在上级党组织指导下着手组织党的武装。他夜以继日地四处奔走,走遍了大大小小几百个村庄,到处动员,并变卖全部家产购买抗日枪支,仅仅用了三个月的时间就成功组建了一支拥有二百六十多支枪、三百多人的武装队伍。这是即墨第一支党领导的抗日武装队伍。

袁超的父亲袁美清在成立支部和组织队伍发动起义期间,带领全家自觉承担起了站岗放哨和后勤保障的重任。他们不顾安危,为部队送情报、救伤员、掩护党员干部。那些年,十年九旱、天灾不断,常年行医、原本家境殷实的袁家老大袁淑明,变卖了药铺,不惜倾家荡产支援抗战。

1941年,抗日形势日益严峻,大哥袁淑明护送从前线抬回的三名重伤员,暂时躲藏在群众家的地窖里抢救治疗,却不幸遭到了日伪军的搜捕。"我宁愿一个人死,也不能让老乡和战友同我一起牺牲!"袁淑明决定舍身引难。他只身翻墙而出,与敌人展开了单兵巷战。身中两弹后,他仍然咬紧牙关,千方百计吸引敌人远离村庄。最终,伤员获救了,他却倒在了日伪军的枪口下。同年10月,袁淑明的长子袁毓佳在平度县兰底村与日伪遭遇,为掩护战友、转移粮食,他做出了和父亲同样的选择,独自鸣枪吸引敌人,终因寡不敌众,英勇牺牲。那一刻,凌空抛洒的鲜血染红了大沽河。英雄的精神必将铸就一代又一代英雄的传人,面对父亲、哥哥的相继牺牲,袁淑明的次子袁凤庭、三子袁渤向爷爷提出"我们要去当兵"。袁美清老人看着两个稚气未脱但目露刚毅的孙子，说："你们去吧，现在前线正需要人，就是搭上我们老袁家的全部性命，也要和他们战到底。"

袁家老少，为了抗战胜利先后牺牲，其中最小的只有 6 岁。在艰难的革命岁月里，袁超家族满门忠烈。我们看到了一个个勇敢前行的身影，他们的胸膛依旧火热；我们看到了一个个坚定的眼神，他们的目光依旧充满着希望。他们年轻的生命，对美好生活的憧憬，全部奉献给了即墨这片红色的热土，他们的抗战精神，为青岛历史添上了浓墨重彩的一笔。

（选送单位：中共青岛市委宣传部）

矿山火种

1936年7月的一个傍晚,山东淄川洪山镇北工厂村姜自强家来了一位工友。正在院子里吃饭的姜自强,连忙放下碗筷,疾步迎上前去,紧握来人的手。

来人二十二三岁年纪,中等身材,脸庞清秀,目光炯炯,虽然身穿粗布衣服,却显示出非凡的精明、干练。他就是中共山东省委派来淄博矿区恢复党的组织、开展工运工作的张天民同志。张天民,原籍山东省平原县,早在曲阜师范上学时,就接受了革命思想,1932年8月开始从事党的活动。1933年,他曾来淄博矿区,以矿工身份为掩护,寻找党的组织,开展革命活动。当时,他通过济南正谊中学的一个淄川籍学生,认识了姜自强,后来一起下过西河悦升煤矿斩龙剑井,彼此来往密切。姜自强的父亲姜成玉、弟弟姜克强都和张天民关系很好。所以,张天民这次来到矿区,自然就住在姜自强家里。

洪山镇是中日合办鲁大公司淄川炭矿所在地。当时,日本帝国主义和国民党反动派统治着的矿区,豺狼遍地、鬼魅横行,汉奸、特务多如牛毛。因此,在这里开展地下工作非常困难。

北工厂村位于淄川炭矿事务所(今淄博矿务局机关所在地)北面,房屋矮小、简陋,在这里居住的多是穷窑户。他们当中,有的是贫困农民在农村活不下去,背井离乡,扶老携幼逃难到这里的;有的是城镇穷人的孩子流浪到这里的。张天民居住在这里,既隐蔽又能广泛联系工人。姜自强和他哥哥、弟弟都在洪山附近的袁家岭煤井干活,于是就替张天民补了个名字,让张天民跟他们一起下井拉煤。

1936年,中日官僚资本家为了满足日本帝国主义发动侵华战争的需要,加速对煤炭进行掠夺性开采,在淄川矿区开凿了十九个小型矿井,袁家岭井是其中的一个。这些矿井,井下设备十分简陋,手镐采煤、人力拉运,工人劳动强度大，生产环境极端恶劣。拉煤工人都用步绊套在肩膀上，拉着两百余斤重的煤筐，嘴里衔着一盏电石灯，在坑道里艰难地爬行。但是，一般干满十二小时，才挣四五角钱，生活非常困苦。张天民对煤矿工人劳动生活情况熟悉，且吃苦耐劳，所以很快就和工人们打成一片。

开始，和张天民互相串门子谈心的只是几个和他一起下井的人，以后渐渐多了起来。经过一段时间的了解和观察，张天民从中发现了一部分觉悟高、斗争精神强的矿工，便加以培养，陆续吸收他们加入了中国共产党。1936年底，洪山镇北工厂村建立了矿区党支部，张天民任书记。支部初建时，只有党员五六人，之后发展到十多人。

1937年9月，以国共两党合作为基础的抗日民族统一战线已经形成。为了宣传我党团结抗日救国的道理，唤起民众与日本帝国主义做斗争，张天民在党员和积极分子的帮助下，决定利用北工厂村小学开办工人夜校。居住在北工厂村的一些矿工得知张天民要办夜校，个个打心眼里高兴。过去被人瞧不起的"煤黑子"，有了自己的贴心人，也能学文化长见识，日子有奔头了。听说办夜校有困难，大伙都来帮助解决。印课本需用油印机，张天民手头钱不够，姜克强便和父亲商量，把一件心爱的皮袄当了六元钱凑上，买来了油印机。开学的这天晚上，青年矿工提前打扫整理好了教室。

北工厂村村长黄泽玉，是中日资本家豢养的一只巴儿狗。这天晚上，正当工人匆匆向夜校走来时，黄泽玉溜了进来，气势汹汹地驱散了上夜校的工人，然后进了教室，怒目圆睁地盯着站在课桌前的张天民问："谁叫你办工人夜校的？"张天民神态自若，刚要开口，本村教员李善堂抢前一步回话："村长，啥事惹你大动肝火？黄村长，你是知道的，我们村小学是教育局核准备了案的，我这个教员也是县教育局派来的，有啥事咱到县里去说……"他和张天民交换了下眼神，继续说，"你不要以貌取人，甭看他是个穷下窑的，可是文化高，来办夜校，教工人识几个字，有啥不好的？"李善堂的一番话，说得黄泽玉哑口无言，像耗子掉进灰堆里又憋气又窝火，只好支支吾吾地说："是镇上工商会马会长吩咐我来的，听不听在你！"说完，悻悻而去。

在李善堂的帮助下，工人夜校坚持办下去了。张天民白天挑着货郎担子，走村串户卖针线，晚上给工人上课。上夜校的工人越来越多，很快就发展为三四十人。

黄泽玉阻拦办夜校的事情发生后，有些党员和积极分子担心张天民的安全，深恐汉奸、工商会会长、村长、镇长一伙人暗算他。矿工党员马立河学过武术，有一套好拳脚功夫，而且年轻力壮，于是夜间他就和张天民睡在一起，保护着他。马立河的父亲马京文是个理发匠，肩挑理发挑子，走街串巷，经常到洪山镇转悠，以探听情况，及时向张天民汇报。

工人夜校表面上是教工人识字、学文化，实际上是宣传中国共产党救国救民的主张，启迪、教育工人团结起来进行革命斗争。张天民讲课耐心细致、循循善诱，针对煤矿工人受压迫深、革命性强、文化水平不高的特点，他一面教工人认字、写字，一面采取讲故事的形式，向工人讲述中国工农红军长征胜利的革命事迹，讲述没有剥削、没有压迫、人人平等的好处，讲述煤矿工人为什么这样受苦受罪，过着牛马不如的生活，讲述共产党救国救民的主张，揭露国民党卖国贼勾结帝国主义、残害人民的反革命罪行。张天民讲得深入浅出，通俗易懂，句句说到工人心坎上，唤起了工人对革命的向往。课后工人们常在一起秘密交谈夜校听课的内容，激动地说："这回咱穷兄弟们可有盼头了！"

张天民同志还亲自编写、油印了一部分工人夜校课本，其中很多内容是宣传抗日救国的，比如："一人不是人，独木不成林，大家一条心，才能打日本""东三省，粮食囤，穷人去，真好混；日本鬼打不跑，你看可恨不可恨！"这些课文，纯朴简洁、高昂有力，工人都能顺利地背出来，激发了大家的抗日爱国热情。

1937年初冬，日本侵略军逼近黄河北岸，淄博形势吃紧，工人夜校也就停办了。夜校开办的时间虽短，却深深地启迪教育了矿工，发展壮大了党的组织，为我党发动组织抗日武装斗争和工人运动培育了骨干力量，播下了矿山的革命火种。

（选送单位：中共淄博市委宣传部）

投笔从戎

1937年"七七事变"爆发，日军沿津浦铁路大举南侵；9月下旬，侵华战争由平津继续南移，其前锋已达德州；11月中旬，济南危在旦夕。素有反帝反封建反侵略斗争光荣传统的山东大地，抗日队伍揭竿而起，斗争风起云涌，迅速演变成燎原之势。

在相距济南一百多公里的平原地带，刚刚从济南市平阴县城返回老家泰安市肥城石横的尹鹏武，一身学生装束，身背简单的行囊，急匆匆走在乡间小道上。这是他时隔六年之后，第二次从平阴返回家乡。

尹鹏武，原名尹振祚，又名尹飞，1902年出生，20岁就加入了中国共产党。他已经遭到国民党几次通缉，多亏党组织或提供信息，或设法营救，才得以脱险。已过而立之年的他，这次回乡的主要任务，是组织农民自治武装，展开抗日运动。他在心里琢磨，最首要的就是做好人民群众的思想和战斗动员工作，尽快拉起队伍。

这天吃过晚饭，尹鹏武把酝酿好久的想法告诉了父亲。父亲向来疾恶如仇，有强烈的民族自尊心。听完儿子的设想，他不但很支持，还帮着出主意。

尹鹏武发挥自北平燕京大学毕业后当过烟台《时兆日报》主编和记者的特长，"以笔为枪"撰写时局文章，深入底层采访积累的经验，陆续和当地几位有名望的士绅联系，讲明利害，赢得了他们的支持。然后，他又进家入户，蹲点田园，跑老乡、走亲戚、串同学、找好友，不分白天黑夜，不分田间地头，不停歇地奔波。

功夫不负有心人，1937年底，一支两百余人的抗日游击队组建完成。

一开始，父亲的积极性非常高，和母亲一起张罗人员、逐一登记，不辞辛苦，管吃管住。可时间一长，父亲起了疑问："队伍倒是拉起来了，可不能吃穿用都归咱管吧。""爹，拉起一支队伍不容易，先这样运行着，等打了胜仗，

有了胜利果实，就能改善改善条件。"尹鹏武信心满满地说。

严寒酷冬时节，家里的储备本来就不多，再加上队员今天来五个、明天来十个，慢慢地，吃饭成了大问题。一天，尹鹏武听见母亲在问父亲："咱家的粮仓下得挺快，这样下去，以后可咋办呢？"父亲苦笑一声说："这几天的伙食，还是我卖了几棵老杨树、老槐树才维持的，总不能向邻居借粮食吧！"

尹鹏武知道，父亲在村民中威信高，只要他张口，邻里肯定借粮食给他，队伍的伙食就能再撑上几天，但是他不肯做，也做不到。

这时，尹鹏武想起了几年前组织农民运动的情景。当时，石横建立起肥城县第一个农民协会，斗争反动地主武式丰、尹苞序，迫使他们如数退还了北洋军阀驻扎石横时多征的粮款。村民分得实惠，自然积极参加运动，个个表现突出。现在的情况不一样，除了要跟队员们讲为啥打鬼子，打鬼子的结果是什么，讲有国才有家的道理，还要让大家团结抗日，最起码不能让他们因为吃穿而费心劳神。

尹鹏武反复跟父亲讲："集合一支农民抗日队伍不容易，可解散它却很容易。生活不能保障，体力不能支撑，武器装备不能适应战斗需要，就很容易散伙。为了打日本（侵略者），咱们得珍惜这支队伍啊。"

为了拢住队伍，尹鹏武和父亲变卖了十八亩地，先后捐献粮食两万多斤，倾其所有，为队伍添装备、购粮草、换服装……尹鹏武风趣地说："这下好了，地卖了，粮光了，无牵无挂，就剩下集中精力干革命啦。"

尹鹏武的善行和壮举，一传十，十传百，感动了山东省第六区专员、国民党爱国将领范筑先。范将军派政治部干事展博前来石横商讨联合抗日事宜，尹鹏武欣然同意范将军的主张，抗日游击队被编为"山东第六区抗日游击司令部本部第十七营"，尹鹏武任营长。十七营转战肥城、平阴、长清一带，沉重打击了日伪军的嚣张气焰。第二年，为了保存这支抗日武装力量，尹鹏武率部加入山东西区人民抗敌自卫团，被改编为自卫团第十七大队，尹鹏武任大队长。在尹鹏武的带领下，第十七大队屡建奇功，英雄的足迹载入了肥城人民抗日斗争的光荣史册。

（选送单位：中共泰安市委宣传部）

生死诺言

"妈妈,把我献给祖国吧。"

这是山东省烟台市胶东革命纪念馆内的一张珍贵历史照片上的文字,这是一份沉甸甸的生死承诺,是一名热血青年的铮铮誓言,也是他与母亲最后的诀别。

他叫孔迈,是印尼华侨。全国抗战爆发后,18岁的孔迈怀着报效祖国的壮志豪情,瞒着母亲,万里奔波,几经辗转回到了祖国,成为新华社胶东分社的战地记者。他在枪林弹雨中穿梭,用相机记录下马石山的血雨腥风,记录下胶东军民的浴血奋战,记录下"红色乳娘"的无私大爱,记录下"阻止美军登陆烟台"的历史画面。

母亲不知儿子的去向,也不知儿子的生死,多少次被噩梦惊醒,泪水已经湿透枕巾。孔迈也思念着远方的亲人,心怀歉疚的他照了一张相,托人捎给远在印尼的母亲,照片的背面写着:"妈妈,把我献给祖国吧。"收到照片后,母亲才知道儿子还活着,她哭了……从那以后,睡梦中与儿子相逢,竟成了母亲每天的奢望。"妈,从今天起,我就是一名八路军了!""妈,今天受了点伤,没事。""妈,今天采访,看见村口有个老大娘,长得特别像你。""妈,我想你,也想家了。"谁曾想,孔迈18岁时与母亲的分别竟成了永诀,直到母亲去世,他们都没有再见面。母亲晚年病重,就一直守在老房子里。她常常趴在窗台上,隔着窗户往外看:"儿子啊,你在哪儿,妈多想再见你一面啊!"临终前,母亲留下遗言,把这张照片再转交给儿子。1959年,历经多番辗转,孔迈终于收到了照片。他泣不成声:"妈,儿子不孝,没能为你养老送终,儿子对不住你啊!"直到晚年,一提起这件事,这位身经百战的老战士都会潸然泪下。

孔迈用自己的一生,践行了把自己献给祖国的铮铮誓言。国难当头,匹夫有责。任常伦、杨子荣、郭永怀、钟南山……一个个响亮的名字,一个个民族英雄,一个个国家栋梁。当祖国需要,他们挺身而出,不畏艰险;当人民需要,他们义无反顾,逆风向前。红色基因构筑起中华民族的气节和精神,有了这种气节,中国人民就打不垮;有了这种精神,中华民族伟大复兴的中国梦必将实现!

(选送单位:中共烟台市委宣传部)

抗日先驱马耀南

> 抗日烽火起，黑铁战旗红。
> 投笔赴国难，救亡作干城。
> 血肉连长山，兵马起邹平。
> 肝胆裂血日，千载记英明。

这首诗是为了纪念抗日英雄马耀南而作的。1937年12月，时任长山中学校长的马耀南脱下长衫，弃笔从戎，组织了六十多名师生成立了一支抗日武装。后来，这支部队不断壮大，转战南北，为中华人民共和国的成立立下了汗马功劳。而他的名字被永远地镌刻在了共和国历史的丰碑上。

1902年，在山东淄博周村北郊镇北旺村的一座具有百年历史的老宅子里，一个男婴呱呱坠地。孩子的父亲为儿子起名叫马方晟，字耀南。

1937年7月7日夜，日本侵略者制造了卢沟桥事变，发动了全面侵华战争。战争的炮火震惊了世界，也震动着马耀南的心，国家命运、民族危机重重地压在马耀南的心头。

"自即日起应特别振奋，求有所报命国家，获取较大代价之牺牲，方不愧生于此世间。"时任长山中学校长的马耀南决心投笔从戎，带领师生民众进行抗日武装斗争。

为更好地争取和团结全校师生，加速武装起义的准备，马耀南以教学研究会的名义，组织全校老师开会，宣读《中国共产党抗日救国十大纲领》，介绍共产党的政治主张和全国军民当前的任务，逐步统一大家的思想；以"民众夜校"的名义，讲授抗日形势、党的统一战线政策、游击战术和农民运动等内容，培养了一百多名军事骨干，为武装起义做好了准备。

  1937年12月26日，姚仲明、廖容标等带领长山中学六十余名师生和四十多名抗日骨干发动了黑铁山抗日武装起义，成立了山东人民抗日救国军第五军，马耀南任第五军参谋长。新成立的山东人民抗日救国军第五军面对穷凶极恶的日寇毫不畏惧，他们奇袭长山城、设伏小清河、血战白云山，在短短两个月的时间里三战三捷，打出了中国人的志气，第五军的队伍很快发展到了五千余人。

  1938年6月16日，国民革命军第八路军山东人民抗日游击队第三支队宣告成立，马耀南任司令员。

  1939年7月22日黄昏，马耀南率领部队到达桓台牛旺庄，由于汉奸告密，桓台、张店等地的敌人很快前来包抄围攻，马耀南身先士卒，亲临第一线指挥战斗。

  当他带领队伍突围至牛旺庄时，事先埋伏在柴垛后的敌人蜂拥而出，开枪扫射，马耀南胸部中弹，壮烈牺牲，年仅37岁。从起义开始一直到牺牲，他带着队伍在当地打游击，从来没有回过一次家，他的孩子、家人直到他牺牲都没有再见过他。

  "气壮长白山，历经百战敌寒胆，血溅小清河，慷慨捐躯志长存。"这段碑文，简练地概括了抗日英雄马耀南的一生，他的抗日英雄事迹将永垂史册，彪炳千秋！

（选送单位：中共淄博市委宣传部）

齐鲁抗战一抹红——血花剧团

举精神之旗、立精神支柱、建精神家园，都离不开文艺。在我们党历史悠久、精品迭现的文艺舞台中，滨海战区日照县（今日照市）的血花剧团留下了许多慷慨悲壮、鼓舞人心的戏剧史话。

时光回到那暗无天日的岁月，东北沦陷，华北沦陷，南京沦陷……日本铁蹄踏来，阴霾压顶，山河涂炭，百姓陷于水深火热之中，民众人心惶惶。"亡国论"者有之，麻木不仁者有之，丧失气节当汉奸者也有之……在中华民族生死存亡关头，引导和塑造有利于抗战的舆论态势，成为争取大团结、领导全国抗战的重要一环。日照县民众自治联合会在驻军地下党组织领导下，组建了最早的抗日文艺团体——血花剧团，以纯洁的思想和火热的歌声活跃在滨海战区。

"枪炮只能攻城，艺术可以攻心，搞戏曲工作就是革命。"血花剧团共三十余人，演唱了《救亡歌》《工农一家人》等三十多支歌曲，排演了《沦亡以后》《还我自由》等十几个话剧。谷牧、万毅等将领在战斗间隙，也时常参与剧团的创作、表演，演员们为战士、群众白天演讲，晚上演戏，以高昂的歌声激发人们的斗争热情，唤醒群众的抗日斗志，有力地打击了敌人的嚣张气焰。

一次演出时，国民党新编第六师驻军出席观看，当演到"鞭打香姐"时，士兵怒喊"放下你的鞭子"。这种同仇敌忾、一心抗日的感情，深植人心。

1938年11月12日是孙中山先生的诞辰，国民党日照县党部决定搞纪念活动，也让血花剧团参加了演出。演出时，血花剧团先唱了《大刀进行曲》《游击队之歌》等备受群众欢迎的曲目，又向广大群众宣传团结抗日的重要性，宣讲日本帝国主义侵略中国、军阀摧残百姓等残暴罪行。观众的心无不被这一个个反映家仇国恨民族危亡的节目所感染，现场的掌声、呐喊声此起彼伏，一浪高过一浪。坐在台上的县党部书记牟希禹恼羞成怒，竟要在演出结束后追查

"责任"。

血花剧团是齐鲁抗战精神中的一抹红,所到之处,演出扣人心弦,士兵群情振奋,群众热血沸腾。在他们走过的这片火热的土地上,人民拥军支前热情高涨,齐鲁大地成为党最完整、最重要的以整个省区为主体的战略基地、最可信赖的连片根据地,子弟兵血浓于水,所向披靡。

文艺是时代前进的号角,人类社会每一次跃进,人类文明每一次升华,无不伴随文化的历史性进步。

时代赓续伟业,文艺再放光芒。血花剧团,我们永远的记忆!

(选送单位:中共日照市委宣传部)

告诉世界一个"红色沂蒙"

2020年9月3日,习近平总书记在纪念中国人民抗日战争暨世界反法西斯战争胜利75周年座谈会上提到,中国人民抗日战争的胜利是中国人民同反法西斯同盟国以及各国人民并肩战斗的伟大胜利。其中,国际主义战士汉斯·希伯等记者积极报道和宣传中国抗战的壮举,永远铭刻在中国人民心中。

1925年汉斯·希伯第一次来到中国,在北伐军总政治部编译处做编译工作,"四一二"反革命政变后,他愤而返欧。1928年2月,他写了一本名为《从广州到上海:1925—1927》的书,他在前言里说道:"中国的革命是生气勃勃的,富有战斗性的,尽管存在着暂时的困难,但千千万万贫苦的中国人民必然会取得胜利。这本书献给中国革命和中国的英雄的无产阶级革命的先锋——中国共产党。"这也就不难理解,为什么1931年希伯再一次来到中国,因为他想探究中国共产党党员究竟是什么样的人,是什么样的希望、什么样的目标、什么样的理想,使他们成长为顽强到令人难以置信的战士。

1931年到1938年间,希伯和夫人秋迪·卢森堡化装成医生和护士,给敌占区送药品,以实际行动支援中国人民的解放斗争。为进一步了解八路军在山东敌后的活动情况,希伯提出到山东采访的要求,新四军领导劝他不要去,因为到山东的路途艰难,而且在山东,敌人的大"扫荡"快要开始了,比较危险。希伯坚持说:"正因为这样,我更要去,那儿没有外国记者去过,更需要我。"临行前,希伯为了保障夫人的安全,将她送回上海暂避,而他在部队的护送下来到了山东。

但是谁也没有想到,这次分离,竟成了他俩的永别。1941年11月30日,发生了大青山突围战,希伯跟随八路军一一五师转移到五道沟时与敌军遭遇,身边的警卫员、翻译员相继牺牲。悲愤的希伯也拿起了枪同八路军共同作战,

最终倒在了血泊里……

他的妻子秋迪一直在上海苦苦等待丈夫的消息，等了一年又一年，直到抗战胜利后，她才得知希伯已经永远留在了大青山。带着对丈夫的长久思念，1963年的夏天，依然独身的秋迪来到了梭庄烈士陵园。她让所有随行人员离开，独自陪着希伯。在墓前，她泣不成声，抚摸着冰冷的石碑，一遍一遍呼喊着希伯的名字，可是空寂的大青山回答她的却只有她自己的声音。1981年，又一个二十年过去了，已步履蹒跚的秋迪，再一次来到大青山。她告诉丈夫："上天不会再赐予我一个二十年，这或许是我最后一次来看你了。"她在丈夫墓前的麦地里采摘了一把成熟的麦穗，深情地说："我要把它带回去，种到德国的土地上，让沂蒙山的种子在德国生根发芽。"

希伯是一名记者，却是以战士的身份牺牲的。他是一个欧洲人，却是在中国的抗日战场上牺牲的。为支持中国抗战而以各种方式做斗争的外国友人有很多，但是穿上八路军的军装，亲手拿起枪来同法西斯强盗战斗而死的欧洲人，他是第一个。他用自己的亲身经历，用自己的坚定信仰，甚至用自己的生命，告诉世界一个"红色沂蒙"，也告诉世界一个"红色中国"！

（选送单位：中共临沂市委宣传部）

城里村抗日故事

　　故事发生在第二次世界大战爆发的前一年,也就是1938年。这一年农历二月二十一日,天下着雨,日寇纠集了安丘、峡山、担山、南流和黄旗堡等几个据点的兵力,组成了一支精锐部队,在汉奸的带领下,趁着夜色偷偷埋伏在山东省潍县(今潍坊市)城里村附近。

　　当时,城里村城墙的四个角都建有炮台,以抵御外敌侵扰。自日寇入侵黄旗堡以来,为保村护民,城里村村民王进魁自发组建了一支由城里村和附近村民组成的近二百人的民间抗日自卫武装。就在事发前几天,有消息称日本鬼子要攻打城里村,队长王进魁听说后坚定地说:"来就来吧,小鬼子有什么了不起的,不能让他们吓死,跟他们干一仗。"于是便让驻扎在城里村的队员们做好战斗准备,同时号召全村的青壮年有枪的拿枪,没枪的准备好锹镢锄头、棍棒扁担、斧头木杈等,分布在村子周围的城墙附近,随时准备和日寇拼杀。

　　天还没亮,王进魁就带领几个队员从正阳门外出查看敌情。他们刚走了没多远,就听见前面不远处有马叫的声音,与此同时日军也发现了他们,双方便交上了火。王进魁等人边打边撤,翻越城墙撤回村子。其中一名年龄较小的队员胳膊受伤,不能从城墙翻越回村。他急中生智,从城门底部钻进了村子,捡回了一条性命。

　　撤回村后,王进魁首先指挥队员们,从村子四个方向,借助城墙的有利地形,居高临下向敌人开火,枪声炮弹声响成了一片。队员们按照王进魁的安排,各自坚守自己的位置,向鬼子射击,阻止日寇向村子靠近。日寇的炮弹不停地在村里爆炸,其中一发落到了一户村民窗下的石磨磨眼里,石磨被炸得粉碎,这家的老奶奶被当场震晕过去;还有一发将一村民家的一双儿女(哥哥10岁,妹妹年仅两岁)一起炸死,场面惨不忍睹。

　　王进魁在这次抗日护村战斗中表现得最勇敢。他手持汉阳造步枪在村子城墙四角的炮台处轮番向敌人射击,以造成村子内有正规部队的假象,迷惑鬼子。当他在西南角炮台向敌人射击的时候,头部被日寇的子弹擦伤,鲜血直流。他让村里当时的红伤大夫简单包扎之后,又投入了战斗。突然,一颗子弹射进了王进魁的胸膛,这位年仅23岁的抗日保村英雄,为了保护乡亲们的生命财产安全,献出了年轻的生命。在这次抗击日寇侵扰的战斗中,仅城里村就有五人献出了宝贵的生命。

　　战斗进行了将近一天时间,由于城里村抗日武装队伍和村民的顽强抵抗,再加上一直下雨,敌人攻打城里村的计划没有完成。傍晚时分,弹尽力疲的日本兵带上死伤的日寇向黄旗堡车站的日军据点撤退。敌人虽然撤退,但自卫队知道日寇肯定还会回来报复,于是他们和村里的老百姓连夜撤离了城里村,减少了人员伤亡。

　　"城里村抗日"这一事件很快传遍了安丘,在当时极大地打击了日寇的嚣张气焰,加快了日本侵略者撤退的速度,也成为一直流传至今的抗日故事。

(选送单位:中共潍坊市委宣传部)

大雪埋忠骨

1938年12月,驻泰安的日军集结了大量兵力,气势汹汹地来山东肥城安驾庄一带进行"扫荡",抵达当晚,驻扎在安驾庄。

当地抗日武装——共产党领导下的泰西独立团第一时间获悉了这个重要情报,团长武圣域决定趁敌人行军疲劳、立足未稳之际,发动突然袭击,粉碎敌人的"扫荡"。部队分三路出发,准备合围敌人。智勇双全且对党无限忠诚的三营副营长汪兰田主动请缨,率三营担任主攻任务。

当晚三更时分,夜黑风寒,乌云压顶。独立团三路人马包围了驻地日军,出其不意地发起猛烈进攻。一向猖獗的侵略者做梦也没想到独立团会主动出击,从睡梦中惊醒,忙不迭地从被窝中爬出来,仓促应战。汪兰田一马当先,带领三营战士英勇奋战,把敌人打得丈二和尚摸不着头脑。双方激战两个多小时后,汪兰田的三营渐渐逼近了日军指挥部的院子,想要将其一举拿下。但是因日军装备精良,我军武器简陋,三营官兵在敌人强大的火力面前,行动受阻,开始出现伤亡。见此情景,汪兰田果断决定:保存实力,撤退!气急败坏的日军见我军主动撤离,疯狂地追了上来。我军边打边退,迅速向安驾庄北石沟方向转移。敌人因不熟悉地形,天又黑,怕中了我军埋伏,便不敢继续追赶,撤回了驻地。

独立团撤出战斗后,稍作休整,商讨下一步作战方案。汪兰田认为敌人吃了大亏,决不会善罢甘休,第二天一定会前来报复,大家都表示认同。于是,武圣域决定一不做二不休,凭借地理优势,在半路上设下伏兵,痛击敌人。

黎明时分,下起了鹅毛大雪。汪兰田率领三营战士顶风冒雪来到距离安驾庄二里多路的北石沟村。村东边有一条大河,又宽又深,河面上有一座大石桥,为日军的必经之路。河西岸有一条大壕沟,人躲在下面,很难被发现。汪兰田

就和战士们一起埋伏在这条大壕沟旁。

果不出我军所料，天刚亮，日军就张牙舞爪地朝北石沟村扑来，一副报仇雪恨的架势。当敌人走到桥中央时，汪兰田一声令下：打！雨点般的子弹射向了桥上的鬼子。敌人猝不及防，被打得晕头转向，狼狈逃窜，退回到河东岸。

日军指挥官见状，气急败坏地狂喊乱叫，重新组织兵力，分南北两路向我军反击。他们仗着先进的武器装备，用猛烈的炮火掩护日军前进。汪兰田率领三营官兵借助有利地形，勇敢作战，一次次打退了敌人的进攻。战斗非常激烈，从早晨一直持续到下午3点左右。

日军指挥官见久攻不下，恼羞成怒，像野狗一样号叫着，举起东洋刀，指挥日军进攻。日本兵在他的威逼下，也都发疯一样，朝我军猛扑过来。汪兰田面对来势汹汹的敌人，毫不慌张，沉着指挥应战，始终拒鬼子于河东岸之外。

忽然，汪兰田灵机一动，叫来营里的"神枪手"——战士武秀云，命令道："擒贼先擒王，把鬼子的指挥官干掉。"武秀云回答一声"是"，马上找好有利位置，伺机下手。但是日军的指挥官非常狡猾，总是躲在鬼子兵的后面指挥，武秀云看准时机，趁对方转头的机会，扣动了扳机，把指挥官打得脑浆迸裂。指挥官一死，日军顿时变成了无头苍蝇，乱作一团。汪兰田趁机指挥三营战士一阵猛打，把敌人打得落花流水。

换了指挥官的日军再次猛扑过来，火力更猛。此时我军弹药快要消耗尽了，战士们战斗了一天，水米未进，再加上天寒地冻、大雪纷飞，体力严重透支。眼看敌人就要冲过大桥，形势对我军很是不利。见此情景，汪兰田毅然决定：保存有生力量，撤回石沟村。

汪兰田率领战士们且战且退，敌人步步紧逼。在激战中，汪兰田左臂不幸中弹，鲜血浸透了衣袖，疼得冷汗直流。战士们一再请求汪营长先撤回村里，汪兰田正色道："我是营长，怎么能先离开战场！服从命令，赶快撤退！"他让卫生员做了简单包扎，亲自断后，掩护部队向村内转移。靠近村子的时候，日军进攻更加疯狂，汪兰田不幸中弹牺牲，鲜血染红了他的衣衫，渗入了脚下那片他挚爱的土地。

大雪依然铺天盖地地下着,不一会儿工夫,汪兰田的身躯就被掩埋在了茫茫大雪之中。看着穷凶极恶的敌人冲进村子,复仇的火焰燃烧在战士们心中,大家一边高喊着"为汪营长报仇",一边勇敢地冲上去,把刚踏进村子的日军赶了出去。这时天色渐渐地黑了,不明地形的日军知道夜战没有什么好结果,仓皇退回了驻地。受到重创的驻地日军领教了我抗日武装的厉害,不久就夹着尾巴逃离了安驾庄。

(选送单位:中共泰安市委宣传部)

与党同行

　　八支队是山东寿光牛头镇抗日武装起义后这支部队的番号,其全称是八路军鲁东游击队第八支队。

　　2020 年,我们去北京 301 医院采访 99 岁的八支队老战士韩友庆,躺在病床上的老人听说老家来人了异常高兴。我们给他带去了我们陈列馆的资料和照片,他一页一页认真地翻看着,抚摸着那些熟悉的名字,回忆着那些熟悉的场景。他充满感慨地说道:"真好啊,谢谢你们!"应该说谢谢的是我们。看到他泛红的双眼,我们知道他回忆起了那段无法忘怀的峥嵘岁月。

　　1938 年,16 岁的韩友庆加入八支队。临别前,他对母亲说:"娘,我去打鬼子,打跑了鬼子我就回家!"此去枪林弹雨,九死一生。

　　韩友庆先后参加了五井战役、沂蒙山反"扫荡"、孟良崮战役、淮海战役等数百次战斗,等他终于兑现承诺回家见到母亲的时候,已经过去了整整十五年。

　　老人说:"我参军就有一个想法,就是把日本鬼子赶出中国去!"

　　1950 年,时任二十六军二三四团政委的韩友庆又奉命奔赴朝鲜战场,在零下四十六度的极寒天气,面对敌人疯狂的火力进攻和每天一百架次飞机的狂轰滥炸。在七峰山争夺战中,他率部与美军反复争夺十一次,苦战二十八个小时。战斗胜利的时候,他发现整个团就只剩下他自己和另外一名战士了。

　　老人说:"在那个时候,当一名共产党员是时刻准备着,准备牺牲。"

　　讲完了抗美援朝战争,老人又拿起床头上的一张全家福给我们看。照片拍摄于 1969 年 6 月,那个时候国家一穷二白,国内外形势复杂,二炮刚刚组建,是最高机密单位,他对妻子说:"我的工作要有调动。"妻子问:"调到哪里?"他回答:"这不能说。""那做什么工作?""这也不能说。""那你把信箱的号码告诉我，我给你写信！""这也不行！"妻子的泪水一下子就涌了出来："你是要去做什么呀？做什么事情要下那么大的决心？"他回答："家里的事我都管不了了，以后就托付给你了。"随后，向来不爱照相的他走进了照相馆，与家人留下了这张全家福。从此，他离开妻子、孩子和所有熟悉他的人，消失了整整十年。这十年，他一头扎进了荒山野岭、大漠戈壁，为建设中国第一支战略导弹部队呕心沥血、默默奉献。

老人已经99岁了，与我们党同龄，战争在他的身上留下了五处枪伤、两颗子弹和数块弹片。在采访过程中，韩友庆不止一次地说："我入党的时候宣了誓，一辈子听党的话，说到就要做到。"这就是一位八支队老战士朴素的初心，也是一代又一代共产党人共同的心声。

岁月逝去，他们坚守不渝的信仰始终没有逝去。

时代巨变，他们追逐梦想的初心永远不会改变。

（选送单位：中共潍坊市委宣传部）

刘井忠骨

在山东省邹平市魏桥镇刘井村村头有一座烈士陵园，七十三具忠骨长眠在了这里的苍松翠柏间。七十多岁的义务守陵人刘德龙，时常在墓碑前长久地伫立，喃喃自语："忘了他们，就是忘了本哪！"说着，往事又一幕幕涌上他的心田。

1939年5月下旬，当太阳快落山的时候，田野的尽头隐隐走来了一队人马。这是一支精悍的队伍，三千余战士，大多数只背着一把大刀，只有少数战士背着为数不多的手榴弹和子弹。

走在队伍前面的两人特别显眼：一位戴着眼镜、书生模样，他就是八路军山东纵队第三支队司令员马耀南；另一位高大结实，光头，头上布满弹痕，据说是子弹擦过头顶的次数多了，就没了头发，他就是副司令员杨国夫。接到山东省委指示，为加强章丘、齐东的工作，打通清河区与冀鲁边区的联系，两人奉命率部在刘井村一带集结。

敌人在探知此情报后，迅速纠集日伪军五千余人，于6月6日拂晓，向第三支队司令部驻地刘井村及周围村庄发起猛烈攻击，妄图消灭第三支队。战斗打响，为了彻底粉碎这支刚刚成立不久的武装队伍，日军分三面包围了刘井村，疯狂的炮弹呼啸着倾泻而下。三支队的武器是简单的汉阳造、"单打一"、几挺机枪、八门五子炮，与日军精良的武器相比，力量悬殊。

马耀南、杨国夫指挥部队沉着应战，坚守阵地，寸土不让，多次粉碎敌人疯狂的轮番冲锋。战场上刀光闪闪，杀声震天。战士李德福与日本兵展开了肉搏战，趁日本兵不注意，拉响了挂在身后的手榴弹，只听轰的一声巨响，李德福与鬼子同归于尽。警卫连连长王德水被敌人的炮弹炸破了肚子，这位英勇不屈的战士顺手抓过一把麦穰，把快要流出来的肠子硬生生堵了回去，继续和敌人搏战到生命的最后一刻!

　　刘井村的群众积极参战,不分男女老幼,烧水送饭、救伤员、送弹药,军民并肩战斗。有位姓刘的农民,胳膊被打断了,他用另一只胳膊强撑着坚守阵地。"五子炮"的铁片打光了,村民就砸烂自家的铁锅和耕犁支持战斗……

　　激战至黄昏时分,第三支队分散突出重围。这次战斗,第三支队以简陋的武器,凭几挺机枪和一些土枪土炮,英勇抗击五千余敌人的围攻,创造了以弱胜强、以少胜多的辉煌战绩,成为山东抗战史上颇具影响力的一次战斗。它极大地打击了敌人的嚣张气焰,推动了清河区抗日游击战的进一步发展。这就是和平型关大捷一起载入《中国大百科·军事卷》的"刘井战斗"。

　　青山处处埋忠骨,何须马革裹尸还!如今,历史的烟云已经散去,这场发生在八十多年前的抗战烽火也已经消失在刘井村乡间田野,但我们永远不会忘记那些为了人民解放而浴血奋战的勇士,是他们用鲜血保卫了祖国的安宁,是他们用生命捍卫了民族的尊严。

(选送单位:中共滨州市委宣传部)

兑头沟伏击战

1939年12月25日傍晚，八路军第一一五师苏鲁豫支队四大队由微山湖西过来，决定在山东省滕县（今滕州市）石竹村宿营。部队住下来后，听老乡说："两天前，鬼子、汉奸在滕东一带调集了很多牛车，好像是要运什么东西。"大队长梁兴初判断，日军是要运输物资。于是，他决定派侦察员侦察，进行伏击。事不宜迟，梁兴初精选四名侦察员化装成农民模样，在当地四名老乡的带领下来到滕县城外，此时城门已闭。侦察员经过多方打探得知，第二天6点多，滕县的日军用牛车向费县平邑据点运送军用物资。其中两名侦察员和两名老乡，简单吃了点饭，迅速返回驻地向梁兴初报告。此时已是深夜，梁兴初听到侦察员的报告，一拍桌子说："好，伏击小鬼子！"

梁兴初马上派人找来村干部，商议伏击地点。村干部说："鬼子去平邑必定经过东边的兑头沟，那里地势低，两头一堵，鬼子无法逃脱。"梁兴初说："好，就在那里设伏。"他在村干部的引导下，连夜察看地形。

留在滕县县城的两名侦察员和两名老乡，约好第二天早晨5点在城东某地集合，然后分别在附近住下。

当天下午，滕县县城的日军就将调来的六十辆牛车，全部装上军用物资，准备送往平邑据点，其中有被服和食品等过年物资。次日早晨5点多钟，滕县县城内躁动，日军开始套车，牛车走动，响声不断。

两名侦察员和老乡汇合后，又商定再分两组，一组迅速返回报告，一组与车队保持一定距离，以免被敌人察觉。返回报告的侦察员一路小跑回到驻地，此时梁兴初已派部队在兑头沟、韩河一带埋伏下来，一旦日本兵车队进入伏击圈，他们就把谢庄公路桥的石板掀掉，确保日军无退路。

上午约9点多钟，日军六十辆牛车组成的运输大队来到兑头沟隘口，日军有的懒洋洋地睡在牛车上，有的还唱着小曲，倒像是在自己的国土上。随着牛车的吱吱声不断靠近，日军的车队慢慢进入了八路军的伏击圈。营长一声令下，枪炮声四起，英勇的八路军奋勇向前。日军一看中了埋伏，迅速组织反击。随后，又以牛车作掩护，架起机枪射击。由于日军火力凶猛，八路军难以靠近。经过数小时激战，双方伤亡较大，敌人见形势不利，一部分人在机枪的掩护下，向南侧的婆山奔去。经过激烈战斗，留在兑头沟的敌人被八路军消灭。随后，八路军又向婆山发起进攻。由于敌人占据有利地形，且火力强，不可强攻，大队长梁兴初决定，采取迂回包抄的办法，消灭日军。日军发现后，以强大火力压制前往包抄的八路军。战斗至傍晚时分，婆山的日军开始突围，八路军抓住时机，猛烈开火，最终仅四名日军逃脱，其余全被消灭。经过近一天的激烈战斗，八路军击毙了包括少尉佐木一郎在内的日军九十余人，缴获日军迫击炮一门、电台一部、牛车六十辆，以及枪支弹药、被服、食品等若干，取得一一五师部队东进进程中的一次重大胜利。

（选送单位：中共枣庄市委宣传部）

延续哥哥的生命

这是一位传承红色基因的老人的故事,六十多年来,他用自己的生命,延续着哥哥的生命。他叫周法廉,出生在硝烟弥漫的战争年代,一家人颠沛流离、居无定所。可是无论走到哪里,父母总是带着几口装满书稿的大箱子,并且嘱咐他和姐姐,这是哥哥周浩然留下的,无论什么情况下,一定要保存好这上千万字的资料。18岁的一天,周法廉偶然翻开这些书稿,一句"留着无限的光明在人间,带着无限的荣耀而瞑目"深深震撼了他,让他一口气读了下去,欲罢不能,里面充满理想的光辉和伟岸的人格高度。这同时也让他很疑惑,哥哥是谁,为什么会留下这些手迹?家人说哥哥是抗日英雄,为什么青岛烈士名册里没有他的名字?

为了追寻真相,年轻的周法廉毅然踏上征程。这一找就是九年,阻力重重,希望渺茫,直到1968年,杀害周浩然的凶手在东北落网,真相才慢慢浮出水面。

周浩然,中共党员,青岛革命文化红色作家,1939年担任中共山东省即墨县(今青岛市即墨区)委员兼组织部部长。同年9月,他在刘家庄被叛徒杀害,时年24岁,是抗战初期青岛地区牺牲的第一位共产党员。

从翻开哥哥书稿的第一天起,周法廉从未停止过调查、挖掘和整理,走遍四省五市,用坏了一千多支笔。1984年,山东省民政厅发文,正式确认周浩然为省级著名烈士,时隔四十五年,周浩然的烈士身份得到了承认。2001年,周浩然烈士纪念碑落成,第二年,周法廉退休,并且做了一个常人难以理解的决定:自己出资建设周浩然文化园。他非常清楚哥哥的精神价值和社会价值,想想先烈可以"赤心献革命,决然无反顾",自己才60岁,还年轻,一种崇高的使命感油然而生,他抛开一切私心杂念投入建设。

开弓没有回头箭。为了节省成本,周法廉四处寻找下脚料,又亲力亲为,跟工人们一起施工。建园需要资金，二十多年，他的工资没往家里交一分，不够就卖房子，甚至把妻子的首饰也卖掉。他是园区的义务讲解员，不需要任何演讲稿就能为来访者娓娓道来，用他的话说，这些故事都在心里。建成至今，园区共接待十几万人，没收过一分钱门票。

在一个阴雨连绵的日子，我又一次去到了那里。在门口看到他的一瞬间，我心里一紧，三年不见，老人明显苍老了很多，可他的眼中依然光芒闪烁。他说已经熬过了最难的日子，现在看到人们源源不断来到这里，接受革命先烈的精神洗礼，再苦再累都觉得值，这是他一生的财富。

2011年青岛市周浩然研究会成立；2015年《周浩然烈士专集》出版；2017年《热血浩然志》出版；院线电影《我是周浩然》也即将上映。哥哥的精神生命，在弟弟六十年如一日的坚持中，得以永生。

（选送单位：中共青岛市委宣传部）

张英的故事

1937年,抗日战争全面爆发,无数热血青年离开深爱的故乡奔赴战场,张英就是其中一个。他早年秘密加入共产党,跟随八路军第一一五师南征北战,任鲁西北地委组织科科长兼抗日联高校长……但说起他的故事,更多被家乡人记住并交口称颂的,还是那场陆房战役。

1939年5月,张英所在的八路军第一一五师,在山东肥城以南陆房村一带被日伪军包围。这是一场激烈、残酷的战斗,山高坡陡,地形险要,敌人的战壕层层交错,明碉暗堡密布。连队长一声令下,张英他们积蓄已久的怒火交织在猛烈的枪弹里射向敌人,敌人的枪弹不断地在耳边呼啸。张英他们全然不顾,边打边攻。突然,一颗子弹击中了张英的左臂,瞬间,鲜血染红了军装。他撕下衣角的一块布条,简单包扎之后继续射击……终于,在代师长陈光的指挥下,一一五师三次击退敌人的疯狂进攻,以伤亡三百六十人的代价,毙伤日军一千余人,成功转移到安全地带……那场战斗无疑是残酷的,而留在张英左肩里的弹片也成了他永远的军功章。

"少小离家老大回,乡音无改鬓毛衰。"抗战胜利之后,张英回到了家乡,而他年迈的双亲却早已离世……他很少与身边人谈论自己曾参加过什么战役,获得过什么荣誉,所以也很少有人知道他究竟打过多少鬼子,受过多少次伤,又有多少次与死神擦肩而过,大家只知道他是退伍回来的老兵。张英晚年最大的乐趣就是看地图,尤其是军用地图。或许,那一方小小的地图,能让他想起"金戈铁马"的峥嵘岁月;或许,也正是那一方小小的地图,铭刻下无数仁人志士用生命和鲜血践行自己誓死守卫祖国疆土的铮铮誓言。

2002年,张英走了,家人遵照他的遗愿,将他的遗体安葬在山东省聊城市莘县河店镇马桥村的土地上。如今,他长眠在故乡的春风里,那块高高的墓碑和他那颗永远年轻的心,日夜守卫着家乡。

今天,让我们记住那些有名的,还有更多无名的英雄吧。英雄的躯体不朽,已长成了满山的翠竹松林;英雄的灵魂不朽,依然在我们血脉里奔流。

(选送单位:中共聊城市委宣传部)

红色土地孕育英雄儿女

1930年，在时任中共日照县委书记安哲的介绍下，五莲山区发展了第一名党员，他叫安子璋。安子璋原是五莲山光明寺主持绪让的养子，刚满3岁时，他就被送养到山下潮河镇。安子璋入党后，根据中共日照县委指示，秘密宣传革命理论，先后发展党员二十二名，为五莲山区播撒了革命的火种。

为了便于领导，1931年3月，经中共日照县委批准，在潮河村西的和尚庙里正式成立了五莲山区第一个党组织——中共五莲山支部，安子璋任第一任书记。支部成立后，面对白色恐怖的笼罩，只能秘密进行活动。党小组在野外开会时多是借搭帮干活的形式，在党员家里开会则多以串门玩耍为名，传递情报多使用碘酒、碱面写在草纸上，再用白矾水洗，用火烘干后显示出文字来。就这样，五莲山区艰难地进行着党组织活动。

1932年10月，五莲山一带农民武装暴动爆发。由于敌我力量悬殊，暴动仅持续了十三天就宣告失败。此次暴动开展大小战斗三十余次，一百三十七人为了人民解放事业献出了宝贵的生命。暴动失败后，安哲和安子璋辗转去了大连，后由于叛徒出卖被俘入狱。安哲于1934年冬病逝于狱中。经党组织多方营救，安子璋获释。他出狱回家后继续在五莲山区恢复组织活动，发展武装力量，开展武装斗争。根据组织安排，他秘密打入五莲山东部沿海地区的国民党海军陆战队，并且当上了营长。1940年秋，安子璋身份暴露，以"共党嫌疑分子"罪名，在胶南县胜水村被活埋，牺牲时年仅38岁。

据统计，五莲地区仅在抗日战争中牺牲的革命先烈就有五百二十四人，他们的英雄事迹是五莲儿女不忘初心、砥砺奋斗的强大精神动力，他们的伟大精神也将永远铭记在五莲人民心中。

以史为鉴，才能不忘初心。不论我们如何富强，都不能改变国歌中的这一句:"起来,不愿做奴隶的人们,把我们的血肉,筑成我们新的长城。"不论我们如何艰难,都要永远记住《国际歌》中的这一句:"从来就没有什么救世主,也不靠神仙皇帝。"唯一能与苍穹比阔的是精神和信念,是我们共产党人的初心和使命。不忘初心,方得始终。中国共产党人的初心和使命,就是为中国人民谋幸福,为中华民族谋复兴。这个初心和使命,也将激励一代又一代中国共产党人前赴后继、不断前进。

(选送单位:中共日照市委宣传部)

一定要跟着共产党走

孔昭同是山东省著名爱国民主人士、抗战先烈，2015年被民政部公布为第二批六百名著名抗日英烈之一。1880年，他出生于今山东省滕州市界河镇西柳泉村，18岁考中秀才。孔昭同目睹祖国被帝国主义蹂躏，毅然弃文习武，20岁考入山东武备学堂，1913年去云南参加护国战争并升任连长。护国战争失败后，又投奔孙传芳的陆军第十二师，后升任至第十三师师长。孔昭同不满军阀连年混战，深感违背了自己的报国救民初衷，继而解甲归田，在滕县东门里开设同仁堂药店，救世济民。他还出资兴办义学，专门吸收穷人子弟，他的学生既学文又习武。

"卢沟桥事变"后，孔昭同多次表示：国家兴亡，匹夫有责，岂能让倭奴纵横。有人请他出面组织亲日的维持会，他说："咱扛刀枪剑戟，上街卖拳要饭去，也不能当汉奸。"孔昭同号召亲友旧部、各界民众，组织武装，保卫家乡，共赴国难。1938年3月11日，日军飞机轰炸滕县县城，他的长子、次子同时遇难，他城里的住宅也变成废墟，国难家仇集于一身的孔昭同发誓毁家纾难。他变卖了在济南的房产、药店和村里的土地作为组军经费，身上披着写有"上尽国忠，下报家仇"的黄缎带，奔走呼号，组建发展了一百多人的抗日队伍，后发展到一千多人。

1939年春，孔昭同率军与日军交战三十多次，3月22日，孔部与跟踪他的百余名日军遭遇，当时他已年近花甲，但老而益坚。他扒下皮袄光着膀子，面对日军，振臂高呼"吾两儿，魂若有灵，助父杀敌，雪耻报仇"，遂冲向敌人。日军丢下十多具尸体狼狈逃窜，孔昭同率军乘胜追击了二十余里。日军司令气急败坏，又纠集了两千余人分四路围攻孔昭同部。孔昭同巧妙运用有利地形，大量杀敌突出重围，他们取得的一次次胜利极大地鼓舞了群众的抗战热情。

1940年4月，孔昭同部正式编入八路军一一五师战斗序列，朱德总司令委任孔昭同为第十八集团军一一五师五县游击支队司令，罗荣桓政委为他举行了隆重的欢迎大会，并亲自给孔昭同部全体人员颁发了八路军军装和臂章，补给了枪支弹药。

1940年，由于年迈体弱，战事频繁，他终因积劳成疾卧病不起。敌军得知孔昭同身体不济，急忙纠集两千多人进行突袭。孔昭同在担架上指挥反击，全然不顾年迈病体，硬是和敌军激战了整整两天，直到援军的到来。战斗结束后，孔昭同病情恶化，罗荣桓亲自安排人员对孔昭同进行抢救。在弥留之际，他对儿子孔宪绍说："共产党不歧视我们、不撤换我们，也不编散我们的部队，共产党一定会胜利，你一定要跟着共产党走！"并命人写下遗嘱《给前方部队的信》，希望将士们和衷共济，共同抗日。孔昭同逝世后，罗荣桓等送了花圈，挽联中写道："齐鲁人士应该学习，反投降，反内战，发挥伟大力量，抗战到底。"

（选送单位：中共枣庄市委宣传部）

六十二烈士墓的故事

这是一个英勇悲壮的故事,这是一个气吞山河的壮举,这是一个惊天地、泣鬼神的英雄群体,这也是抗战岁月里山东省冠县军民碧血丹心、同仇敌忾、慷慨赴义的一个感人而又生动的缩影。

在冠县东古城镇后田庄村的东南角,耸立着一座雄伟的烈士纪念碑。石碑一面刻有烈士的英名,另一面碑文记述了烈士的事迹。纪念碑以北数米处,是一个巨大的圆形石砌坟茔,里面合葬着六十二位烈士的忠骨。在大墓旁,一道高约两米、宽约四米的石墓墙上,刻着"六十二烈士之墓"七个大字,苍劲有力,凝重庄严。

1938年,后田庄村成立了党支部,领导群众开展抗日斗争。王德林是后田庄村的一位铮铮硬汉,身材魁梧,为人义气,喜交朋友,人称"仗义老黑"。他组织本村村民张士诚、张万顺等人拉起了抗日游击队,不久发展到一百多人。后来这支游击队接受党的领导,成了八路军卫河支队的一部分。1940年初,整编为八路军一二九师先遣纵队一团三营十连,王德林任连长。他们多次捣毁日军据点,击毙日伪军和汉奸特务。

1940年,抗日形势发生重大变化,河北、山东的国民党军队勾结敌伪,掀起反共高潮。1940年2月7日,十连奉命开赴南宫,阻击叛军石友三部。经过数天激战,石友三部只剩少数散兵向河南逃窜。我军乘胜追击到邱县南部、曲周以东。叛军勾结日军步骑三千余人,由邯郸出发向我军袭来。危急时刻,战士们英勇抗敌,辗转在卫河西畔的于侯村、吕洞固、东西张孟等地,同敌人展开激战,歼敌四百余人。

1940年2月19日,来自临清、馆陶、邱县、威县的四股敌人同时出现,合围下堡寺地区。次日拂晓查明敌情后,我军紧急向南面仓上地区转移,又遇一支驻临清的日军的迎击。战士们冒着枪林弹雨，向南挺进馆陶王草场一带，数倍于我的敌人步步逼近，我军处于三面强敌、一面卫水的包围之下。2月20日10时左右，我军突围到馆陶县赵官寨村，西侧敌人已经迫近，南面馆陶之敌又迎头拦住。三营部队除九连随二营向西北突击外，其余在三营教导员孙树声、十连连长王德林的率领下，被迫转移到赵官寨村一座民楼内。合击我军的一千余名敌人，随即将民楼层层包围，发起了一次又一次的攻击。六十二名战士忍饥挨饿，奋勇抗击敌人，打退了敌人的多次进攻，坚守阵地一天半之久。2月21日下午，气急败坏的日伪军在民楼四周堆上了柴火，又浇上了汽油，纵火焚烧。熊熊大火中，连长王德林身中数弹，壮烈牺牲。指导员孙树声举枪自戕，壮烈殉国。其余战士向敌人射出最后一颗子弹后，高呼"打倒日本帝国主义！中国共产党万岁！"纷纷纵身跳入火海。还有五名十五六岁的小战士，在战斗中受伤被俘。面对敌人的诱降，他们宁死不屈，最终被残忍杀害。

战斗结束后，人们收殓了六十二名烈士的遗骸，将他们合葬在赵官寨村南。六十二名战士殉难的消息传开后，《新华日报》专门发表了歌颂英雄的文章，一二九师师长刘伯承也给予了表彰。1946年，人民政府将六十二名烈士的忠骨由赵官寨移葬至十连诞生地东古城镇后田庄村，植树立碑，永久纪念，英烈们终于魂归故里。

2015年，"六十二烈士墓"被山东省人民政府批准为省级重点文物保护单位。

岁月不居，时光如流。如今，战争的硝烟已经散去，"六十二烈士墓"依然庄严伫立、肃穆示人。每当清明时节，无数干部群众和青年学生，都怀着无比崇敬的心情，来到这里敬献花圈、祭奠英灵，追忆那段淬火成钢、荡气回肠的故事。

人固有一死，或轻于鸿毛，或重于泰山，"为人民而死，虽死犹荣"。"六十二烈士墓"，是一种信仰、一种精神，更是一座丰碑！

（选送单位：中共聊城市委宣传部）

邵克：军中花木兰

2018年7月，山东省齐河县广播电视台的记者远赴云南，采访了参加过抗日战争的老战士，被誉为"军中花木兰"的邵克。

采访过程中，老人数次抚摸胸前的奖章，老人的心情我们无法体味，也许她又看到了当年风起云涌的战场，也许那些出生入死的战友，又浮现在她的眼前。

邵克，1925年出生在齐河县潘店镇葛庄村，13岁加入了青年抗日先锋队，专门为村里抗日的地下党员站岗放哨、传递情报。由于伪军的出卖，邵克在村头站岗时被日寇抓获。敌人逼她说出地下党员的名字，她守口如瓶，一个字也不说。穷凶极恶的日寇把她吊在桅杆上毒打，小小年纪的邵克宁死不屈。对敌人的仇恨，激发了邵克从军入伍的决心。1940年，15岁的邵克剪了短发，女扮男装，成为一名八路军战士。

战场上的邵克表现得比男战士还要勇敢，总是冲锋在前。在泰安市肥城县阻击战中，她孤身一人冲破敌人包围，救出四名负伤战友；在济南白马山战斗中，一人击毙三个日本兵；在长清县，她带领一个班的战士，安全转移了十万斤公粮；在东阿县，她和战友炸毁日军两辆坦克。当时邵克只有十几岁。

淮海战役期间，在攻打双堆集时，邵克被炮弹击中，身负重伤，肠子都露了出来，鲜血直流。可是邵克全然不顾自己的伤势，她把肠子塞进肚子，用衣服裹起来系在腰间，忍着剧痛继续战斗。面对近身的敌人，邵克拼尽全力，奋勇杀敌，终因失血过多，昏迷在了战场上。战斗胜利后，战友们在人堆里发现了奄奄一息的邵克，此时的她浑身上下血肉模糊。在战地医院治疗，邵克拒绝使用麻药，坚持要把麻药用在伤势更重的战士身上。手术过程中，她咬着毛巾，强忍疼痛，任凭汗水浸透了衣服，这时军医们才意外地发现，邵克竟然是女儿身。面对如此坚韧的邵克，战友们流下了感动的泪水。谁说女子不如男？谁说女子不能杀敌上战场？冀鲁豫军区军中新花木兰的故事传为美谈。

如今，邵克已经九十多岁高龄了，她胸前那些闪亮的军功章，记载着她不平凡的光荣岁月。从女扮男装的英雄少年，到矢志不渝的革命战士，八十多年的风雨历程，邵克怀着对中国共产党的无限忠诚一路走来，为我们树立起光辉的榜样。岁月长河，历史足迹不容磨灭；时代变迁，英雄精神熠熠发光。我们年轻一代，一定会握好手中的接力棒，在老一辈革命精神的感召下，为实现中华民族伟大复兴砥砺前行！

（选送单位：中共德州市委宣传部）

战地花开

在战争年代,有这样一群女子,她们抛家舍业,无私无畏;她们巾帼飒爽,不输男儿;她们以柔克刚,巧对敌军。她们,有一个共同的名字——芳林嫂。女子本弱,为母则刚,而芳林嫂正是将革命事业当成自己的亲生骨肉,用鲜活的心血去守护。

黄学英,人称"大老殷",中等身材,眼不大,眉不浓,是一位普通得不能再普通的农家妇女。而这,也成了她为铁道游击队传送情报的职业掩护。她大大咧咧的外表下,藏着的是一颗爱国的热心。她的油条篮子里,藏着的是关键的情报,是胜利的希望。

然而艰巨的情报工作,还是让这位普通的农家妇女被敌人盯上了。她被日军关在牢房里,他们认为暗无天日的小屋、潮湿污臭的环境,足以让她屈服。但大老殷没有,她硬是把自己身上的破棉袄里的棉花全部吃光,靠着渗透进牢房的一点雨水活了下来。没有人知道那黑暗的十三天,她是怎样撑过来的。"我要挺住,我一定要看到鬼子们给我们跪下的那一天!"中国芳林嫂的信念,坚如磐石。日军得不到想要的情报,竟然恼羞成怒,将大老殷绑在电线杆子上,企图放狼狗活活将她咬死。可十三天的暗无天日,早已让大老殷身上充斥着异味,狼狗扑了五次竟都没有下口,大老殷得以活了下来。纵然身体遭受常人不能忍受的痛苦,但大老殷心中的信念始终坚定不移;纵然遭受万般折磨,但她对国家和党的忠诚丝毫未变!

英雄的背后是数不尽的苦难与折磨,像大老殷这样的芳林嫂数不胜数。

郝贞,人称"郝大脚",她以卖煎饼为掩护,巧妙躲避敌军的岗哨和追查,用自己的力量将信息传播出去。济南槐荫区第一届政协委员刘桂清,作为当地村民的带头人,她做军鞋、送军粮、掩护伤员、传递情报,更是将自己的三个儿子送上战场，收养烈士遗孤。与此同时，她也遭受过常人难以想象的酷刑和折磨。在1941至1942年间，刘桂清两次被敌军逮捕，饱尝皮鞭、老虎凳、烙铁、灌辣椒水等酷刑。但身上的苦难不能折毁她坚强的意志，她始终没有透露党的半分机密。

在抗日战争年代，有很多像芳林嫂一样的爱国志士，她们抛头颅，洒热血，为祖国的明天而奋斗。如今，八十多年过去了，中华大地早已旧貌换新颜。但永恒不变的，是人们为国奉献、为民分忧的情怀和担当。疫情之下，有亲赴一线、坐镇指挥的孙春兰副总理；有专业扎实、勇担职责的陈薇院士；有心系疫区、千里奔袭的"水饺大嫂"；更有千千万万奋斗在战疫一线的女护士。她们将个人安危放在脑后，将本职责任扛在肩头，更将疫情凶兽挡在面前。她们是战士，是勇士，是新时代永担时代之责的"最美逆行者"。

（选送单位：中共枣庄市委宣传部）

海报里的抗战英雄

祖国是人民坚实的依靠,英雄是时代最闪亮的坐标。

1956 年,《铁道游击队》一上映,就成了中国观众最喜爱的影片之一。而电影海报当中刘洪大队长的原型之一,正是被评为"全国著名抗日英烈"的鲁南铁道大队首任大队长——洪振海。

1938 年 3 月 18 日,日军铁蹄踏进山东省枣庄市。28 岁的大队长洪振海,带领队员搞情报、夺物资、扒铁路、炸桥梁,犹如"怀中利剑,袖中匕首"插入敌人胸膛。

洪振海的心里总装着别人,唯独没有他自己。从敌人那里缴获的钱,一麻袋一麻袋地装,他自己从不拿一分一文;截获的布匹一车一车地拉,他自己从不要一丝一缕。钱,他送给了生活困难的队员;布,他送给了缺衣少穿的群众。

然而,洪振海也有"私心",他的手腕上总系着一件不愿和别人分享的宝贝,吃饭睡觉不解下来,洗脸洗手怕弄湿了。那是一小块缝有镰刀和斧头图案的红布。当年洪振海向党组织递交了入党申请书,组织上为表示对他的信任,决定将铁道大队仅有的一面小党旗交给他保管。接过党旗,洪振海郑重地说:"请党相信我,我一定把它保管好,把这面党旗时刻带在身边,像命一样去保护它。"

1941 年 12 月 27 日,日军纠集数百人包围了鲁南铁道大队驻地——黄埠庄。此时,队员中有人认为,趁敌人包围圈还未形成,抓紧撤离。但洪振海认为,如果撤离,六炉店的悲剧将会在黄埠庄重演。于是,洪振海一面指挥队员突围,一面朝着日军射击。在掩护群众撤离时,他被日军发现,一颗子弹击中了他的头部,洪振海不幸牺牲。

他手腕上那块红色的党旗,再次被殷红的鲜血浸透。一个洪振海倒下了,千千万万个洪振海站了起来。在波澜壮阔的中国人民抗日战争中，千千万万的抗战英雄抛头颅、洒热血，铸就了伟大的抗战精神。即使在和平年代的今天，英雄的荣耀也不曾褪去，在人们心中，成为永不磨灭的光辉。

（选送单位：中共枣庄市委宣传部）

坚贞不屈李福康

李福康,出生于山东昌邑下营镇火道村。在他的堂兄——开国少将李福泽的引导下,李福康加入了中国共产党。1938年初,党组织安排他做地下工作,曾任昌北县四区区长。在李福康的发动下,很多青壮年纷纷加入武装抗日战斗中。同时,他还组织妇女传递情报。他的妻子姜善桥也加入抗日工作中,并担任李福康的秘书。1941年农历五月十二日晚,区部的干部在李福康家秘密开会。李福康到会场外察看情况时,发现日伪军已经进了村。他急速返回会场,带领开会的干部安全转移到村东驻地。可当他再次回村转移村民时,却不幸当场被捕,被押往村北土地庙前。日伪军持枪威逼村民集中到场观看受审。

开始时,敌人利用各种手段让李福康供出本区共产党员名单。李福康坚贞不屈,只字未供,并高声说:"我就是个普通老百姓,根本不知道什么共产党员名单。"凶狠的敌人就用皮鞭狠狠地抽打他,用柴火烘烤他,令李福康多次昏迷。后来,疯狂的敌人用大铁钩子穿过李福康的锁骨,将他挂在大槐树上。此时,李福康已无力发声,只能怒视着敌人。凶残的敌人用刀将他身上的肉一块一块地剜下,每剜一次就问他一次投不投降,李福康每次都坚定地拒绝投降,就这样李福康被一刀一刀地剜到了心脏。这每剜一刀,就像割在乡亲们自己身上一样,他们一直数着,一共剜了三十八刀。

敌人"扫荡"过后,当他的妻子抱着未满月的女儿、领着几个年幼的孩子回到火道村时,李福康已经英勇就义。亲人们怀着极度的愤恨,流着悲伤的眼泪,收殓了他的遗体。他的遗体上满是鲜血,妻子用清水把剜下来的肉一块一块洗净,归到躯体原处。在场的群众无不动容,潸然泪下。

(选送单位:中共潍坊市委宣传部)

点燃心中的火种

1938年，八路军山东纵队决定把生产武器弹药的兵工厂设在地形隐蔽、群众基础较好的莱芜苗山镇南峪村。为了应对敌人的不定期"扫荡"，村党支部决定把从事药械生产的二十多名八路军分散到农户家里，和日军捉起了迷藏。从1940年到1941年，仅一年间，日军就烧村十三次。全村一百多户人家的房子一间不剩，就连柴草垛，日军也不放过。但在村民的保护下，兵工厂始终毫发未伤。

1941年元旦，因叛徒告密，日伪军兵分多路，合击南峪村，展开大"扫荡"。兵工厂早有准备，已于前夜向西南转移，村民也在党员的组织下大都移到村外。但是隐藏在望鲁山、庙子岭下的村支部书记李法林和二百多名村民，不幸被敌人搜出来押到了村东面的河滩上。

日伪军对村民逐个审问，逼问他们兵工厂的武器藏在哪里，谁是共产党，谁是民兵？但是得到的回答都是"不知道"。恼怒的日本兵残忍地杀害了李翠林的妻子和李世元，威吓百姓，但村民仍旧沉默，只是偶尔传来几声低低的哭泣声。丧心病狂的日本兵又将村支部书记李法林拖出人群，用刺刀指着他厉声追问，得到的回答仍是"不知道"。穷凶极恶的日本兵用刺刀顶着他的胸口追问道："你说不说？"李法林只是后退了一步，仍不回答。日本兵恼羞成怒，举刀砍下了他的左臂，顿时鲜血喷涌，染红了他半个身子。李法林疼痛难忍、浑身颤抖，大骂："你们这帮畜生！中国人，中国人是杀不绝的！"日本兵一拥而上，乱刀刺向他的胸膛，李法林怒瞪着双眼，慢慢倒在了血泊之中……紧接着，村民李汉林又被拖出人群，敌人用刺刀剖开他的肚子，把肠子挑了出来，惨不忍睹……十分钟，四条鲜活的生命就这样惨死在日本兵的屠刀下。见逼问不出兵工厂的消息，气急败坏的日本兵一不做二不休，再次放火烧村。全

村四百多间房屋全部被点着,一时间村子里火光冲天,浓烟滚滚。七十多岁的李玉税、李玉俊两位老人,被活活烧死在屋内;六十多岁的刘圣田拖着病身子爬呀爬,终于爬到了街上,但日本兵仍不放过,将点燃的草把子扔在刘圣田身上,将他活活烧死……

其实,兵工厂的具体位置,李法林和乡亲们是十分清楚的,二十多名八路军分散到哪家哪户他们更加清楚。为什么在敌人的屠刀面前,乡亲们不约而同地选择了沉默,没有一个人吐露党的秘密?几十年过去,人们终于找到了答案。有人问当年的幸存者,"你们咋那么大胆,一个说的都没有,都不怕死吗?"这位已经白发苍苍的老者回答:"哪个不怕?谁也不是铁打铜铸的,怕也不能说,一说,就成汉奸了。"

老人没有多少文化,不会夸张形容,说起来平平淡淡。他和当年那些乡亲凭世世代代流传下来的道义,凭庄稼人做人的直觉,在大灾难面前坚守着棒子面煎饼一样朴实无华的信念。这种道德的感召和良心的威慑是如此强大,以至于狂吠的狼狗和上膛的三八大盖都无可奈何。在这一决定上,他们无人教导,不需商量,却心有灵犀。这是我们祖先一代又一代遗传下来的基因,一种不需言传的民族心灵约定,一种沉睡千年也会被触发唤醒的熔岩和地火。

任何一个民族,都不乏积蓄于生命的火种。共产党组织、动员民众的核心与关键,就是激发这些潜在的火种。点燃它们,这个民族就不会堕落,不会被黑暗吞没,不会被侵略者征服。

(选送单位:中共济南市委宣传部)

一口玉米饼子

"娘,俺来不及了。""晶儿,天大的事也要先吃口饼子,别饿着肚子。""放心吧,娘!俺又不是小孩了。"15岁的张晶麟揣起母亲做好的玉米饼子,急忙跑出了家门,赶着去拆除日军想设为据点的虎础寺。可万万没有想到的是,那块饼子还没吃上一口,她便落入了敌人的魔掌。

1937年,在山东荣成党组织的领导下,张晶麟所在的青安屯村秘密成立了第一个抗日游击小组,由此村子成为敌人的眼中钉。日军多次到村里烧杀抢掠,妄图扑灭革命火种。张晶麟目睹了这一切,更加坚定了报仇、杀敌的决心。她积极寻找革命组织,从事抗日宣传,因为表现出色,很快成为自卫团干事。

1941年7月,张晶麟正在和群众一起拆除据点,突然大批的日伪军从四面包围,他们一边号叫着"捉拿共产党",一边开枪射击。危急关头,小晶麟立刻掩护群众撤离,自己却不幸被捕。三天三夜的严刑拷打,将小晶麟折磨得体无完肤、不成人样。她一次次昏厥,又一次次被泼醒,任凭鬼子施尽各种酷刑,关于抗日组织的情报她始终只字未提。日军见得不到任何有用的情报,便决定将她处死。小晶麟知道生命即将走到尽头,想起离家前,娘叮嘱她吃的那块饼子,咬着牙,摸向了口袋。娘给的饼子已经全碎了,她捻起被鲜血浸了的饼渣,慢慢填进了嘴里。

行刑那天,大雨滂沱,小晶麟望向村子的方向。想到自己死后母亲一人孤苦伶仃,她心如刀绞,大声喊道:"娘,晶儿要走了,下辈子,等下辈子俺还要吃娘做的玉米饼子!"母亲目睹了这一切,悲痛之余,燃起了参加革命为女报仇的怒火。她无论走到哪儿,都会随身带着一块玉米饼子,时常念叨着"给娃儿带着,俺娃儿爱吃"。

15岁,花一样的年华,若生在和平年代,多能衣食无忧,别说玉米饼子了,

许多孩子连馒头都不愿意吃；可若生在革命年代，连吃口饼子都成为一种奢望。严酷的革命环境，使15岁的小晶麟肩膀上承担了更多的责任，忍受更多的煎熬，就是为了千千万万的人民，不仅能吃上口饼子，还能过上安宁的生活。

如今，小晶麟已经牺牲八十多年了，但她的革命精神从来没有被人们遗忘。为了弘扬烈士精神，村民们修复了张晶麟故居，建起了英烈纪念馆。八月初一是她的忌日，这一天乡亲们从来都不忘为她送去她最爱的玉米饼子。

（选送单位：中共威海市委宣传部）

地下交通员杨大娘

杨大娘原名郑芍桂,祖籍山东省滕县(今滕州市)。18岁那年,嫁到了山东省邹县(今邹城市)田黄镇。1940年,日军"扫荡"邹县,她的丈夫遭受日军的迫害不幸去世。56岁的郑芍桂目睹日军的残暴罪行,毅然决然投身邹东革命。为确保工作的正常进行,她隐藏身份随了夫家姓杨,大家亲切地称她为"杨大娘"。

1941年,中共鲁南地委要在田黄选一名秘密交通员,以加强与滕县、费县的联络。得知这一消息后,杨大娘找到区委负责人,主动要求承担这项任务。她恳切地说:"俺是党员,愿意为党献出一切;俺是妇女,年过半百了,不会引起敌人的怀疑;俺娘家在滕县,熟悉道路,往来方便;俺自幼种地,身体好、脚板硬实,行动利落。"领导听完杨大娘的这番陈述,当即决定将这项重要的任务交给她。

交通员的工作是艰苦的,杨大娘需要穿过敌人的层层封锁线和哨卡,往返于田黄镇和滕县之间,应付各种意想不到的盘查和讯问,稍有不慎,随时都可能危及生命。杨大娘凭着自己的机智勇敢,无数次穿越敌伪占领区,出色地完成了党交给的各项艰难任务。

1941年秋收后,杨大娘在辛庄一带执行任务,不料掉入了敌人的圈套。杨大娘虽机智地逃脱了日伪军的抓捕,但敌人并没有罢休,找到杨大娘的家,放火烧了她的房子。可怜杨大娘出生不久的小孙子被活活烧死。尽管如此,杨大娘并没被敌人吓倒,她的革命意志更加坚定了。

1942年春天,杨大娘接到鲁南地委命令,要立即将部署反"扫荡"的情报送达滕县。她将情报小心翼翼地挽进头发卷里,扮作讨饭的。当进入滕县境内的韩家河时,突然碰上了日伪军的巡逻队。敌人见她孤身一人、行色匆匆,

怀疑她是共产党的情报员,将她抓住。不管日伪军怎样威逼拷打,杨大娘宁死不屈,任凭折磨,只字不吐,一口咬定自己就是讨饭的。敌人见搜不出也问不出什么来,便把奄奄一息的杨大娘扔在了路边。不知道昏迷了多久的杨大娘,被心中完成任务的坚定信念唤醒。她强打精神,拖着沉重的身躯,艰难地一点一点向滕县爬去,深夜时终于将情报安全送达。可杨大娘却因此落下了终身残疾。

忆往昔烽火岁月,像杨大娘这样的英模人物,还有很多很多。他们为了中华民族能站起来、富起来再到强起来,经历了多少坎坷,创造了多少奇迹。立足当下,我们只有不忘初心,牢记使命,才能在实现中华民族伟大复兴的道路上再立新功!

(选送单位:中共济宁市委宣传部)

一架纺车救战士

1942年，抗日战争正处于艰苦阶段。日本帝国主义在中国实行烧光、杀光、抢光的"三光"政策，当时的门于氏和丈夫门长路，家住今山东省青州市朱良镇曲屯村。这里可是共产党抗日根据地四边县的中心地带，对于这么一个战略要地，日军和汉奸也势在必争。基于这一形势，四边县处在了最艰难的时期，有时根据地缩小到仅有几个村，其中就有门家居住的曲屯村。门于氏当时已近30岁，从抗日战争一开始，她就积极参加妇救会，为抗日军队做了许多后勤工作，深受战士们的尊敬和爱戴，大家都亲切地称她为大嫂。

这一年，一个初冬的清晨，丈夫门长路像往常一样，天不亮就出去拾粪。门于氏在家正准备做饭，忽然，密集的枪声响起，只见两名战士从门于氏家的东墙跃进了她家的小院，并急促地说道："大嫂，鬼子追进村了，我们先在你家躲一躲。"家？！门于氏的家只有两间低矮的小土屋，屋里是没有多少粮的囤和一盘破土炕，院子里有一堆玉米秸。两个战士正要搬开玉米秸往里藏，门于氏想：鬼子进来后准会先往玉米秸中扎刺刀，两个战士藏不住。她便说："你们把枪藏在里面。"战士们见大嫂十分沉着，心中也有了底，忙把枪藏好，跟着门于氏躲进那两间低矮的小屋。进门后看到了粮囤，刚要往里钻门于氏又一把拉住他们，说："这里也不能藏！"门于氏清楚地知道，扎粮囤是鬼子们搜查的规律。可是环顾这小屋再无藏身之处了呀，战士们着急起来。这时，门于氏听到外面急促的枪声，判断日军已经进村，并在逐家搜查，她急出了一身冷汗。危难之时显身手，就在这紧要关头，她看见了纺线车，心中顿生一计："有了！"她说着，赶忙把炕席和炕坯掀开，叫战士们钻进了炕洞。之后，门于氏将土炕面收拾好，搬过纺线车，坐在炕上默默地纺起了棉线。

就在这时，汉奸带着一队日本兵冲进了门于氏的家。日军用刺刀在玉米秸

和粮囤上乱扎,汉奸走到门于氏身边说道:"刚才,有两个八路进了你的家。"门于氏镇定自若地说:"我的家就这么大,你说他们进了我的家,那就搜吧。"汉奸看了看这二间小屋,别说藏两个人,就是两个钉子也藏不住,便问:"你看见他们没有?"门于氏说:"我正在这里纺线,看不见外面,只听见有人说'这里不行',然后两边的墙头响了一下。"汉奸一听,急了:"你怎么不早说!"门于氏反问:"你也没问我啊!"汉奸也顾不了许多,向日本兵一招手,急忙出了门于氏的家,向西搜去了。门于氏这才松了口气。

就这样,门于氏在日军的眼皮底下掩护了两名战士。他们非常感激。中华人民共和国成立后,这两名战士还多次探望这位救命恩人。机智勇敢的门于氏,是根据地妇救会会员们的真实缩影。为了救战士,她们甚至可以牺牲自己的生命。

现在,这架珍贵的纺线车,作为革命历史文物珍藏在青州博物馆。它提醒着我们不能忘记过去,应牢记这段历史,更应铭记先辈们在战争中的智慧和奉献。

(选送单位:中共潍坊市委宣传部)

带泪梨花开

1942年农历腊月二十日，一千多名鲁北抗日军，在山东省临邑县王家楼召开会议，一万多名日伪军从济南、济阳、禹城等地纠集，对我军进行三重包围。

为有效地牵制敌人，掩护地委、行署、军分区和大部队安全转移，基干营一连连长赵义昌率部奋勇杀敌，几进几出。一千多名抗日军面对近万名日伪军的"铁壁合围"，英勇作战，终因寡不敌众，伤亡惨重。

傍晚时分，村妇救会主任王大娘准备出门抱柴火，刚推开门，就见雪地里一个血人正朝自家柴垛爬来……王大娘对着那张满是血渍的脸端详了半天："你是……赵连长？"连中七弹，双腿和左臂全被打断，可我们的英雄连长，右手依然紧紧握着那把带血的匣子枪。

赵连长是长征路上的"红小鬼"，在鲁北支队基干营，"红连长"的大名早已众人皆知。其实，他也不过是个20岁出头的小伙子。

王大娘喊来自己的独生儿子王小山。王小山掩护龙司令他们成功突围，刚刚回来。母子俩经过短暂商量，背起赵连长一步步走向村外那一大片梨园。在梨园深处的那间堆满梨叶的茅草屋里，母子俩紧张地为伤员做了简单包扎，然后又用厚厚的梨叶将赵连长掩盖。

这时，只听村口一片嘈杂："打枪的不要，抓活的！"原来，赵连长的腿被打断后血流了一路，敌人就是顺着血迹一步步找到了村里。

怎么办？茅草屋里母子俩用目光紧张交流着：别无选择，只好来个瞒天过海、李代桃僵。王小山把赵连长的血衣穿在身上，一下子跪在地上："娘，为救亲人，我值！您千万想开！"王大娘把赵连长的军帽戴在儿子头上，想说点什么。可嘴巴张了几张，一句话也说不出来。

王小山把从赵连长身上解下的两颗大黄把手榴弹紧系在自己腰里，举起赵

连长的匣子枪冲出门外:"我是赵义昌!"——顶天立地一声吼,砰砰两声枪响,两名日伪军应声倒地。他学着赵连长的四川口音:"小鬼子,不怕死的,跟爷来!"

往北五十米是个大湾。湾坡上,就在敌人把王小山团团包围的时候,王小山已经悄悄把腰里那两颗大黄把手榴弹拧开:"这里是中国,容不得你们践踏半步!"——轰的一声巨响,雪花飘飘中一道冲天的火光,血色染红了壮丽山河。

寒冬腊月,王家楼的梨花带泪开,不信唤你春不来;徒骇河正奔腾咆哮,冀鲁边区的每一寸土地,都是一片愤怒的海。七十烈士墓,王家楼的黄土有幸埋忠骨,徒骇河水长,军民鱼水情常在!

(选送单位:中共德州市委宣传部)

微山湖上的杜大娘

1942年冬，日军多次向我军发起大规模"扫荡"，微湖大队的老战士杜玉红同志为了掩护战友突围英勇牺牲。组织上决定让微湖大队副大队长胡桂林，把这一不幸的消息告诉杜玉红的老母亲杜大娘。接受了任务，胡桂林直奔济宁南庄。

杜大娘是个热心肠的老妈妈。为了使负伤的战士得到休息和治疗，她和儿子住进一间小草棚，让出房子既当诊所，又作病房。

胡队长来到杜大娘家时，杜大娘正在屋里编席，一见来人赶忙放下手中的活。

"胡同志，这小伙子太性急了，伤还没好就闹腾着要走。"大娘以为胡队长是来探望伤员的，于是开门见山地指着伤员小张"告了一状"。

胡队长强露笑颜，咽下了要说的话，随大娘来到床前。只见床旁摆着一碗荷包蛋面条，不远处的桌子上放着一碗糠菜。

伤员为什么急于要走，胡队长立即明白了几分。

"胡队长，玉红这孩子近来好吧？"以前每次来，胡队长都带上玉红，这次大娘见胡队长独自来了，便关切地询问起儿子。

大娘这一问，胡队长一路上想好的话全乱了，一时不知从何讲起。

"玉红怎么了？！"大娘见胡队长吞吞吐吐，就紧追问了一句。

胡队长再也抑制不住自己的情感，忙上前拉住大娘的双手，两行热泪淌了下来，然后把杜玉红牺牲的经过讲了一遍……

杜大娘听了胡队长的叙述，用她那打满补丁的衣袖擦了擦脸上的泪水，对他说："玉红没给他娘丢脸，他做得对。"

胡队长想说几句安慰的话，可是在这样坚强的老人面前，他还能说什么？

"队长,我今天也跟你们去为玉红报仇!"小张一边说着一边收拾东西。

"等等。"大娘推开门出去了。

大约过了一顿饭的工夫,大娘从湖边把二儿子找了回来,拉着他的手领到胡队长面前:"老胡,把他也带着。"

"大娘,不行,不行啊!你这么大年纪,身边只有这一个儿子了。"胡队长激动地说。

"你要是信得过你大娘,你就带上俺家老二。"大娘把儿子的手递给了胡队长。胡队长仔细端详杜大娘的二儿子,他多么像他哥哥玉红啊。高高的个头,粗壮的身体,乌黑的脸庞上镶嵌着两只炯炯有神的大眼睛,如果到了部队准是个好兵。但大娘为革命已经做出了巨大牺牲,他不能够……

"大娘,你身边总得有个照料的人才行……"

"老胡,你真糊涂吗?不把鬼子打走,老二留在家里,咱也过不了好日子!"

看大娘如此坚定,胡队长说:"大娘,那么等我回去和政委、大队长研究一下再说吧。"胡队长来了个缓兵之计。

"不用研究了,带上东西走就行了。"大娘坚决地说。

胡队长这才看到床上放着的包袱,那原来是捎给玉红的,没想到竟成了他弟弟的参军行装。吃完午饭,胡队长和玉红的弟弟以及伤员小张三人准备归队了。大娘背着他们用衣袖擦了擦眼泪,倚靠在门口频频招手相送。阳光下,他们望着杜大娘的身影,感到那里站着的不只是杜大娘一人,而是全国千千万万像杜大娘一样不怕牺牲、支援抗战的人民群众……

(选送单位:中共济宁市委宣传部)

"父亲没有死"

一张极为罕见的烈士谱,珍藏在山东省威海市文登区侯家镇东廒村,里面详细记录了村里十六位烈士的名字、参加战役及牺牲的时间。刘昌财烈士的名字排列在第一位。

在2020年9月30日"烈士纪念日"这一天,我们几经辗转,找到了烈士刘昌财的儿子——刘新岐。他的讲述,将我们带回到了八十多年前那段烽火硝烟的岁月……

1937年,日军开始大肆侵略中国。就在那一年,刘昌财离家前往兵工厂当兵。当时儿子刘新岐只有3岁,他在母亲对父亲的牵挂中长大成人。他常问母亲,"娘,爹啥时候回来呀?""等解放了,等全国都解放了,你爹就回来了!"可一家人最终没能等到"爹"回来。

1942年的一天,由于叛徒的出卖,鬼子的轰炸机对兵工厂驻地实行连环轰炸。身为连长的刘昌财心急如焚,为引开敌人的攻击视线,毅然冲出隐蔽点,只身暴露于机枪扫射之下,为战友脱险赢得了宝贵的时间,那年他年仅38岁。

1949年新中国成立后,得知刘昌财在战斗中牺牲的消息,村干部要将刘新岐家的军属证换成烈属证,但他的妻子说什么都不同意,因为她始终认为刘昌财没有死。

多年来,她几乎每天都会去村口眺望,从青丝明眸等到了白发苍苍。直到去世前还拉着刘新岐的手说:"儿啊,你爹没死,他一定会回来的。但我恐怕等不到那一天了,记得将来把我和你爹葬在一起。"

为了却母亲的心愿,往后十几年,刘新岐骑着自行车奔走于各地的烈士陵园寻找父亲的陵墓。直到2012年,终于在烟台栖霞英灵山烈士陵园找到了父亲的档案。

2013年4月3日，民政部门为刘昌财烈士树碑，并打破烈士墓碑上不允许出现家属名字的常规，将刘新岐的父母合葬在一起。

那一天，对刘新岐来说是一生中最难忘的日子，因为他终于见到了他失联八十多年的老父亲。只是他看见的父亲不是自己想象多年的样子，而是矗立在山坡上的那块冰冷的墓碑。

那一刻，人们仿佛听见了他内心的呼喊，那是一生未见父亲真容的难言之痛！他用颤抖的双手捧起一把黄土，放入了空空的骨灰盒里，埋入土中……

"有的人死了，但他还活着"，父亲的精神一直感召着刘新岐。他没有因为父亲的特殊身份向组织上伸手，而是凭借自己踏踏实实的工作作风，连续多年被评为省级盐业系统劳动模范，并将先辈的革命精神世代相传。

百年英烈渐行渐远，有的形象已经渐渐模糊。在波澜壮阔的革命和建设年代，有无数像刘昌财烈士一样为了党的事业献出生命的人，也许他们的事迹并没有载入史册，有的甚至连名字都没有留下，但他们的精神值得后人永远铭记和传承！

（选送单位：中共威海市委宣传部）

一个小包袱

在冀鲁边抗日根据地,有一位身穿素花褂子、灰布裤,脚打绑腿带,胳肢窝下夹着一个高粱红小包袱的大嫂。由于她常常机智地穿梭于日伪军据点之间,老百姓亲切地称她为"夹小包袱的抗日大嫂"。她就是冀鲁边区妇女救国总会主任崔兰仙。

1915年,崔兰仙出生于一个富裕家庭。在当时,像这样家庭出身的女孩大多是大家闺秀,大门不出,二门不迈,两耳不闻窗外事,空余时间只绣绣花、写写字。

然而崔兰仙却不同,她从小就树立了救国救亡的远大抱负。全面抗战爆发之后,她毅然决然地和投奔国民党的丈夫离了婚,走上了抗日救亡第一线。

冀鲁边区党的领导人马振华曾经问过她:"干革命打日伪是随时掉脑袋的事,你不怕死?"崔兰仙双目炯炯:"甘愿征战血染衣,不平倭寇誓不休,宁死,我也不当亡国奴!"为了适应斗争环境,崔兰仙脱下了教书先生的装扮,换上了农村妇女的服装,夹着小包袱下乡了。

腥风血雨笼罩了1942年的冀鲁边区,日伪军对抗日根据地实行惨无人道的"三光"政策。6月18日,三千多名日伪军包围了驻扎在河北省东光县大小单村一带的冀鲁边区一个地委机构、一个专署机关及一个警卫连。

19号清晨,崔兰仙藏好党的文件,同边区第一军分区政治部主任张袖石带领地委直属机关七十四人在刘大瓮村与敌人遭遇。

他们冲到村外的一块庄稼地里,崔兰仙对张袖石说:"日军有骑兵,这样跑不出去,我把敌人引开,你带同志们先撤。"张袖石说:"不行,你带同志们走,我掩护。"崔兰仙着急了:"别争了,你是部队领导,队伍不能没有指挥,你带领大家冲出去,快!"崔兰仙边朝敌人打枪边向西边的花子坟飞奔。

张袖石命令道："警卫一班,保护好崔主任,其他同志跟我走!"敌人包围了花子坟。战士们的子弹打光了,在与敌人拼刺刀中他们相继牺牲了,崔兰仙负伤被俘。敌人拉崔兰仙上山,她奋力反抗,猛踢猛咬,大骂:"你们这些强盗,要杀就杀,要砍就砍,中国人绝不屈服!"她高呼打倒日本帝国主义,宁死不当俘虏!敌人气急败坏,对着崔兰仙的腹部连捅数刀。崔兰仙惨死在敌人的屠刀之下,在生命的最后一刻,她的手里依然紧紧地攥着那个小包袱。

崔兰仙从未怕过死,但她总觉得愧对一个人:她的女儿景云。在崔兰仙的小包袱里,经常裹着一双孩子的小布鞋,那都是她在抗日工作之余赶制出来的。然而每次见到女儿给她穿时,却已穿不进去了。就这样,新鞋子一双一双地做,又一双一双地换,女儿的脚在她的小包袱里一天天长大,可终究孩子还是没能穿上母亲亲手做的小布鞋。

今天,祖国繁荣昌盛,人民幸福安康,这正是千千万万个崔兰仙一样的英雄母亲牺牲自己的生命换来的。几十载呕心沥血峥嵘沧桑,她们用不屈的意志挺起中华民族坚强的脊梁。

(选送单位:中共德州市委宣传部)

乳娘姜明真的故事

在山东省乳山市的胶东育儿所里,有一位白发苍苍的老人,紧紧地盯着一块展板,泪水在无声地滑落。原来,她是当年英雄母亲的其中一位。几十年前,她们用伟大的母爱和无私的奉献,秘密哺乳了一千二百二十三名革命后代,在中国抗日战争和世界反法西斯战争史上,写下了不朽的篇章。

那是1942年冬天,在日寇的大"扫荡"中,乳娘姜明真背着自己的儿子,怀里抱着八路军的孩子——三个月大的小福星,在马石山上东躲西藏。因为奶水不足,只够喂饱福星,儿子又冷又饿,哭闹不停,姜明真不得不把儿子藏到了一个山洞,自己则抱着福星躲到了另一个山洞。在敌机的狂轰滥炸中,姜明真紧紧地搂着福星,依稀听到自己儿子的哭声……

当黎明来临,敌人远去,姜明真发了疯似的扒开山洞,只见十个月大的儿子奄奄一息,脸上沾满了泪水和泥巴,嘶哑的嗓子已经哭不出声音了……

姜明真心如刀割,她一下子跪在地上,抱住儿子放声大哭——"儿啊,娘对不起你,八路军帮咱老百姓打天下,咱不能让他们没了后啊。"几天后,惊吓过度的孩子就死去了。从此,她把全部的爱都倾注在小福星身上。

乳娘姜明真这一生养育了四个八路军子女,而她自己的六个亲生骨肉,却因为战乱、饥饿和病魔,夭折了四个。

抗战胜利后,亲生母亲来接小福星了,乳娘姜明真虽有万般不舍,仍一字一句叮嘱着:"小星星啊,她才是你的亲娘,从今往后,俺就是你的婶子!"说完她便转身离去,任凭小福星在她身后撕心裂肺地哭喊:"娘,你才是俺的亲娘!"

蓦然回首,几十年已经过去。当年,在胶东育儿所,有三百多位像姜明真一样年轻的胶东乳娘。她们冒着生命危险,在烽火硝烟中,担当起了哺育革命后代的重任。

今天,走进胶东育儿所,有人看到的是沧桑衰老、历史云烟,有人看到的却是青春靓丽、鲜活生命。我们现在用真情讲述乳娘故事,用声音传递真爱力量,在平凡中绽放青春风采,在担当中传承乳娘精神!

(选送单位:中共威海市委宣传部)

传承乳娘精神，凝聚红色力量

在抗日战争最艰难的时期，有那么一群妇女，为民族大义，用血肉之躯书写"军民鱼水情"的壮丽篇章，在血雨腥风的年代创造了一段人间奇迹。

山东省乳山市胶东育儿所组建于抗战时期。当时，胶东八路军主力和党政军机关在突破日寇封锁中被迫频繁转移，很多同志不得不忍痛抛下刚出生不久的亲生骨肉奔赴前线。1942年7月，中共胶东区党委决定在牟海县（今乳山市）组建胶东育儿所，秘密挑选哺乳期的妇女哺育这些党政军干部子女和烈士遗孤，这些妇女就被称为"乳娘"。

乳娘视乳儿如己出，待乳儿胜亲生，在艰难困苦时对其呵护备至，在生死考验前挺身而出。她们有的忍痛舍弃亲儿保乳儿，有的落入敌手还全力护乳儿，有的深山雪夜里以体温暖乳儿，有的舍命献血救乳儿……

在极端艰苦的条件下，三百多名乳娘和保育员先后哺育革命后代一千二百二十三名，在日军"扫荡"和多次迁徙中，孩子们无一伤亡，堪称人间奇迹。

今年94岁的陈淑明，虽然耳朵有点背，但对哺育的乳儿至今记忆犹新。她曾为了喂养解放军后代，给自己刚出生不久的二儿子断了奶，还送到了姥姥家。谈起当年照看革命后代的初衷，陈淑明说："乳儿的父辈是为了打敌人才顾不上自己的孩子。他们把孩子给俺是信得过俺，俺一定要把英雄的后代照看好……"

如今，硝烟早已散去，乳娘的故事在胶东家喻户晓。"藤缠树，树藤缠，青山树藤脉相连……"承载着"乳娘精神"的歌谣依然广为传唱。

（选送单位：中共威海市委宣传部）

民兵英雄孙玉敏

"说呀说英雄,道呀道模范,雷乡英模故事到呀到处传!提起民兵英雄孙玉敏,她是海阳行村镇西小滩人,聪明伶俐,顽强又勇敢,她的英雄事迹令人称赞,哎嗨哎嗨伊嗨吆,令人称赞哪……"

山东省海阳市是闻名全国的"地雷战"的故乡,也是英雄的故乡。这里孕育着一代又一代勤劳淳朴的海阳人。上面那段唱词唱的就是电影《地雷战》中玉兰姑娘的原型之一——全国民兵英雄孙玉敏。

1943年夏天,驻扎在行村镇的日军突然包围了小滩村,挨家逐户地搜查登记。当时,村里正住着五位县里的地下党员,情况十分危急,唯一的办法就是穿过敌人重围,捎信给附近的八路军前来解救。然而,村头密布着日军的岗哨,谁能把信送出去呢?

就在这紧要关头,个子不高、稚气未脱的孙玉敏站了出来:"俺去!"只见她撕破鞋口,将信缝了进去,然后拐起小篓,拿起小铲,装成挖菜的小孩向村口走去。

就在她走得正起劲的时候,迎面来了两个日本兵。小小的孙玉敏心里一阵发急,心想:我带的情报万一被鬼子发现了怎么办?不管怎样,我一定要保护好情报,不能让情报落到敌人的手里!忽然,她看见路边有牛粪,右脚一下子踩了上去。

"小孩,你的哪里去?"其中一个日本兵问道。

"上山挖菜!"孙玉敏镇静地回答。

"小孩,你的,什么的不开会?"

"皇军嫌俺小,不让俺去。"

"武工队的就住在你们村,告诉我,不说,死啦死啦的。"

孙玉敏面不改色心不跳，从容地说："俺什么也不知道，俺只知道俺要上山挖菜，俺还没吃饭呢！"

那个日本兵见什么也问不出来便把她浑身搜了个遍，又把她左脚上的鞋子脱了下来，左看看，右看看，还在地上磕了磕，孙玉敏的心一下子悬到了嗓子眼。这时那个日本兵又要脱她右脚上的鞋子，孙玉敏灵机一动，不等他动手就把脚伸了过去。"给你搜。"那个日本兵见她满脚牛粪，还差点弄到自己鼻子上，气急败坏地骂道："滚蛋！"孙玉敏一听，立刻拐起小篓，一溜烟跑出了村头！就这样，她成功地解救了被困的地下党员。

孙玉敏和无数英雄的事迹，变成了红色基因，深深根植于子孙后代的血液里。所以，我们当在回首中铭记，在缅怀中传承，在新时代弘扬，让红色基因永不褪色，代代相传！

（选送单位：中共烟台市委宣传部）

战斗英雄侯登山

侯登山是八路军清河军区的一名战士。他精明能干、作战勇敢，参军一年后就担任了团里的爆破队队长。

1943年那个红色的五月，天真是热得吓人。整个三里庄如同一座点燃的炸药库，火光冲天。敌人的枪炮像火蛇一样肆意撩拨着每一寸土地。军区司令员杨国夫已下达命令："如果天亮之前拿不下据点，必须撤退！"

军令如山，这是铁的纪律！八路军已经发起三次进攻，均未得手，将士们心急如焚。战士侯登山冷静而快速地分析敌情，主动请缨。就这样，侯登山夹着两包四五十斤重的炸药，冲入枪林弹雨之中。敌人的火力依旧猛烈，侯登山在陡斜的围墙上匍匐前进，一步，一步……一米，一米……近了，又近了……

侯登山瞪着红红的双眼，拖着疲惫的身体，一步步靠近敌人的碉堡。他知道：时间就是生命，老百姓在等着他，战友们在看着他，每耽搁一分钟，他们就多一分危险！

说时迟，那时快，侯登山迅速将炸药包抵在胸前，用手死死地扣住墙壁，只听轰的一声巨响，碉堡炸开了，冲锋号吹响了，可是侯登山再也听不到了。他用身躯做支撑，为胜利打开了一条血路。

假使先辈不去打仗，中华儿女将世世代代饱受欺凌，现在就让我们向抗战先辈致敬！哪有什么岁月静好，只是有人为我们负重前行。感谢我们强大的祖国！我们要接过前辈的接力棒，跑好我们这一代的接力赛，为中华民族的伟大复兴而努力奋斗！

（选送单位：中共东营市委宣传部）

横山母亲——崔立芬

沂蒙山，好地方。唱不完的风吹十里稻谷香，颂不尽的风吹草低见牛羊。

比沂蒙好风光更著名的，是老区人民说也说不完的动人故事。"沂蒙红嫂""横山母亲"——崔立芬，冒着生命危险，精心养育革命后代的感人故事，就发生在沂蒙革命老区山东省莒县横山一带。

崔立芬是18岁嫁到前横山村的。她在娘家、婆家都曾目睹日军的残忍凶恶，也看到了共产党、八路军英勇顽强抗击日寇和对老百姓真心实意的爱护，从内心对共产党、八路军有着深厚的感情。

1941年后，日军对横山抗日革命根据地频繁地进行疯狂"扫荡"，许多共产党员、革命军人惨遭杀害。根据地只剩下"前横山、后横山、一溜崮西青山前"的狭小地带。战争异常惨烈和艰苦。加入妇救会的崔立芬，跟着当会长的婆婆一起发动妇女，筹军粮，做军鞋，没日没夜地磨面、烙煎饼，支援八路军抗日。

1943年的一天，崔立芬看见一个妇女抱着一个小孩，孩子一直在哭，那哭声细声细气就像饿坏了的小猫，让人听着揪心。崔立芬忍不住过去看，一问才知道这个孩子叫孟林，她的父亲申平、母亲王涛都是共产党员。孩子的母亲王涛因为打游击，经常在山上露宿，饥一顿饱一顿，挨饿受冻，没有奶水喂孩子，正在想办法找老乡讨点吃的喂孩子。

崔立芬回家之后，翻来覆去地睡不着，那个饿得像只小猫一样的孩子在她脑海中挥之不去。她想：

共产党、八路军也是爹生娘养的，为了打日本鬼子，为了让老百姓过上好日子，抛下爹娘来到自家这里打游击，流血牺牲，够艰苦了，不能让孩子拖累他们。那个孩子和自己的女儿媛媛一样大，她是革命的后代，更不能让她受冻挨饿。自己是妇救会会员，上不了战场打不了鬼子，何不帮忙抚养孩子，让孩子的亲生父母能够专心打鬼子，让孩子好好地长大成人，那不也是为革命出力了吗？

想到这里，崔立芬再也睡不着了，天刚亮她就叫起了婆婆，把自己的想法跟婆婆商量。婆婆是妇救会会长，理解她的想法，只是提醒她，万一有人向鬼子报告她抚养八路军后代，全家和抚养的孩子都会面临杀身之祸。

而且她们这里穷，青黄不接，家里养一个孩子还凑合，两个孩子怕是养不起。崔立芬说：“娘，我都想好了，这个孩子也是我亲生的，粮不够，我就回娘家再要点。”就这样，崔立芬主动找组织领养了小孟林。

当时的横山坡陡地薄，耕地少、产量低，粮食根本不够吃。崔立芬一家平时就靠吃地瓜干掺着磨碎的花生壳、地瓜秧过日子。孟林刚送来的时候非常瘦弱，脸色发黄，哭都没力气，而自己的媛媛，脸色红润，比孟林要强壮一些。两个孩子，每人一个奶，谁也吃不饱。崔立芬总下意识地让孟林多吃一点，期望着这个孩子快点壮实起来。

奶水不够，她就用家里仅有的一点小米熬成小米粥，常常是喂饱了孟林，剩下的就只够媛媛吃个半饱了。孟林瘦弱的小身体渐渐胖起来了，脸色也好看多了，而自己的媛媛却渐渐消瘦。看着女儿渴望的眼神，听着女儿细弱无力的哭声，崔立芬的心都碎了。可是她竭尽全力，还是喂不饱两个孩子。

一天夜里，崔立芬没有听到女儿的哭声。她把女儿抱在怀里，小心地把乳头放进女儿的嘴里，可是那秀丽的小嘴永远也不能再吸奶了，她永远也等不到能吃饱的那一天了。崔立芬崩溃了，紧紧地抱着孩子，一声声地哭喊着："孩子，再吃一口吧，娘对不起你呀！"

为了抚养革命军人的后代，崔立芬失去了自己亲生的女儿。她强忍着巨大的悲痛，把全部的爱倾注到孟林身上。

严寒的冬天，全家人睡的是冰冷的土炕，盖的是一床露着破棉絮的薄褥子。那褥子又破又窄，炕外边的人盖全身体，炕里边的人只能盖到一半。为了不让孩子挨冻，崔立芬始终把孟林紧紧搂在怀里。每次日军来"扫荡"，崔立芬就抱着她满山跑,有时几天吃不上一口饭。一天夜里,人们都已进入了梦乡,崔立芬听见有人喊鬼子来了,顾不上走路不便的缠脚,抱起孟林,摸黑跑进了大山,摆脱了鬼子的追击。

在崔立芬及家人的悉心照料下,孟林健壮成长。1947年秋,孟林的亲生父母派人来接孩子。崔立芬将家里仅有的面粉做成小饼让孩子带着路上吃。她迈着孱弱的缠脚将孟林送出四十多里山路。那也是她的孩子啊!

有人问崔立芬,你为什么对别人的孩子那么好,她说:"这是共产党的孩子,是俺的心头肉啊!"

(选送单位:中共日照市委宣传部)

刘氏婴儿

一个出生仅仅三天的婴儿,用自己年幼的生命换来了一个八路军孩子的再生。这个刘家的唯一血脉,成了共和国历史上最小的烈士。现在已没有人能叫出他的名字,只知道他死于日本兵的屠刀之下。

抗日战争后期,日伪军在渤海区活动猖獗。当时,八路军某部的部分战士子女被安排在山东省惠民县何坊乡一带。堡垒户刘大娘的儿媳刚刚生产,所以她家被安排了一个出生几天的孩子。两个孩子一般大,刚好做伴。高兴之余,刘大娘心里又犯了难,日伪军正在大肆屠杀八路军,他们的子女身份是万万不能公开的,否则随时可能招来杀身之祸。

夜里,刘大娘和儿媳商量:"八路军打鬼子为的是咱老百姓,把孩子交给我们,这是人家相信我们啊,可万一小日本鬼子来了咋办?"

儿媳看着熟睡的两个孩子,下了决心:"娘,不管怎样,我们一定要保护好人家的孩子。"

天亮之前,刘大娘一家终于商量出了办法:"对外就说儿媳生了一对双胞胎,八路军的儿子是哥哥,咱家的孩子是弟弟。"

却不想汉奸听到了风声,带着一队鬼子气势汹汹地来到了村里,刀架在刘大娘的脖子上问她:"哪一个是八路军的孩子?"刘大娘一口咬定这是自己儿媳生的双胞胎。鬼子拿出皮鞭,一鞭鞭猛抽在老人身上,刘大娘破旧的棉袄立刻被抽裂了口子,露出血染的棉花,但刘大娘始终没有屈服。气急败坏的敌人索性拖出了刚刚生产完几天的儿媳。

面对敌人的刺刀,看着满身血污的婆婆,刘大娘的儿媳毅然做出了决定。她含着泪对刘大娘使了个眼色说:"娘啊,既然他们认准了咱家有八路军的孩子,那你就把老二抱出来吧!他才来到这个世界三天,想来八路军也不会怪咱们的。"

  一边是自己的骨肉，一边是八路军的后代，刘大娘此刻心如刀绞：自己的孙子是家里的独苗，儿子不久前刚被鬼子杀害了，孙子就是我的命啊！可八路军在前线拼死拼活，他们的孩子要是保不住，良心又怎么过得去！想到这，刘大娘强忍悲痛抱出了自己的孙子……

  第二天，村民在村口发现了孩子的尸体，小小的身躯被刺刀扎得血肉模糊。刘大娘浑身颤抖地抱着孩子，泪水止不住地流。为了保守这个秘密，她们婆媳俩白天承受着村民不明真相的指责和谩骂，夜晚看着八路军的孩子沉沉入睡，眼前挥之不去的是自己孩子那血肉模糊的身影。

  直到抗战胜利后，真相才大白天下。这个出生仅仅三天，代替八路军后代而死的孩子的尸骨被埋进了烈士陵园。在今天渤海革命老区机关旧址长长的英雄纪念碑上，你会找到这个小小的无名烈士，名字就叫"刘氏婴儿"。

（选送单位：中共滨州市委宣传部）

512 枚铜圆党费

这是发生在渤海革命老区山东省无棣县的一个真实故事。

故事的主人公叫李淑贞，是无棣县车王镇刘邢王村人，生于1913年。在党组织的培养下，她由一名普通的家庭妇女成长为一名出色的地下交通员，并于1939年加入中国共产党。李淑贞老人一辈子坚守初心，将党组织委托保管的512枚铜圆党费和文件珍藏了整整四十年。

20世纪40年代初，山东正处于白色恐怖中。由于环境极端恶劣，党组织的活动方式被迫改为单线联系，李淑贞只知道自己的上级是无棣县二区的区委书记刘振东。受党组织委派，李淑贞经常装扮成走亲戚的农家妇女，深入日伪军据点搜集情报，从未发生过一次意外。

1943年，冀鲁边区发生了邢仁甫叛变事件，大批共产党员被杀害，党组织遭受了严重破坏，无棣县的抗日斗争形势更加艰难。

为了保存革命实力，上级命令刘振东夫妇撤离。临行前，刘振东夫妇把党的一部分重要文件和原二、三区全体党员一年来的党费——总共512枚铜圆，交给了李淑贞保管。

捧着沉甸甸的铜圆和文件，李淑贞想，这些既是党的秘密又是党的财产，是许多党员同志在艰苦生活中拼着性命积攒下来的血汗钱。组织交给自己保管是对自己极大的信任，就是豁出性命也要保管好，等哪一天，再亲手交还给上级。

李淑贞把这些文件和铜圆小心翼翼地放在自己当年陪嫁过来的衣箱里。后来担心发生意外，她又先后转移到灶膛里、炕洞里，最后决定把它们藏在最安全的住房夹墙里。

1945年的一天，家里穷得实在揭不开锅了，年仅7岁的儿子哭着闹着要窝头吃，李淑贞急了，一巴掌打了过去。孩子眼里噙着泪水不作声了，李淑贞心痛地把孩子紧紧搂在怀里，对孩子说："娃，娘蒸枣糠饼子给你吃。"李淑贞把卖不出去的烂枣放在炕头上烘干，用石磨碾成面，拌上黄蓿菜种子，蒸了一锅枣糠饼子，儿子捧起饼子狼吞虎咽。而那一袋铜圆，就在孩子身后的夹墙里。

1945年9月，无棣全境解放。李淑贞被调到区里做妇运工作，她又把身心投入到打土豪、分田地、支援全国解放战争的工作中去。

1952年冬天，李淑贞打听到了自己的上级联络员刘振东回无棣县工作的消息，背起那袋子铜圆和文件去交还，可是刘振东夫妇又调往上海市工作了。

1958年底，李淑贞限于身体状况和文化水平，渐渐感到自己不适应新的工作，申请离职，得到党组织的批准。从此，她回到老家当了一名普通的农民。

尽管生活非常拮据，但她从未向党和政府伸过手。

1983年底，刘振东夫妇离休后从上海回家，亲自登门看望了阔别多年的李淑贞。三位老人聚首，抚今忆昔，感慨万千。年逾古稀的李淑贞更是激动不已，双手哆嗦着扒开夹墙的土坯，把珍藏了四十年的512枚铜圆党费和一张朱德总司令签署的日文传单郑重地交给了刘振东。

望着李淑贞保存下来的文件和512枚铜圆，刘振东夫妇惊呆了。他们颤抖着握着李淑贞的手，泪水溢满了眼眶。

1985年，李淑贞老人因病去世，享年72岁。

李淑贞是渤海革命老区无数优秀共产党员的典型代表。她不忘初心，对党无限忠诚，一生都在践行着"先国后家、公而忘私、诚实守信、无私奉献"的"老渤海精神"。

（选送单位：中共滨州市委宣传部）

泣血兰花向阳生

红色沃土,英雄辈出。在革命战争年代,广大胶东儿女前仆后继,谱写了一曲曲可歌可泣的英雄赞歌,淬炼出永恒的胶东革命精神。其中有一位小脚女人,胶东著名的"一一·四"暴动和"天福山起义"中都有她忙碌的身影,人们亲切地称她为"革命老妈妈"。

老妈妈是山东文登上徐村人,跟旧中国普通的妇女一样不识字,连个名字也没有。嫁给丛月章后,丛隋氏就成了她的名字。

1927年大革命失败了,军阀混战,日军又盯上了胶东这片土地。为了开展革命工作、组织农民暴动,她们家成了党的地下秘密联络点。她每天推磨、轧辗浆、洗缝补,接待一拨又一拨路过的抗日同志。苦点累点都不算啥,看着这些小战士吃饱穿暖了,就觉得她那几个参军的孩子也没有挨饿受冻似的,哪怕没钱了卖了地去换口粮她也愿意!

1944年的一天,老妈妈正往锅里贴着玉米饼子,一群小同志凑了上来。其中一个十五六岁的小战士问她:"大娘,您孩子都在哪儿做什么呀?"看着这些稚嫩的脸,他们就和老妈妈儿子参军时一样的年纪,她笑着说:"和你们一样也是打鬼子的,也不知道打到哪儿了。""哦,都叫啥名啊?""二儿子叫林江……"刚说了个头,一名小战士突然站起来冲她行了个军礼,"大娘,两年前日伪军包围了大泽山。突围时,林江林书记他……他……""哦,俺知道啦……哎,饼子好了,大伙趁热吃啊……粥喝完了再去盛,热水也烧好了,就在锅台边。"

"孩子,这身衣裳大娘补好了,快穿上别着凉哈!"

"儿呀,我的娃,娘把你们一个个都送上前线,天天等夜夜盼,盼着你们打完胜仗回家团圆,可等来的竟是你两年前就已经没了的消息。儿呀,娘这颗揪着的心碎啦!

"月章啊,二丫头牺牲时,俺哭,你守着俺。这回二儿子又没了!也不知小儿子突围时受伤的那两只瘸腿好了没?都七年了,连个信儿也没有!你累了在地底下躺着,可俺咋办呀?

"俺知道,干革命就得流血牺牲。打仗嘛,哪能不死人呢?该死谁家的娃儿啊?谁家的孩子爹娘不疼?可总得有人冲上去不是?娃呀,娘看着你们跟你爹一样往前冲,娘知道你们都是好样的!娘不会打仗,可俺能给同志们挑水做饭,让他们吃饱了肚子好有劲上战场!

"俺叫隋熙兰,入党时党组织给俺起这名字是希望俺像兰花一样不怕风霜。俺就要做胶东大地上最坚强的兰草,遍地开花!"

无名村妇随夫行,笑送儿女干革命。

一门忠土埋四烈,泣血兰花向阳生。

革命精神薪火相传,即使是享受着社会主义幸福生活的我们也依然要牢记先辈们的红色精神。2020年,新冠病毒肆虐之际,那么多逆行英雄奔赴重灾区与时间赛跑,同病魔较量,以民族大爱和家国情怀筑起抵御疫情的钢铁长城。践行社会主义核心价值观,传承和弘扬红色基因,正是我们新时代中国人义不容辞的使命与责任。未来,我们携手前行!

(选送单位:中共威海市委宣传部)

第一碗饺子祭烈士

在山东省临沭县朱村有一个"奇怪"的现象：每年除夕的第一碗饺子，不敬天，不敬地，不端给长辈先尝，也不让小辈们动嘴，而是端到村头的烈士纪念碑前，祭奠当年为救护村民而英勇牺牲的烈士们。

1944年的除夕，正当大家以为能过一个平静的除夕时，驻临沂日伪军一千余人却开始了对沭河西岸岌山区的报复性"扫荡"。而位于河边的红色堡垒村——朱村，自然成了敌人"扫荡"的重点，村民死伤惨重。

当时，驻守在沭河东岸的八路军老四团八连连长鄢思甲听到枪声后，带领部队火速奔向朱村。当战士们看到河边四处逃难的乡亲们时，便迅速帮助他们转移，并高声喊着："老乡们，别害怕，我们是老四团八连的，我们一定会保护大家，把鬼子打跑！"

为了能让老百姓从桥上迅速撤走，八连的战士们边喊边跳进了冰冷刺骨的河水中，迎着枪声扑进了朱村。日伪军被从天而降的八路军战士打懵了，狼狈溃逃到村西南角柏树林高地，凭借优势火力和有利地形，负隅顽抗。

战斗中，连长鄢思甲的脖子被子弹打穿，但他简单包扎后，仍继续坚持指挥战斗，高喊"不要放走鬼子"；一班班长焦锡模一只胳膊被打断了，仍坚持不下火线，直至流尽最后一滴血；战士郝红娃拖着受了重伤的腿，一直坚持战斗……就这样战斗一直持续到午后两点多，敌人在增援部队的火力掩护下，狼狈地逃进了临近的据点。

战斗胜利了，朱村得救了，村民安全了，而我们却有二十四名战士献出了宝贵的生命。当乡亲们要邀请战士们到家里过年时，八连的战士们却连夜赶回了驻地。

大年初一拂晓，朱村的乡亲们不约而同地来到存放八路军烈士遗体的祠堂，他们捧来一碗碗热腾腾的饺子,大声说着:"是八连救了我们,是八路军救了我们!今天,过年的第一碗饺子不敬天,不敬地,我们要敬这些牺牲的战士,他们是我们的亲人哪!"

后来,朱村乡亲把一面绣了"钢八连"三个字的锦旗送到连队,从此"钢八连"名扬全国,朱村战斗也被正式载入《八路军战史》。

这就是"第一碗饺子"的故事,不仅成了朱村的年俗,更是对军民鱼水深情的传承。

盛世高歌赞英烈,红旗招展映忠魂。报国烈士当敬仰,爱国精神永传承。

(选送单位:中共临沂市委宣传部)

智取张家围子伪据点

"说稀奇道稀奇,稀奇的事情出在屋楼区,八路军定奇计,魏连长身入虎穴去'演戏',黑狗个个上圈套,一枪未放打开敌围子……"这是抗日战争时期屋楼区的人民自编自唱的小曲,说的是山东日照莒中独立营智取张家围子伪据点的事。

莒城东约七公里处,有一个日伪据点张家围子,西依沭河,东临屋楼崮,四面围有高墙,高墙上设有炮楼,二百多名伪军在此把守,可以说是易守难攻。另外,它和莒城、借庄的敌伪据点三方呼应,互相支援。要拔除这个伪军据点,难度很大。怎么办?莒中独立营侦察发现,把守据点的伪军最怕日军,对日军千依百顺,半点不敢造次。于是,莒中独立营决定智取张家围子。

1944年7月的一天清晨,一队十几人的"鬼子兵"从莒城方向朝张家围子开去,为首的小队长腰挎战刀,身背匣子枪,脸上的小山羊胡一翘一翘的,满脸杀气。身边的"翻译官"不时咕噜几句日语,那派头好不威风。跟在后边的十几个"日本兵",手端三八大盖枪,神气十足,皮鞋踏得咔咔直响。早起下地的老百姓望见"鬼子"来了,纷纷躲进庄稼地里,"鬼子兵"顾不上这些,直向张家围子奔去。

当这队"鬼子兵"行至离张家围子只有一里多路的时候,突然,从对面村子里涌出一队伪军,与"皇军"相对而行。

转眼间,"皇军"、伪军短兵相接。伪军头目打量了一下走在前头的"皇军"小队长,心里不免疑惑起来:不对啊,我经常来往莒城,怎么不认识这位"皇军"长官,莫非……他刚要问话,啪啪!脸上挨了两个耳光,"皇军"小队长边打边叽里咕噜,"翻译官"对伪军头目嚷道:"皇军驾到,你的快闪路!别误了太君的公务!"被打蒙了的伪军头目,边擦嘴角上的血,边结结巴巴地答道:"我,我,我该死!皇……皇军驾到,我……我有眼不识泰山。"随即踢了一脚身边的伪军,"皇军驾到,还……还不快点让路!"伪军们吓破了胆,慌忙闪到路两边。"皇军"理都不理,扬长而去。

"皇军"小队很快来到张家围子西门口,三个门岗一见"皇军"来了,啪,一个立正敬礼,接着点头哈腰迎出门来。"皇军"大摇大摆地进了门。刚从院内走出的一个伪军忘了敬礼,"翻译官"对其训斥道:"眼瞎了!敢不给太君敬礼!"说着打了那伪军两记耳光。"是!是!"那家伙一动不动地应道。这时,"皇军"不由分说,缴了四个伪军的枪,将其捆绑起来,嘴里塞上毛巾。四个黑狗子迷糊了:"天哪!今天皇军为何不问青红皂白又打又骂?"

紧接着"皇军"闯进了伪军中队部大院。伪军中队长和一个小头目还在蒙头大睡,"翻译官"抬手将挂在墙上的手枪摘了下来,随即大骂:"还不快起来!如果八路来了,你们来得及对付吗?!"这两个黑狗子刚爬起来,便被绑了起来。

黑狗子们看到"皇军"又骂人又抓人,个个提心吊胆。"翻译官"便向值班的伪军小头目下令:"皇军要检阅全队,命院内集合!"伪小队长二话没说,一溜小跑,满院嘟嘟嘟地吹起集合哨来。全队伪军跑步列队集合。伪小队长整好队伍报告:"请太君训话。""皇军"小队长向前跨了一步,哇啦哇啦地说了几句话,"翻译官"道:"太君叫你们架起枪,徒手集合!"伪军不敢怠慢,一双双恐惑的眼睛直勾勾地瞪着"皇军"小队长,心里嘀咕着:皇军想要干啥?

就在"皇军"小队长训话的当口,独立营四连增援的突击队接到信号,立即潮水般地涌进了张家围子。黑狗子们一见八路来了,个个惊惶失措。看到"皇军"小队长竟和八路军亲热地握起手来,伪军中队长顿时明白过来。然而枪已不在,无可奈何。他胆战心惊地问:"你们是……"

"你的大大的明白,我是八路的干活!"这时"皇军"小队长把头上的日军帽摘下来一扔,脱掉上衣,露出了八路军的臂章。黑狗子们个个像泄了气的皮球,乖乖地举手当了俘虏。

魏连长把手一挥命令道:"放火烧炮楼!"顿时,张家围子四角的炮楼大火熊熊，浓烟遮住了半边天。这个经日伪军苦心经营多年的据点，就这样被一把火烧了。滨海军区通往莒中的通道打开了，张家围子的人民解放了！

这真是"魏连长巧演戏，一枪未发夺据点；日伪军大发蒙，狐假虎威终成空"。

（选送单位：中共日照市委宣传部）

"妈妈同志"和她的"五女四八路"

"妈妈同志您来了,妈妈同志,辛苦您了。""妈妈同志"是抗日战争时期鲁中区野战医院工作人员对张再兰同志的尊称。张再兰18岁便嫁到山东莱芜(今济南市莱芜区)苗山镇,一生生育了五个女儿。她们的故事还要从抗战爆发时讲起。

1939年夏,八路军山东纵队兵工厂迁到南峪村。为保障兵工厂人员的安全和食宿,他们都被分在各妇救会会员家中,其中厂长和警卫员住在张再兰家。

张再兰在生活上对他们照顾得无微不至,每顿饭总是先让他们吃好后,自家人才吃。一天,他们正在家吃晚饭,突然传来一声枪响,这是岗哨报警:日寇进村了。张再兰急中生智,忙把厂长他们藏在家中炕洞里,上面铺上席子,盖上被褥,让小女儿躺在炕上装病。过了不久,敌人破门而入,翻箱倒柜,折腾了一番,没发现什么,便悻悻地走了。就这样,她机智地保护了共产党工作人员。

然而,就在全家都奋斗在抗战第一线时,已近不惑之年的张再兰没有想到,丈夫因"肃托"事件被错杀。当组织提出给予张再兰补偿时,她凭着对党的信任,只提了一个要求:"让我的孩子参加八路军,去完成她们父亲未竟的事业吧。"就这样,她先后将四个女儿送进了革命队伍。

抗战进入相持阶段后,日伪军投入大量兵力实行铁壁合围大"扫荡",斗争愈加残酷。残酷的现实,使这位刚毅的母亲想起了参加八路军的女儿。个头只有一米三几的她,领着五妮,挎着要饭篮,拄着打狗棍,踏上了南去沂蒙的寻亲之路。

她们渴了喝几口山泉水,饿了拔点野菜充饥,夜里寄宿在堰边墙脚。终于在沂南县马牧池一带找到了八路军,见到了在部队工作的女儿们。部队首长热

情接待了张再兰母女,根据她的请求,把她安排在野战医院做后勤工作。

到了部队,就像回了家一样。张再兰吃苦耐劳,和蔼可亲,为伤病员洗衣服换绷带、烧水做饭,医护人员和伤病员都亲切地称她"妈妈同志",鲁中军区授予她"拥军模范",《大众日报》三次登载过她的事迹。

1944年初冬,张再兰随军支前,在踏着冰冷的沂河水救护伤员时患上感冒。由于当时医院缺少抗生素药物,病情转为肺炎。在她病重时,部队首长亲临病房探望,医院将仅有的一支备用抗生素针药给她用上,全力抢救她,但她终因病情恶化而病故。临终前她嘱咐身前的几个女儿说:"五妮还小,待她长大后一定也让她当兵打鬼子,了却我的心愿。你们要听首长的话,不怕牺牲,抗战到底。"

(选送单位:中共济南市委宣传部)

一枚珠花

山东省威海市文登区昆嵛山东麓,有个叫阎家泊子的小村庄,村里住着一位老人——王淑贞。

这位百岁老人是昆嵛山红军游击队队员刘福考烈士的遗孀。直到2017年,因一张保存了近八十年的党员登记表,王淑贞"女交通员"的身份才被人知晓。此时,王淑贞已经103岁了。

一张泛黄的党员登记表上手绘着表格,在入党动机那一栏,蓝色笔迹工整地写着:"为我男人报仇,为了我们将来的幸福。"八十年过去了,这张表凝结的信仰,穿越时空,历久弥新……

1936年夏天,汪疃集上,22岁的王淑贞挺着八个月的肚子跪着不走,终于要来了敌人挂在集上示众的刘福考的头颅。

抱着丈夫的头颅来到河边,王淑贞为丈夫洗了最后一把脸。她用手轻轻擦拭着血迹和泥污,浑身止不住地抖:"你啊,还没来得及见上老二一面,就这样撇下我们娘仨走了。放心吧,家里有我呢,你没干完的事也有我呢。"

从那时起,村里多了个"疯婆娘",踮着小脚,别着珠花,山前山后地乱窜。年复一年,小孩子见了她就躲,乡亲们见了她就嫌。可没人知道,早在1939年,王淑贞就成了一名光荣的共产党员,开始装疯卖傻送情报。

为了不引起敌人的注意,她总把情报挽在发髻里,再插上结婚时丈夫送的珠花。有一次,王淑贞遇上了敌人。跑已经来不及了,她灵机一动,立刻蹲起身子滚下山去,石子、树枝在她身上划出了一道道血口子。几步踉跄来到田地,王淑贞立刻蹲下身子假装割草,重要情报再次得到保护。

1945年8月,抗战胜利了。得知这一大好消息,王淑贞立刻扔下手里的农活,拉着两个孩子就往刘福考的坟前跑。她扑通一声跪倒在丈夫坟前,眼泪止不住

地流:"福考啊,你没有白死,我的罪也没有白遭,我今天来告诉你,抗战胜利了。福考啊,你安息吧!"她从布兜里掏出丈夫送给她的珠花,小心翼翼地插在头上,娘仨一直跪到天黑。

抗战胜利后,王淑贞干起了村妇救会会长,白天组织村里妇女为八路军贴饼子准备干粮,晚上就借着月光为战士做鞋、做衣裳。新中国成立后,王淑贞成了村里的妇女主任,一直到退休。

王淑贞,一名女共产党员,用她的忠贞,诠释了共产党员的忠诚与信仰:不忘初心,牢记使命。

(选送单位:中共威海市委宣传部)

沭河大戒严

沭河，源出沂山南麓，经山东省沂水县境流入莒县蜿蜒南流，到夏庄镇东南出境，境内全长76.5公里，流域面积1718.2平方公里，占全县总面积的88%。沭河水不仅滋养着河两岸世世代代的莒县人民，抗战时期，更因它是两岸人民群众筑起的抗日的铜墙铁壁，而威名远扬……

1939年6月，日本侵略军第二次侵占莒县后，沿台潍、泰石公路两侧挖壕沟、修据点，对根据地不断进行"扫荡""蚕食"和封锁。1941年底，日伪军又对我根据地实行大规模"扫荡"，所到之处实行"三光"政策，推行第三次"治安强化"运动，把莒中县作为"治安强化"重点之一，使古老的莒中大地千疮百痍、荒凉恐怖。在日伪顽军的夹攻和封锁下，抗日根据地不断缩小，县直机关的活动区域仅剩下东到吕家崮西村、西到河南村、南到前横山村、北到青山前村的十多个村庄。当时流行着这样一段顺口溜："前横山，后横山，一溜崮西青山前，牛家沟子住一住，大小坪子住不完，向西顶多到河南。"人们称之为"一枪能穿透"的根据地。

面对如此复杂恶劣的严峻局势，全县的共产党员和广大人民群众并没有被吓倒。相反，他们在县委的号召下，建立民兵武装，拿起枪杆子，利用沭河沿岸防御来犯敌人，保卫家乡，保卫根据地。在很短的时间内，一支智勇双全的民兵大联防队伍就建成了。在沭河沿岸实行分段负责，村村联防、庄庄相助，日夜守卫，一旦发现敌情，就你传我，我传他，一村有难，众村解围，二十里之内，听到枪声齐来支援。整个沭河沿岸成了一道连绵不断的铜墙铁壁，来犯的敌人屡遭惨败。这支队伍英勇斗争的事迹，被人民群众誉为"沭河大戒严"，代代相传。

民兵大联防一出现，便显示出巨大的威力。一次，盘踞在沭河西岸的部分

伪军,突然渡河到金墩、孟晏等村抢劫物资,捉家禽、拉牲畜。民兵得知后,立刻包围了敌人,周围村庄的民兵也迅速赶来支援。敌人被打得丢魂失魄、争相逃命,民兵们穷追不舍,夺回了牲口、物资,并击毙了一名伪军。这一仗,打击了敌人的嚣张气焰,提高了民兵的威望,给群众壮了胆量。

1943年的一天,猖狂的日寇从莒县、借庄及沭河以西各据点拼凑了五百多人,妄图强渡沭河,对横山根据地实行"蚕食"。旺疃、垛庄两区的民兵迅速集中起来,抢先在附近打埋伏,乘敌渡河之际,给予迎头痛击。敌人被打得措手不及、晕头转向,赶紧撤回对岸,形成对峙之势。这时,有一路敌人动用机枪、小炮对我方猛烈射击,组织新的反扑。由于民兵占据的地势不利,加上武器装备较差,暂时撤到第二道防线。这路敌人渡河之后,企图抢占高岗岭头,掩护另一路敌人渡河。在这紧急关头,县大队和其他联防民兵火速赶到,对敌发起了攻势。敌人遭到反击后,再也无力支撑,仓皇渡河逃命。民兵猛扑上去,在河滩毙敌大部,剩下的残敌丢下枪支弹药,抱头窜回了据点。

敌人并不甘心失败。他们又抽调大批兵力,企图在凤凰山建立新据点,以保证台潍公路的畅通。民兵得知后,马上组织破袭凤凰山,将山上的庙宇、房屋全部拆除,使敌人无料可用、无人可寻。敌人在凤凰山失败后,又在皇姑墩建据点。他们白天建,民兵夜间拆,拆不动,就用石雷炸。民兵们不仅拆墙搬料,还在现场埋地雷,弄得敌人提心吊胆,不敢近前。

从1942年到1945年,这支坚强的民兵联防大军,始终保持着旺盛的革命斗志。他们冲破无数艰难险阻,谱写了一曲又一曲胜利的凯歌,赢得了对敌斗争的最后胜利,对解放莒中、扭转鲁东南战局起到了重要作用。

(选送单位:中共日照市委宣传部)

王师长的最后一封家书

1945年10月15日，山东野战兵团第八师师长兼政委王麓水在津浦路战场给家人写了一封短信，让人没有想到的是这竟成为他最后的家书。

王麓水，1913年生于江西省萍乡县（今萍乡市），1929年参加中国工农红军，1931年加入中国共产党，1943年9月任鲁南区党委书记兼军区政委。

1945年8月，鲁南军区主力部队改编为山东野战兵团第八师，王麓水任师长兼政委。抗日战争胜利后，蒋介石组织十万大军北上，企图占领交通要道和大城市。10月15日，山东省军区司令员陈毅按照中央军委的指示，在山东省峄县（今枣庄市峄城区）成立津浦路战役指挥部，发起津浦路战役，王麓水的部队奉命参加战斗。

战斗第十一天，在沙沟，王麓水利用战斗间隙给几个哥哥写了一封信，报一报平安，问问家中的情况。信中说：

大、二、三哥手足：

记得还是在四年前给家中有过一次讯，问候合家的好，但直到今天才又写这样一个简单的回讯。

亲爱的哥哥：你们一定会想念着弟大概是有了什么不幸吧？为什么多年无音讯呢？是的，弟知道一定会这样想，但因其他种种原因未能如愿，奈何！

关于弟的一切，现在仍然很好，还是和从前一样做着买卖维持生活，与四年前无异，请兄勿念！

日子离得太久了，不知家中状况如何？估计在这样久的日子里，可能情形一定有变化，并且会有很难想象到的变化。首先是生活的困

苦及其他……但弟总希望着全家和故乡都很好,远念念念!!

并望兄将家庭及故乡的一切能够详告。

此致

祝健康!

六弟:松斌
十月廿六日晚

由于正值内战,斗争环境复杂,王麓水虽身居高位,信中也只能写:"还是和从前一样做着买卖维持生活,与四年前无异。"不能将真实的情况告诉家人,他担心家书落入敌手,家人受到报复。同时,根据时局的变化,他预料家中的生活会越来越苦,但他"希望着全家和故乡都很好"。

12月12日,八师向滕县城内国民党顽军发起攻击。敌人凭借坚固工事和先进装备进行抵抗,战斗十分激烈。13日下午,王麓水在距城门不足二百米处指挥战斗,不幸被敌人的炮弹击中,壮烈牺牲。

自古道:一封家书抵万金。但王麓水牺牲时,这最后的家书还在路上。

(选送单位:中共枣庄市委宣传部)

大义大爱沂蒙红嫂

山东省临沂市孟良崮战役纪念馆里有两幅图板,经常令参观者驻足。

第一幅图板是"永远的新娘"李凤兰的故事。李凤兰是蒙阴李家保德村人。18岁那年,她与东关村的青年王玉德订了婚,第二年王玉德就参加解放军,上了前线。三个月后,李凤兰与未婚夫从来没有见过面,却毅然坚守婚约,如期举行婚礼嫁到王家。结婚那天,李凤兰按当地风俗,怀抱一只大公鸡拜堂。

婚后的李凤兰操持家务,照顾多病的婆婆,等待着丈夫凯旋。参军半年时,丈夫随部队打仗路过家乡,顺便回家看了看。不巧的是李凤兰回了娘家,婆婆马上派人去叫她。可是,当她怀着喜悦与激动的心情一口气跑了十几里山路回到婆家时,丈夫已随部队出发了。夫妻失之交臂,这成为她一生刻骨铭心的痛。

十二年后,她没有盼到丈夫的归来,等到的却是一张鲜红的烈士证书。后来有人劝她改嫁,可是李凤兰说:"我若改嫁,这个家就散了。"她下定决心,既然不能和丈夫相濡以沫,那就和婆婆相依为命。她替从未见过面的丈夫照顾年迈的母亲,独自支撑起这个困难的家庭,终生没有再嫁。岁月流逝,染白了凤兰的鬓发,可是在人们心中,她是"永远的新娘"。

第二幅图板是杨化彩做军鞋的故事。杨化彩是蒙阴野店烟庄的一位普通农妇,与4岁的儿子相依为命,家里一贫如洗。但接到做军鞋的任务后,她没有退缩,她从唯一的褂子上撕下布片用来做军鞋的鞋面。到了收鞋的时间,儿子穿着盖不过肚脐的小褂,抱着四双军鞋,依偎在妈妈身旁,许久舍不得把鞋放下。村里人都知道,这孩子长这么大,还没穿过一双鞋呢。

李凤兰、杨化彩是沂蒙山区普普通通的女性,她们没有惊天动地的事迹,却是沂蒙山区的骄傲和光荣,是千千万万沂蒙老区女性支持革命、献身革命、爱党爱军的群体形象的缩影。在那战火纷飞的年代,为了民族解放和革命战争

的胜利,她们可以为保护党的孩子而献出自己的骨肉,可以为保存一封烈士的遗书而毁家无悔,可以为一句诺言而坚守终生……

历史的车轮滚滚向前,战争的阴霾早已散尽,但英雄的影像已定格,永垂不朽,"水乳交融、生死与共"铸就的沂蒙精神也已在华夏大地生根发芽。

习近平总书记强调要让红色基因代代相传。让我们再看一看这些可敬可亲可爱的沂蒙红嫂,在她们布满沟壑般皱纹的脸上,写满了朴素的真理,那就是善良、正直、责任、奉献、朴素、执着……这些老掉牙的词是我们的母亲以及我们的母亲的母亲告诉我们的,也是需要我们一代又一代传承下去的。

(选送单位:中共临沂市委宣传部)

为了那束目光

每当想到"革命""英雄"这些字眼,有人脑海中总会浮现一束坚定而明亮的目光,它来自一位盲眼老人的塑像,来自一支鲜为人知的传奇部队。

1947年,山东宁津刚刚解放,祖祖辈辈饱受剥削的农民分到了土地,"三十亩地一头牛,老婆孩子热炕头"的日子正向他们招手。忽然有一天,一支共产党的部队来村里征兵,老人陷入了纠结,她要将风华正茂的儿子送去战场,可战场上的子弹不长眼睛啊!但最终她还是决定支持儿子参军。儿子临走时,她拉着儿子的手说:"儿啊,保卫好延安,保卫好毛主席,娘等你回来!"

从此,儿子王传文便跟随部队——山东渤海军区教导旅开始了漫漫西征路。他们转战七省、行程万里,相继解放了十六座城市,歼敌数万人,成为我军战史上唯一从中国版图的最东端打到最西端的铁军。1949年,他们又加入剿灭叛匪、解放新疆、维护祖国统一的战斗中。

家乡的母亲因思念儿子,竟哭瞎了双眼。她日复一日、年复一年地去村头守望,不知道儿子是否闯得过枪林弹雨,躲得过饥饿瘟疫。作为革命老区的妇女,她只知道"最后一碗米当军粮,最后一块布做军装,最后一个儿子送去上战场"。

远方的儿子做着一个梦,梦里,母亲还是送他参军时的模样,看到母亲那依依不舍的目光,惊醒后转身去抓母亲的手,却只见天涯明月,泪湿双眼。后来有人问他是否后悔当初的选择。他说:"穿上军装的那一刻,就注定要为身后的人民而战,没有国哪有家。"

你心中有国,我心中有你。在村头守候的日日夜夜里,老人每次听到脚步声都会想:"是你吗?娘想你,可娘知道,国家更加需要你,娘想你完成使命再平安回来。""是俺哪!娘,儿子回来了!"时隔七十年,已是耄耋之年的

王传文终于回到家乡,朝着母亲坟茔的方向长跪不起……

斯人已逝,信念长存。习近平总书记曾告诫我们无论走多远,都不能忘记来时的路。每到一些节点,我们总要驻足、回望。在这条坎坷道路的尽头,总能看到一位老人孤独的身影和眺望的双眼,看到征战归来的英雄泪水涟涟,他们的目光仿佛穿越了时空,灼在我们每个人的心上。他们目光所向,有家国情怀,有民族脊梁。如今我们当继承先辈遗志,不忘初心,牢记使命,托起中华民族伟大复兴的希望!

(选送单位:中共德州市委宣传部)

小村筹划大战役

发起于1948年11月的淮海战役,历时六十六天,我军共歼敌及改编55.5万余人,基本上解放了长江以北的华东和中原广大地区,淮海战役作为光辉的战争经典已经永载史册。

当年,是谁在哪里提出了淮海战役的伟大战略构想?山东省宁阳县东疏镇大伯集村,向世人揭开了那段尘封的历史,告诉我们一个鲜为人知的秘密——在中国千千万万个村庄中,地处泰山脚下、汶河之滨的大伯集村,并不起眼。但谁能知道,因为与开国大将粟裕的缘分,这个原本默默无闻的小村庄被赋予了神秘的色彩。

这是个只有千把人的村子,解放战争时期人口更少,却是周围十几个村庄的中心,自明清时期就形成了一个小型集市。村子北距济南一百千米,南距曲阜二十五千米,在鲁中南多山地区是少有的平原村落。村子东头有一处看似很平常的院落,这就是当年攻济打援指挥部的旧址。

1948年5月,毛泽东等中央领导人采纳了粟裕的建议,迅速调整战略部署,决定打响济南战役。8月20日,华东野战军(简称华野)前敌委员会在曲阜孟村召开作战会议,决定集中主力组成攻城、打援两个兵团,由华野代司令员兼代政委粟裕统一指挥。攻城兵团以六个半纵队,配属特种兵纵队大部,附地方武装,共十四万人组成,由山东兵团司令员许世友、华野副政委兼山东兵团政委谭震林、副司令员王建安统一指挥。打援兵团以八个半纵队,配属特种兵纵队一部,附地方武装,共十八万人组成,由华东野战军司令部(简称野司)直接指挥。

孟村会议结束后,粟裕于8月21日带野司指挥机关进驻大伯集崔家大院,设立了攻济打援指挥部。崔家大院建于清朝光绪年间,建筑风格为六进六出,建筑面积约六千平方米，占地约四万平方米。粟裕之所以将攻济打援指挥部设在大伯集，最根本原因是大伯集村有着重要的战略位置，从这儿向北可以指挥士兵攻打济南，向南可以指挥士兵打击和阻止增援的敌军。

村子里一下子来了那么多兵，还有人们从没见过的一辆辆吉普车，引得大人小孩围着看。乡亲们送米送面，支援亲人。有几天遇到下雨，部队没法做饭，大伙就将门板、木床送来当柴烧。粟裕和几位首长白天在村里办公，夜晚分散到周围的村子住宿，不了解实情的人还纷纷传言是陈毅在这里指挥战斗。地方政府从做好安全保密工作的方面考虑，曾将集市迁到外地。敌侦察机曾多次飞临村子上空，企图寻找我军指挥部予以破坏，但他们完全没有想到指挥部会在这样一个不起眼的小村子里，所以直到济南战役结束也没找到。

9月16日午夜，攻城部队全线展开攻击，敌军各线吃紧，王耀武连连告急。蒋介石于17日下令徐州"剿总"副总司令杜聿明率第二兵团经鲁西南北援，粟裕在大伯集获得情报后，即令攻城集团继续猛攻，令打援、阻援兵团迅速进入阵地，做好歼灭援敌的准备。19日晚，吴化文率部起义，打乱了国民党军的防御部署，王耀武便将主力全部撤入城内。国民党军南线的三个兵团，在蒋介石的督令下，分别向商丘、徐州集中。经八昼夜连续作战，华野攻城部队取得了济南战役的重大胜利，中共中央致电祝贺。

9月24日，济南城内巷战尚在激烈进行的时候，粟裕的脑海里已有了要在江北打一场大战役的构想。于是这天早晨7时，粟裕在大伯集指挥部毅然展开纸笔，写下了"……建议即进行淮海战役。该战役可分为两个阶段：第一阶段以苏北兵团……"的加急电报，交给他的秘书鞠开。鞠开于上午7时发电报给毛主席，这是最初的"小淮海"作战计划。毛主席和中共中央军委经过慎重考虑，于25日19时复电同意粟裕的建议："我们认为举行淮海战役，甚为必要……淮海战役可于十月十号左右开始行动……"11月6日晚，淮海战役正式打响，至1949年1月10日结束，我军大获全胜。毛主席说："淮海战役，粟裕同志立了第一功。"

2006年9月28日，粟裕的秘书，84岁高龄的鞠开前来大伯集村故地重游，见到了保存完好的粟裕坐过的那把木椅。他手抚木椅,忍不住失声痛哭,哽咽着回忆起与粟裕在这里并肩战斗时的往事。他说:"首长当年就是坐在这把椅子上办公的。毛主席当时想让他率军渡江,他考虑到过江后群众基础不牢,粮食供应、伤员等问题难以解决,认为条件尚不成熟,应在江北打一个大的战役,待将国民党的有生力量消灭后,再渡江环境更好一些。我那时候才20多岁,首长每天都起草好几份电报,让我拿到作战科去发,指挥着攻城、打援两个兵团作战。首长经常盯着墙上的地图,一看就老半天,很多作战方案就是在看地图的时候想出来的。"

济南战役结束后,粟裕即率军南下,从此再也没有回来。今天,在东疏镇大伯集村已经建起了一座攻济打援指挥部旧址纪念馆,深切缅怀他的历史功绩。在将军多年的军事生涯中,崔家大院只不过是他短暂停留的一个小小驿站,却书写了世界军事史上的光辉篇章,成为激励后人开拓奋进的不竭动力。

(选送单位:中共泰安市委宣传部)

三代人的红色传承

　　故事要从一份烈士证明书说起,这位革命先烈叫崔登科,今山东东营垦利人。34 岁那年他在村口告别身怀六甲的妻子和三个未成年的儿子,毅然决然地走上了参军的道路。妻子深情地对他说:"家里有我,你放心!"年仅 4 岁的儿子拉扯着他的裤腿久久不舍得撒手,不停地喊着:"爹,爹!"他抚摸着儿子的头发,强忍着泪水说道:"孩子们要听话,爹很快就回来!"然后头也不回地走了。没想到,这一别竟是永别。

　　妻子再见到的,是他的战友从淮海战役的战场上捧回的一抔黄土。"嫂子,连长踩到了连环雷,被炸得血肉模糊,尸首带不回来了。"望着眼前的这捧黄土,他的妻子强忍着泪水,对孩子们说:"不能哭,你们的爹是英雄,咱谁也不能给他丢脸。"崔登科没有给孩子们留下一句话,更没有留给孩子们一点值钱的东西,唯一留下的就是这份 1956 年由中华人民共和国中央人民政府颁发的烈士证明书。

　　崔洪德是烈士崔登科的儿子。当年那个拉扯父亲裤腿的男孩,如今已经八十多岁了,他一辈子最挂心的就是年轻一辈能否把革命信仰和精神传承下去。自 2000 年起,他利用农闲时节义务给村里的孩子宣讲垦区红色故事。面对家人的劝说和村民的不解,他总用倔强的口吻说:"生长在新社会的孩子们不能忘记老一辈的革命故事,更不能缺少革命精神的滋养。我是烈士的儿子,骨子里流淌着革命的鲜血,为大家宣讲红色故事是我义不容辞的责任。只要有一个孩子肯听,我就会坚持讲下去,不会放弃!"

　　二十年过去了,每当有人问他记不记得自己讲了多少场时,他总是摇摇头:"记那个干啥,反正会一直讲下去的。"二十多年来,他不仅自己始终牢记先辈们"爱党、为党"的红色革命精神,更将"感党恩、听党话、跟党走"

的追求和信仰深深植根到儿孙们心中。"八个孙辈全是共产党员，是我这辈子最骄傲的事情！"

刘婧是渤海垦区纪念馆的一名讲解员，也是崔洪德老人的外孙女。作为一名土生土长的垦区人，她从小耳濡目染，在姥爷讲的垦区红色故事中长大。"姥爷每当回忆起这些英雄事迹，眼眶总是湿润，眼神却无比坚定和自豪。"

"妮啊，姥爷讲给你的故事，你可一定要记住，长大后，讲给更多的人听！"2008年走出大学校门的她，如姥爷所愿，成为一名讲述红色故事的人，这是一份荣耀、责任，更是镌刻在血液中的情怀与传承。

当刘婧第一次带上耳麦，面对一百名孩子时，看着他们对红色故事又好奇又向往的脸庞，她仿佛看到了童年的自己。薪火相传，继姥爷之后她再一次把一颗颗红色的种子播撒在孩子们心中。十多年、四千多个日夜，十八万聆听者，她始终不忘"继承先烈遗志、传承红色精神"的初心和使命，悉心守护着垦区英雄的革命事迹，不断从中汲取新的精神力量。

（选送单位：中共东营市委宣传部）

"人民楷模"朱彦夫

有这样一位战士，他14岁参军，保家卫国，参加了上百次战斗；有这样一位战士，他三次立功，十次负伤，经历了四十七次手术；有这样一位战士，他在战斗中失去了四肢和左眼，右眼视力只有0.3。正是这样一位战士，拖着残躯带领乡亲们将一个贫困村改造成了富裕村，用嘴衔笔、残肢抱笔，七度春秋，将一部激荡着共产党人浩然正气的生命之作——《极限人生》，捧给了世人。他就是被誉为"当代中国保尔·柯察金"的朱彦夫。

1933年7月，朱彦夫出生在山东省沂源县张家泉村一个贫农家庭。1947年，14岁的朱彦夫毅然参加了中国人民解放军，1949年光荣加入了中国共产党。在血与火交织的战场上，他不怕流血牺牲，拼命作战，先后参加了战淮海、过长江、打上海、跨过鸭绿江等上百次战役。

1950年12月，在抗美援朝的一次战斗中，朱彦夫与敌人进行了一场生死搏斗。当他从长达几十天的昏迷中醒来的时候，发现自己没有了四肢，左眼失明，右眼视力模糊，他号啕大哭，高喊，要向敌人讨回残臂残腿！他悲痛欲绝！但他没有被命运的重击打倒，在极端困难的生活面前，朱彦夫主动放弃了特护待遇，回到了家乡沂源县担任村支书。

二十五年的时间里，他拖着十七斤重的"铁腿"走遍了村里的每一座山头、每一条山沟，向命运发起了挑战。他所在的张家泉村是一个远近闻名的缺水村，为解决用水问题，朱彦夫请来水利专家一起找水，翻山越岭，不知摔了多少个跟头。

有一次，朱彦夫下到十米深的井底查看水质。他太累了，想卸下假肢休息一会儿，却怎么也卸不下来。原来，打井溅起的泥水、皮肤冒出的汗水混合着断肢创面上磨出的血水，生生地把假肢和断肢冻在了一起。乡亲们心疼地问他：

"疼吗？""疼，但我是共产党员，不怕疼。"

　　他说过，人活着就得奋斗，奋斗着就幸福，奋斗不止，幸福就不断。就这样，凭着无比坚定的理想信念和敢于担当的实干精神，朱彦夫带领全村干部群众通过二十五年的艰苦奋斗，把一个贫困的小山村，改造成了绿水青山的富裕村。

　　青春热血保家国，残身铁骨富山村。如今，荣获"人民楷模"国家荣誉称号的朱彦夫继续书写着他的极限人生，而他身上那自强不息、无私奉献的精神，始终激励着我们奋勇前行！

（选送单位：中共济宁市委宣传部）

赶牛沟"棚"出脱贫路

"手里有粮,心里不慌。"朱彦夫知道土地是百姓的命根子,自打横下心回张家泉村带领乡亲致富那天起,他心里就想着增加土地,眼里盯着青山绿水,脑里绘着瓜果飘香……

山东省沂源县张家泉村不是上山就是下坡,村里的土地基本集中在三条沟里:赶牛沟、舍地沟、腊条沟。地少,而且很零散,有的只有巴掌大,种几棵高粱就满了。当时有这么一个顺口溜:"地头巴掌大,高粱种一把,姑娘扭头走,小伙眼巴巴。"意思是说张家泉村的土地太少,没地种粮食,缺吃少衣,外村的姑娘不愿嫁进来,小伙一把年纪了娶不上老婆。

朱彦夫看在眼里急在心上。有一天晚上,他又一次梦到了他的战友,梦到了在一次战斗中,班长让他和两个战友,从地主家的洋沟里钻进去,攻下地主家地方武装暗堡的事。梦醒后,朱彦夫眼前一亮:地主家的洋沟比普通老百姓家的深,一个人趴着就能钻进去,眼前村里的赶牛沟一千多米长,中间是深沟,要是能像当年钻的地主家的洋沟一样,用起碹的办法,上面遮上石板,再盖上土,用来种庄稼,如此凭空造出近百亩地,下面还不耽误夏天雨季淌水,那该多好啊。

有了这个想法,朱彦夫激动得再也睡不着了。他把妻子陈希永叫起来,两口子合计了一晚上。后来,陈希永迷迷糊糊睡着了,醒来后却不见了朱彦夫。原来,他一早起来去赶牛沟察看地势,又赶到村北红山那边,寻找适合遮沟用的薄石板去了。

陈希永赶紧出去寻找,找了好几个地方才找到他。当时的朱彦夫已经没有一点人样了,浑身是土,两条断臂上也血糊糊的。假肢被甩在一边,上面沾满了血。他趴在地上,喘着粗气,脸上血迹斑斑……

泪水一下子从陈希永的眼里流了出来，她扑过去抱住丈夫，抱头痛哭："老朱，你不要命了！"可朱彦夫却在妻子的怀里高兴地笑了，兴奋地朝妻子大声喊："找到了，找到了，找到薄石板了。"笑过之后，两个人都哭了。

大伙闻讯赶来，看到眼前抱头痛哭的两口子，都掉了泪。

之后，朱彦夫通过召开党会、村民代表会和全村群众大会，统一了思想。1964年第一场霜后，朱彦夫领着大伙奔赴赶牛沟，一场声势浩大的"棚沟造田"工程开始了。

全村仅有的三辆木推车全推到了工地上，铁锹、铁针、粪筐……凡是能用上的工具都拿来了，朱彦夫还打发人去邻村借了一些。想想把沟棚弄起来后，能造出近百亩土地来，大伙干劲十足，尤其是村里那十几个年近三十的光棍小伙子，跟在朱彦夫屁股后面，把吃奶的劲都使出来了。

朱彦夫说："好好干，等造好了地，打了粮食，有了吃的，我给你们保媒说媳妇。"乐得几个小伙子一个劲地傻笑，干劲更足了。

1965年的春节终于来了，吃过年夜饭，几个小伙子凑到朱彦夫家里一合计，又拿着工具去了赶牛沟。他们削高填低，用起碴的办法，继续棚沟造田。朱彦夫也来了。他被大伙的热情感染了，高兴地唱起了《团结就是力量》："团结就是力量，这力量是铁，这力量是钢，比铁还硬，比钢还强……"很快，全村男女老少都来了，那个大年夜整个赶牛沟一片劳动的海洋。

就这样，朱彦夫带领大伙苦干、大干了一个冬天，搬了两万多石方土，建成了一千五百多米长的暗渠，祖祖辈辈荒着的"赶牛沟"，成了平展展的耕地。那一刻，朱彦夫跪在地头，失声痛哭，哭得像个孩子。

春天小草发芽的时候，朱彦夫赶紧组织人四处找种子，种粮食。秋天一算计，张家泉一年增产粮食五万多斤。庄稼人第一次吃上了白面馒头和小米面煎饼。朱彦夫没有食言，赶在春节前，他和妻子陈希永保媒，陆陆续续帮村里十个小伙娶了媳妇。有了粮食，能吃饱肚子，外村的大姑娘争着抢着往张家泉跑。张家泉的小伙子一下子成了"香饽饽"。

（选送单位：中共淄博市委宣传部）

雪域传英名 大爱天地间

1988年,时任山东省聊城市行署副专员的孔繁森,被选派再次援藏。深秋的清晨刮着飒飒的寒风,即将远行的孔繁森迟迟不肯走出家门。他默默地来到母亲身后,轻轻地为老人梳理着那稀疏的白发:"娘啊,儿又要走了,要去很远很远的地方,要翻过好几座山,越过好多条河。"已是风烛残年的老母亲抚摸着儿子的头问:"三儿呀,咱不去不行吗?""不行啊娘,咱是党的人,咱得给公家办事呀。"一听是公家的事,老母亲心疼地认可了。

面对已经87岁的母亲,孔繁森愧疚难安,因为他要去的是远离家乡四千多公里的西藏。自己这一走,母亲有个三长两短,恐怕连最后一面都见不上了,想到这里,他再也抑制不住自己的感情,扑通一声跪倒在母亲面前,"娘,您多保重啊!"

父母在,不远游,这天下哪有不爱家、不爱母亲的孩子呢。更何况,孔繁森是远近闻名的大孝子。在聊城工作的时候,无论多忙他都会抽出时间来陪着母亲散散步,给母亲梳梳头,洗洗脚。有儿子在身边,母亲可幸福了。可是,他没有办法,因为在遥远的西藏,还有更多的人等着他。当年,他在入党志愿书上写下"为了党,为了人民,上刀山,下火海,自己也在所不辞"的铮铮誓言。从此,他把自己献给了党,献给了人民。

孔繁森两次援藏,历时十年。在阿里不到两年的时间,全地区一共一百零六个乡,孔繁森跑了九十八个,行程八万多千米,相当于绕地球两圈。直到现在,在西藏,还依然流传着他亲民爱民的动人故事。

寒冬时节,他挂念着那些孤寡老人。冒着凛冽的寒风,他来到了一家敬老院。看到一位老人的脚上只穿着一双破烂不堪的单胶鞋,脚被冻得又红又肿时,他心疼地解开自己的衣扣,把老人的双脚抱到怀里,用体温去焐热老人冻伤的双脚。后来有人问阿妈,孔繁森是不是像你的儿子一样好?老人说:"不,他是我的父亲。"

  孔繁森说:"西藏的老人就是我的老人,西藏的孩子就是我的孩子。"或许,他无法守在母亲身边尽孝,但是他用对母亲的那份爱,换来了一张张幸福的笑脸。这就是一个共产党员的选择,这就是一个人民公仆对党对祖国对人民的大爱!

  孔繁森离开我们二十多年了,但是像他这样的援藏干部还有许许多多,他们踏着孔繁森的足迹,在党和人民最需要的地方,继续书写着忠诚、担当的篇章。这就是"孔繁森"这三个字,一直带给我们的振奋人心的精神力量!

(选送单位:中共聊城市委宣传部)

青山绿水中的"军令状"

昏迷八十多个小时后,赵东强终于醒了过来。他睁开眼看到的是在病床前哭得像孩子一样的一群大老爷们。那是 2013 年,由于过度操心劳累,他患上了严重的心脏病,经过手术治疗终于从鬼门关爬了回来。

村民们说他这是为大家伙累出来的毛病。赵东强说:"我是签了'军令状'的,这条命就是用来带领乡亲们走上富裕道路的。"

赵东强是土生土长的中郝峪人。中郝峪村坐落在半山腰上,交通不便,人均耕地仅有 0.3 亩,是出了名的贫困村。村里有能力的人都离开了,留下六十多位"老弱病残"守着大山,守着破旧的茅草房苦苦地挨着日子。

2003 年,在外打拼的赵东强终于有了自己的事业。第四届村主任换届选举时,有备而来的他接受了村民们的推举。在换届大会上,他立下了"军令状":三年之内,贫困的中郝峪村如果没有一点起色,他立马辞职。

出路在哪里呢?

几番思量,他决心把绿水青山变成中郝峪人的"金饭碗"。他要探索乡村旅游的新路子。创新难,开拓难,但在新思路兑现之前,乡亲们思维的转换更难。赵东强决定先由村"两委"和党员带头示范,自筹资金一万余元,支持五户村民发展农家乐。当年,这五户村民就收回了投资。看到希望的村民开始自发加入进来。

2011 年,他打造出了一个"股份制运作+公司化管理+全体村民共同致富"的"郝峪模式",用村民的话说就是"我们村实现了共产主义"。全体村民享受着村庄提供的免费三餐、免费医疗、免费康养等福利。一个锅里搅勺子的生活方式,让大家心更齐,情更近,发展的劲头更足了。

2014 年 3 月,中郝峪村在淄博市率先完成农村集体产权制度改革,成立淄博幽幽谷旅游发展有限公司，走上了集体化发展道路。

"郝峪模式"发展案例多次被新华社、人民日报、中央电视台等多个主流媒体报道，并获得了"世界旅游联盟全球减贫案例前100名"等多个荣誉称号。国务院扶贫办人员多次到中郝峪村实地调研，全国八百多个村庄在中郝峪村的指导帮助下，走上了共同致富的道路。

但是，这十多年，赵东强消耗的是自己的健康。每天工作十四个小时，没有固定的办公室，他能够用脚踩到的地方都可以办公。2018年3月，他的心脏病复发，医生建议再次手术，他回绝了。他说他消耗不起时间，中郝峪村的发展还没有达到预期的目标，他不能休息。

目前村里已有一百零三户别致的风情小院，可同时接待八百人住宿、两千人就餐。村集体收入从最初的负债八万元增长到年收入三百八十万元。

赵东强用一张立在青山绿水中的"军令状"，成就了乡村发展之梦，圆了乡亲们的致富之梦。

（选送单位：中共淄博市委宣传部）

把稳稳的家安在村台上

在山东省东明县焦园乡，黄河滩区迁建基本户选房调地核实工作正在紧张有序地进行当中，滩区迁建十号村台包村干部一起来到了高庄行政村小王庄村村民刘国顺家中进行实地走访。刘国顺所在的村庄坐落在黄河滩区，村西十余里便是滚滚的黄河水。上个斜坡，走进刘国顺家没有围墙的小院里，院内两间砖土结构的瓦房映入眼帘，门楣上方有一个三指宽的裂纹一直向上延伸，屋内的陈设极为简单，可见其生活十分拮据。

听闻有工作人员前来进行实地核实，刘国顺急忙放下手中的活，赶了过来。问及其过去遭灾经历时，他的神情显得有些凝重，遭灾次数实在太多了。其中有一年，家里刚刚建起来的新房被洪水淹了一个多月，地基松动了，地里的树只能看见个树梢，粮食全部绝收……他说："粮食绝收不算啥，关键是房子，那可是俺一辈子的心血啊。地基一松，墙得裂，梁得歪，住不了几年房子就得塌呀！"于是，为了躲避洪水，刘国顺每次盖房总要先垫一个高高的土台，再在台子上盖房。他也不清楚把这个台子垫多高才足够安全，只是竭尽所能地垫高、再垫高。每每情绪激动时他总会说："难道住在滩区，就是被淹的命吗？"

村民刘国顺的境况，是东明县11.9万名滩区群众境况的一个缩影。新中国成立以来，东明黄河滩区遭遇大小洪水四十余次，每一次都给滩内群众的生产生活造成了巨大冲击。滩区的房子更是不断地重复着"淹没—倒塌—重建—淹没"的轮回。"三年攒钱、三年垫台、三年盖房、三年还账"，这是黄河滩区群众盖房的真实写照。盖房致贫在东明县极为普遍，脱贫致富、安居乐业、"盖最后一次房"、建设美丽家园已经成了一代又一代黄河滩区住户难以企及的梦想。

2017年5月15日上午，就在这片土地上，就在东明县黄河滩区上，近百辆挖掘机、推土机、装卸机开足马力开始运送土方。至此，东明县拉开了黄河滩区迁建工程的序幕。

面对条件艰苦、任务艰巨、经验不足等诸多不利因素，一个支部一个堡垒，一名党员一面旗帜的作用在这里得到了充分的发挥。荆东村党支部负责人李敏杰就是其中的一位代表。

黄河滩区的迁建工程曾面临两大难题。一是土地征迁。李敏杰第一个站出来，不仅主动拆除了自家经营多年的企业厂房，他侄子去年花费二十七万元新建的厂房也通过他的努力，全部拆除。二是迁坟。迁坟工作牵动着老百姓的心弦，没有人愿意把自家的祖坟从原本的坟地迁出，这在农村是大忌，一时间迁坟成为清障工作最大的阻力。在这种情况下，李敏杰更是第一个站出来，当着父老乡亲的面，将自家及亲属家的坟地全部迁出。他说："这不奇怪，我是村干部，我不带头，就根本没资格叫别人迁。"

荆东村的老党员刘旭光家的祖坟搬迁一次后，因为道路拓宽需二次迁坟。这让村干部都为了难，不知道该如何开口。刘旭光得知情况后，主动提出："要是真碍事，那就早点迁。"就这样，在全村党员干部的带动下，全村近两百个坟在十四天内全部迁离。一项项工作成绩的取得源自他们的内心信念，"我是一名共产党员，要时刻起到模范带头作用，为周围群众做好表率，为滩区搬迁贡献力量……"

现如今，焦园乡八号村台上房屋林立、错落有致，社区基础设施建设正在稳步推进，一幅现代化社区建设的美景尽收眼底。荆东村村民李坤彩激动地说："我今年80岁了，80了呀，从来没想过这辈子还能住上这么漂亮的楼房，再也不用担心发洪水淹房子了。感谢总书记，感谢党，圆了我们几辈子的安居梦！新时代，真好！"

（选送单位：中共菏泽市委宣传部）

农民画里的新生活

山东省菏泽市是黄河入鲁第一市,域内河道绵延185千米,滩区面积504平方千米,滩区常住人口14.7万人。在过去的几百年间,滩区百姓世代耕作,繁衍生息。但黄河洪水,一直是滩区群众的心腹之患。

有位老人叫毛吉志,今年70多岁了,是东明县长兴集乡竹林村的一位农民画家。他用自己的画笔记录了滩区群众生活的变迁。

毛大爷说,为了抵御洪水,过去滩区群众盖房子前都要先花上几年的时间堆沙土、筑高台,然后再在高台上夯地基、盖新房。因为经常面临洪水威胁,大家都不会把房子建得很好,许多房子连院墙都没有,只是用玉米秆随便扎个挡风的墙。因为,一场洪水过后,一辈子辛辛苦苦积累的财富很可能就付之东流。过去几十年,滩区的房子不断重复着"淹没—倒塌—重建—淹没"的轮回。毛大爷清楚地记得,自他成家以来就盖了五次房子,最困难的时候只盖了一间半。

为了实现滩区人民的安居梦,从2017年起,山东省委、省政府决定实施黄河滩区脱贫迁建工程,在滩区集中建设可以抵挡黄河极限水位的村台,在上面统一盖新房,周边配套设施也一并到位。毛大爷成了第一批搬进村台的滩区百姓。

搬进新村后,毛大爷作了几幅画。他兴奋地说:"新村配套齐全,路也全都是柏油马路,过去从来不敢想的居住条件现在实现了。"圆了"安居梦",也就引来了"金凤凰"。毛大爷扬眉吐气地说:"过去滩区外的姑娘都不肯嫁进来,现在搬入新村后,外村的姑娘都争着嫁过来,就连我那64岁的老光棍汉二叔,也娶了个60岁的好媳妇。"

滩区群众居住环境改善了,还得兜里有钱才能过上好日子。习近平总书记殷切叮嘱，要让滩区群众搬得出、稳得住、可发展、能致富。为此，毛大爷所在的竹林新村规划建设了就业扶贫车间，在村周边发展起了高效特色农业，建成豆丹、秋葵养殖基地，实现了村里五百余名困难群众家门口就业，二百多户贫困户稳定脱贫。

毛大爷有幅画描绘了村民陈更田今年承包的二百亩秋葵大丰收的场面。几年前，陈更田还在广州打工，跟着别人干防腐工程，"一个月挣个几千块钱，要养家里三个孩子，剩不下多少钱"。后来他听说种植秋葵效益不错，就决定借钱创业，在家承包了二百亩地种秋葵，并和烟台一家蔬菜公司签了种植合同。通过一年的种植，陈更田的信心更大了，一亩地纯收入四千多块钱，一年的时间就回本了。今年他又承包了二百亩地，继续扩大种植规模。"比打工强"是他常挂在嘴边的一句话，他在小康路上走得越来越稳了。毛大爷的老伴就在陈更田的秋葵地里工作，每天上午去地里干半天活，下午回家做家务，一个月也有一千多块钱的收入。

毛大爷所在的竹林新村是菏泽黄河滩区脱贫迁建工程的一个缩影。现如今在菏泽的黄河滩区，越来越多的群众搬入了新居，实现了家门口就业，逐步圆了"安居梦""小康梦"。

黄河滩区的迁建是菏泽市脱贫攻坚任务中的重中之重、坚中之坚。在各级党委、政府的坚强领导下，在滩区干部群众的艰苦奋斗下，黄河滩区群众的小康梦一定会顺利实现，辽阔的黄河滩区也必将成为突破菏泽、后来居上的靓丽风景线！

（选送单位：中共菏泽市委宣传部）

后记

Postscript

　　山东是革命老区，军民水乳交融、生死与共铸就的沂蒙精神是党和国家宝贵的精神财富。这里红色文化资源底蕴丰厚，目前共有全国爱国主义教育示范基地 22 处，全国红色旅游经典景区 13 个，省级爱国主义教育基地 184 处，党史教育基地 208 处，拥有专职红色讲解员 1000 多名，还有数千名热心红色故事讲解的志愿讲解员，是传承红色基因、弘扬沂蒙精神的重要力量。

　　近年来，山东贯彻落实习近平总书记"把红色资源利用好，把红色传统发扬好，把红色基因传承好"的指示精神，着力打造"红动齐鲁"这一红色文化宣传教育品牌。2019 年、2020 年连续两年，中共山东省委宣传部、中共山东省委党史研究院、中共山东省委教育工委、大众报业集团、山东省文化和旅游厅、山东广播电视台等六部门共同主办了"红动齐鲁"山东省红色故事讲解大赛，充分发挥省内各级各类爱国主义教育基地、党史教育基地、红色旅游景区教育功能，充分发挥讲解员、导游员和志愿讲解员作用，深入挖掘和推出了一批感染人、教育人、鼓舞人的山东红色故事，实现了齐鲁红色资源和红色文化活起来、动起来，是深入开展理想信念教育、爱国主义教育、社会主义核心价值观教育，深入开展党史、新中国史、改革开放史、社会主义发展史教育的生动实践。

为进一步"用好这样的红色资源,讲好红色故事,搞好红色教育,让红色基因代代相传",我们选取了两届大赛中的优秀故事结集成册,供各级各类爱国主义教育基地、党史教育基地、红色旅游景区、国防教育基地以及青少年爱国主义教育等使用。

　　大赛举办期间,各市党史研究院和大赛评委会专家对故事内容进行了审看、指正。本书成稿前,省委党史研究院进行了认真审读把关,在此一并鸣谢。鉴于编写时间仓促、编者水平有限,书中内容难免存有错误或纰漏,望广大读者和专家学者提出宝贵意见,以便再版时更正。

编写组
2020 年 12 月

由于历史原因，部分故事作者姓名未能确定，本书所辑录的故事只按照大赛举办时的要求标明报送单位，请相关作者与报送单位联系，核实后，由本书编辑部奉寄稿酬。